暗夜遍歴

Takashi
TsuJii

辻井喬

P+D
BOOKS
小学館

目次

木の葉が落ちる　木の葉が落ちる
まるで遠くから降るように
大空で　いくつものはるかな庭が枯れたかのように
木の葉が落ちる
拒む身ぶりで　ひるがえり落ちる

（リルケ・生野幸吉訳）

序章

成長するにつれて、考えはいろいろに変るものだけれども、よその子に較べて由雄の振幅が大きかったのは、自分の影響だったのかもしれないと月子は思うことがあった。本州食品の経営者として社員を前に訓示している顔は、創業者であり政治家でもあった小田村大助を想起させたが、月子が主宰する短歌の同人誌「紫珠」の批評などをする場合は、詩や小説を書いている、少しくたびれた中年の男の表情なのである。二つの性格が、うまく調和しないまま混在している息子の言動にぶつかると、彼女は矛盾に満ちた自分の生涯をふり返らないわけにいかなかった。

彼が月子の喜寿の祝いをしたいと言い出した時、彼女は内心の喜びを押えて「私は厭ですよ、なんだかお婆さんみたいだもの」

と辞退した。

「それなら本を出していただいて、出版記念会というのはどうですか、僕も少し長い小説を書きましたから、その頃には本になると思います」

それが夏の初めで、月子はそれからせかれるように九冊目の歌集の編集にとりかかった。本の題名はそのなかの群作の名をとって「真澄鏡」と決めた。

晩にはその会合がある日の朝、彼女はいつもより早めに起きて庭に出た。池に降りる南向きの斜面に菊が眩いばかりに咲いている。たくさんの白い花をつけた茎が垂れて、腐植土を覆い隠すように拡り、朝日を受けて何か物言いたげな風情である。かたわらに〝足摺野路菊〟と名刺大の札が挿してあるのは、中学校に通うようになった由雄の子が植物の名を覚えるようにと彼女が書いたものだ。いつの間にこんな大きな株になったのかと月子は足を止めた。菊は鮮やかに、誇らしげで、それでいて何処となく淋しげである。眺めていると、朝なのに風が吹いてきて欅の葉が一斉に花の上に落ちかかった。細かい黄ばんだ葉が、思い思いの散り方で身を翻したり、透明な空気に遊んだりして視界を横切った。明るい朝だ、と月子は思った。

小田村月子は明治四十年に士族柴山芳三の四女として本所向島の小梅町に生れた。下町っ子だったから、父親が支配人をしていた地方銀行が倒産し、九歳の時に茨城県の海に近い寒村に移らなかったら、花鳥風月への愛着は後年ほど強いものにはならなかったかもしれない。十四の時に東京に戻るまでの五年間を彼女は多賀郡櫛形村の小学校で過した。気位が高く、頼まれれば厭と言えない性格の父親が、親戚の無謀な北海道の鉱山への投資に協力したのが、倒産の原因だったと言われている。一人で責任を取ったのを気の毒に思った友人達が、債権者から彼を庇うつもりもあって茨城の炭鉱用の小さな鉄道に役員の椅子を用意したのであった。その会社の名前は月子の記憶によれば勿来《なこそ》鉄道と言った。しかし、由雄が後年新聞社の友人に頼んで調べてもらったところでは、義経の伝説で知られる勿来関の周辺には、昔も今もそのような鉄道は存在していないという返事が戻って来た。多賀郡と勿来は地図で見てもかなり離れている。櫛形村は今では発展して黒前村と合併し十王町になっているが、ここにも鉄道が走っていた形跡はない。おそらく石炭積出し用の小さな鉱内軌道で、名前も違っていたのだろうと考えるしかなかった。大伴月子の筆名で発表した歌集のなかには、義経と静御前の物語を詠んだ歌がいくつかあるから、思いこみの強い彼女にすれば父親が勤めていた会社は勿来鉄道というような名前であって欲しかったのであろう。その願望がいつの間にか記憶を変えたのに違いないと由雄は推測した。いずれにしても月子は〝十王町民の歌〟に、——青く輝く太平洋、海鵜が集う鵜の岬——、あるいは——櫛形、友部、山ノ尾の、城趾が眠る夢のあと——、と歌われている広大な外海に面した地方の小学校に通いながら、草花や小鳥の囀《さえず》りに気持を託すことを覚えたのである。

　その頃の地方の子供達は、服装も食べ物も東京と違っていて、移り住んだ最初のうちは言葉もうまく通じなかった。そのために月子は内側に籠りがちな性質になり、父親が不在の時はひとりで野原や波打際を歩きまわるようになった。その頃の思い出を由雄に語る時、月子の目は輝き、声は我知らず詩を誦《そら》んじるように抑揚を帯びてくるのである。その都度、由雄は母親が、長い生涯のなかで心の底から楽しかったのは、その五年間だけだ、と言っているような気がした。

やがて東京に戻った月子は、当時としては女が高等教育を受ける数少ない方法であった女子師範の入学試験を受け、身体検査で肺結核と診断された。そこで自宅から歩いて通える日本女子商業学校普通科二年に編入入学して商業簿記を習うことになった。彼女はこの頃から三十歳近くまでの年月を、時おりの小康状態を挟みながらも結核と闘わなければならなかった。十五の時には腸間膜淋巴《リンパ》腺腫を患い、十六になると結核性結膜炎で医師から学業を断念するように勧告されてしまう。それでいて二年後に丸ノ内十五号館にあった久原《くはら》鉱業所の会計課に勤めたのは、後年彼女の書いたノートによれば「人の世話になりたくなかった」からであった。それというのも、母親が腸チブスで死んだ翌年、関東大震災があった大正十二年の十二月に柴山芳三が急逝してしまったので、彼女は自分で生計を立てなければならなくなったからである。五十六歳であった父親の死顔を——青年のようであった——と彼女はノートに書いている。

子供の由雄に月子はよく父親の思い出を語った。たまたま、話し相手に息子を選んだという様子で、それまで爪弾していた琴の手を休め、ある時は書き終えた習字の道具を整理しながら「お父さまは本当にハイカラな人だったのよ」というような言葉で回想をはじめるのであった。

「朝はパンとコーヒーを召上った」とか「薔薇の根のパイプが御愛用の品だったわ」と話していると、もっとよく柴山芳三の姿を瞼に描こうとして目をつぶった。前に坐っている由雄の存在も忘れて、記憶の暗い隧道を通っての父親との会話がはじまる。こうした動作で、月子は有無を言わさず摘み取られてしまったような自分の幼い日を手繰り寄せ、それ以後、思い惑うことの多い夫との生活をふり捨て、まっしぐらに想念の世界に飛んでいった。そのような母親を見るたびに、由雄は不気味なものに接した気がしてたじろぎ、青年になってからは、恍惚に浸る月子を、異った生物を見る目で凝視するのを常とした。その際の彼女は、泣いたり、汗をかいたり、食べ物を咀嚼《そしやく》したりしない、小さな重い存在であった。

柴山芳三の銀行が倒産した時、十人いた子供達は親戚や知人に貰われたり預けられたりして四散し、七歳だった月子だけが両親のもとに残された。それまでの家はずいぶん広くて、隣近所には有名な資産家や華族も住んでいる環境であったから、彼女ひとりを連れて市谷の知人宅に身を隠した柴山芳三の気持は、城が落ちた後の武将の心境であったと思われる。当時の市谷は、近くに刑務所があって、郊外といっても選ばれた場所とは考えられていなかった。夕方には、ねぐらに帰る鳥の群れが眺められ、九時には赤坂の第一聯隊の消燈喇叭《ラツパ》がもの悲しく聞えた。そこから、さらに茨城に移ったのだから、重役の地位を得たとはいえ、柴山芳三は、都落ちの言葉さながらに配所の月を眺めるような毎日を送ったのであったろう。小田村大助と一緒になってから、こっそり源氏物語に親しむようになった月子は、須磨や明石の巻を読むたびに父親を思い出した。その上、倒産後の整理はまだ完了していなかったので、清算管財人との気の滅入る交渉が続いていた。

その管財人の助手のような立場に、三十歳になったばかりの小田村大助がいた。彼は苦学して早稲田大学を卒業したばかりであったが、学生時代は弁論部と柔道部に入会していて、二十三の時には日本橋蠣殻町《かきがらちょう》の三等郵便局長の権利を買い、渋谷で鉄工所を経営したり、雑誌「新日本」の編集に参加したり、立憲同志会の創立にも参画して、意気旺んな、野心に燃えた青年であった。小田村大助が兄事していた著名な政治家長池龍三郎の伝記によれば、雑誌「新日本」は――大隈重信を主宰者とし、冨山房の社長、坂本嘉治馬《かじま》のすすめで発刊された――とある。創刊号には、当の大隈の〝新日本論〟をはじめ、長池龍三郎の〝世界の煩悶〟のほか、文学者では佐佐木信綱、幸田露伴、島村抱月、与謝野晶子の名前も見えて、なかなかの顔触れであるから、おそらく若年の小田村大助は編集の手伝いのような立場にあったのであろう。末席に連らなっていたに過ぎないとはいえ、当時の代表的な知識人のなかに彼がいたことは、後年の父親しか知らない由雄には意外だった。息子の目から見た彼は、およそ知識人とは縁のない、強盗大助と渾名《あだな》された事業家だったのだから。同じ伝記のなかには、小田村大助が先輩の長池龍三郎を擁護するために活躍した事実が記されている。それによると、時事新報が拓務大臣であった長池のことを、軍部に対して「甚だ弱い」と〝政界秘話〟で報道したのに我慢できず、社長に面会を求めて記事の訂正を迫ったというのである。それに続けて伝記は――血の気が多く友情に篤い小田村としては、長池に対する間違った批判は寸毫《すんごう》たりとも許すことができないのであった——と解説している。小田村大助が拓務政務次官をしていた頃の逸話である。彼がはじめて選挙に出て衆議院議員になったのは大正十三年であり、伝記に記載されている事実があったのは三回目の当選の直後、四十三歳の時である。年齢から考えれば、決して若くはないのだが、伝記が伝える小田村大助の姿は、青年将校といった感じなのだ。由雄は、政治家、事業家、それに家のなかにおける父親の三様の小田村大助に、かなり相違があることを、彼が他界してから気付いた。それは、家の外でだけいい恰好をしていたというようなことではなさそうであった。政治家としての小田村大助は、晩年に至るまで直情径行の趣を保っていて、事業を進める際に見せる遠謀深慮、辣腕《らつわん》ぶりとは著しく対照的であったのである。一度客観的に父親を見る眼が開かれると、戦後、保守は合同しなければならないと思いつめて改進党を飛出し、振返ってみると、十五名は付いて来る筈だった同志が三人しかいなかった、というような事実があらためて思い返された。同じ性質が、家の内と外とでは一見正反対の行動になって現れ、政治家と事業家の間にも同じような違いが出たようであった。家のなかで母親に辛くあたる小田村大助しか知らなかった由雄は、若い頃父親に反抗した。矛盾に気付いてからも、父親の矛盾せざるを得なかった立場を慮《おもんぱか》るゆとりは持てず、長い間小田村大助を疑ったり恨んだりした。逆に、月子は誰に対しても同じ姿勢を貫いたから、かえって誤解されることも多く、身内の人達との衝突も屢々《しばしば》であった。気性の強さという点では月子の方が烈しいとも言えた。自分の生き方をよほど頑なに主張しなければ、由雄と妹の久美子は両親の異質の圧力に潰されて、妙に温順《おとな》しい気の抜けた子供になりかねなかった。由雄が青年になってから短歌を嫌い、詩を書くようになったのには、こうした事情も影響している。

子供の頃、彼等は小田村大助と離れて、三人で北多摩郡三鷹村下連雀《しもれんじゃく》に住んでいた。この家は病弱な月子と由雄のために建てられたもので、彼が五歳の時のことを、月子は日記に――小田村、拓務政務次官になる。健康はかばかしからず、子供も虚弱、特に由雄は消化不良にて、いたいたしいほど痩せ細り、長く患う日がつづく――と書いている。

当時の由雄にとって、小田村大助は遠い存在であった。すでに、上海事変がはじまっていて、満州国が日本の軍部によって作られ、特高警察が拡充され、財界の指導者の団琢磨や犬養首相などの要人が次々に右翼の壮士に襲われたり、暗殺されたりしていたこと、そんな世相のなかで、自由主義的な党派に属していた小田村大助が、長池を擁護して奔走していた有様などは、想像外の事柄であった。

月子が、大伴月子の筆名で編んだ処女歌集『静夜』には、この三鷹の生活を詠んだ作品が収められている。

君は世の風雲の児よむさし野の露のいのちのわれにふさはず

明日の日は何を思ひて生きゆかむ夜更けてひとり思ひ煩ふ

このように詠んだ月子にとっても、ようやくあわただしくなった政治の動き、大陸での戦争の雲行きは、遠い村の火事のように映っていただけであった。彼女は、一緒になる前と、なってからの小田村大助の変貌に悩み、身体が弱いこともあって、夫が心変りしたのではないかと苦しんでいたのである。しかし自尊心の強かった彼女は、決して不安や危惧の念をあからさまに夫にぶつけるような振舞は見せなかった。門の前で、二度警笛を鳴らして、まるで長い不在を取り戻そうとでもしているように慌しく入ってくる夫を見ると、月子は息を呑むようにして、たちまちにこやかな微笑で武装するのだった。労りの言葉を忘れるほどにゆとりのない様子で服を浴衣に着替えると、小田村は早く別の世界に入りたいと切望しているかのように彼女を求めた。ことの後は、すぐ按摩を取って眠った。うつらうつらと、翌日の昼ぐらいまで寝て、寝過ぎたために、かえって疲れが出た様子で、ぼんやり床の上に胡坐すると、やっと月子の住む家にいるのだと分ってきた様子であった。手を拍《たた》いて彼女を呼び「晩は鳥鍋にしよう、精をつけんといかん」と、肩の凝りがどれくらい残っているかを確めようとして首を左右にゆっくり振った。ぽきぽきと猪首《いくび》が音を立てた。

小田村大助の疲れは、事業家と政治家としての活動が重なっているためばかりではなかった。会社をうまく運営するためには、軍部と具合のいい関係を作らねばならず、それは思うにまかせぬ政治上の立場と矛盾し、自分が次第に深く、困難な状況に嵌り込みつつあると自覚しているところから来る心労が大きかった。昭和六年には、重要産業統制法が公布され、彼が株を買い占めた多摩電気鉄道は、不況の影響で倒産寸前の状態にあった。

歌のなかで〝風雲の児〟と呼ばれ〝われにふさはず〟と歌われた小田村大助が、何故、どのようにして月子と一緒になったのかは、長いあいだ由雄を苦しめた疑問だった。その疑問は、そのまま大人の世界への不信感につながってもいたのである。柴山芳三が清算管財人の助手として柴山家に現れた彼のことを「小田村という男はなかなか面白くなるよ」と月子に語ったという話を母親から聞かされてはいたけれども。彼女は日記に――九月関東大震災に遭う。この時、父は仕事の関係で知り合った小田村大助の見舞を受く。小田村は当時目白の落合に住居して焼け残った。私の家も火災をまぬがれた――とだけ書いている。その三ヵ月後に柴山芳三はこの世を去ったのであったが、小田村大助は、倒産後の、とかく沈みがちな柴山の家に活気と笑いを持ち込んだ気鋭の政治家兼事業家であり「血の気が多く友情に篤い」と言われたように、不運という他はない柴山芳三の倒産についても同情的であったようだ。

夫に対する月子の批評は、その時によって違った色彩を帯びた。

「大将はね、私の家に来ると『腹が減りましたが、何か食べるものはありませんか』と催促するの。私があわててお茶漬を作ってあげると『うまい、うまい』とお替りをして。ふと見ると、はみ出したワイシャツの奥にお臍《へそ》が覗いているでしょう。私はおかしくて、笑わないように我慢するのがやっとだったわ」と語る時、月子は夫を肯定しているのであった。〝大将〟というのは、独裁者であった小田村大助を呼ぶ際の社員の慣用語であって、いつの頃からか家族の者もその呼び名を使うようになっていた。時には、背広のボタンが二つも取れている日があって、少女だった月子は（この人には身のまわりの世話をする人がいないんだ）と思ったりした。しかし、その頃、小田村大助には貝塚市子という婦人記者がいたのである。

彼女は大正時代には女として珍しく先端をゆく存在であり、雑誌「新日本」の編集にも参加していた。生来の自由主義者であり、そのために、どちらかといえば体制批判的な政治家であった長池龍三郎の影響を受けていた地方出身の小田村大助の目に、貝塚市子が輝かしく見えたのは当然である。五歳の時に父親を失い、同じ年に母親にも去られて、祖父の手ひとつで育てられた小田村には、女への憧れと不信感が同居していた。幼くて勝気な柴山月子に会っていると、女性への良い感情の部分だけが現れ出るようであったのは、あながち計算ばかりでもなかったのである。小田村大助が数少ない著書のひとつである『日露財政比較論』を書いたのは大正三年、二十五歳の時であり、〝支那の将来と日露の関係〟という演題で遊説を行ったのは、その翌年で、この時期の彼の活動には、貝塚市子の助力が大きかった。年頃も同じ二人が同棲するようになったのは自然のなりゆきであり、周囲の進歩的な友人からも祝福される事柄であった。

だが、子供であった由雄や久美子に見えていたのは、そのような小田村大助ではなかった。

一週間か十日ぐらいの間隔で帰ってくる父親は、彼等の母親を断りもなしに自分の部屋に連れ去る侵入者であり、彼女もまた日頃の呪咀の言葉を忘れたかのように、むしろ喜ばしげにさえ見える足取りで夫に従うのであった。その都度、由雄は子供心に理由の分らない敗北の感情を味った。

月子が夫に同棲している女がいると知ったのは、一緒になって間もなくのことであった。以前、郷里で結婚をしていた時期があって、娘と男の子がいるとは聞いていたが、これは初耳であった。その夜から月子は夫を拒んだ。妊娠していると知った時、自分だけの子を生もうと決心し、さらに数ヵ月のあいだ、二人には交渉がなかった。しかし由雄が生れてみると小田村大助の助けなしには育てられないのを否応なしに知らされた。月子は再び健康を害し、生れた子も弱くて泣いてばかりいた。何故小田村大助と一緒になってしまったのだろうと、月子は眠れない夜を重ねた。由雄を見ていると思わず流れてくる涙のなかを、時おり狂暴な想いが過《よぎ》った。

後年、必要があって自分の歩いてきた道を簡単なノートにまとめた時、月子は十八歳の記録を——この時、小田村から迎えが来て、府中市内の仮の住居に移された——と書いた。この記述は、謀略によって拉致された、とも読め、由雄を苦しめることになるのだけれども、「この時」とは、彼女が丸ノ内の会社に勤めてしばらく経った頃の出来事を指している。

月子をその会社に迎えに行ったのは、大正の終り頃まで太鼓持ちをしていて、女には興味を持たない小田村大助の子分の加藤三太郎であった。小田村はそれまで彼を使って、宴席で交わされる政府要人の会合の内容や、集った顔触れなどの情報を手に入れていたのである。彼は会計課で算盤《そろばん》を弾いていた月子を呼び出して、

「月子さん、こんなところにいたら、大変なことになりますよ。私と一緒においでなすって下さい」と囁き、彼女を小田村大助の車に乗せてしまった。久原鉱業所の会計課の同僚達は少し妙に思ったけれども、女のような加藤の物腰を見て、さして不安は感じなかった。嫉妬深い小田村大助が幇間《ほうかん》を使ったのは成功だった。柴山家に出入りするようになった頃から小田村は六年の間、月子の成長を見守って来たことになる。三鷹の家に住むようになってはじめて源氏物語を手にして、若紫の巻を読んだ時、月子は自分の体験が若紫と符合一致していることを発見して驚いたのであった。

若かった源氏が、北山の修行者のところに、政界に進出するにつけて成功祈願に出かけ、その僧都の家に祖母と住んでいた少女、若紫を見染めるくだりである。やがて、祖母に死別した彼女は、父親の兵部卿の宮に引き取られることになるのだが、その前の晩、源氏は思いきって若紫を自分の車に乗せて連れ出してしまう。彼女は、源氏の初恋の女、父親の後宮であった藤壺の姪にあたり、生き写しであった。

由雄を生んで間もなく、二十歳だった月子は、この若紫のくだりに接して、こんなことがあってよいものかという驚きの気持と、たとえ小説のなかでではあっても、同じ境遇の女がいた、しかも憧れていた源氏物語のなかに、という発見に、恐れに似た喜びを感じた。自分が住むべ

き想念の世界は決ったと思う昂揚した気分にさえなったのである。

処女歌集『静夜』の後記に、この本がはじめは『たれゆえに』と題されていたと月子は書き、――ちょっとよりどころがあって、百人一首の「みちのくのしのぶ文字摺りたれゆえに」から題をとったのですが――と告白している。結局、当時師事していた雑誌「大和歌人」の主宰者前島佐太郎の「歌集らしくない」という意見を容れて、本の題名は『静夜』に落着いたのだが、ずっと後年、六十九歳の時に出版した七冊目の歌集が『たれゆえに』になっているのを見れば、この言葉が月子にとって、いかに捨て難いものであったかは明らかである。百人一首のこの歌は、伊勢物語の初段にある、

春日野の若紫の摺衣しのぶの乱れ限りしられず

が本歌と考えられ、源氏物語の若紫の巻はこれを下敷きにして、色彩の連想から藤壺を暗示し、幼い紫が藤壺とそっくりであったことを匂わせている。そのことを充分知っていたから月子は、「たれゆえに」に拘泥《こだわ》ったのだけれども、自分と若紫の境遇の相似を説明する訳にもいかず、あとがきに――ちょっとよりどころがあって――と口籠り気味に書くことで我慢したのであった。

いつか、誰かがこの気持を受取ってくれるであろうと願いながら。

しかし、由雄も久美子も、月子の胸中の葛藤を理解できるほど大人になってはいなかったし、優しくもなかったから、彼女の願いは結局満たされなかった。月子が、懸命に夫との関係を源氏物語になぞらえて、王朝文学の世界に入ろうとしているのに頓着なく、小田村大助は年と共に事業に熱中してゆき、家のなかでは粗野に振舞って、二人の間隙は大きくなっていくばかりだった。

月子が向島《むこうじま》に住んでいた頃、家には毎日のように日本橋から呉服屋が顔を出し、柴山芳三は金の家紋が入った人力車で小伝馬町《こでんまちょう》の銀行に通っていた。邸内には車夫の夫婦の住まいもあった。大勢いた子供達のなかでも、二女の雪子と月子、三つ下の五女の華子の三人は容貌に恵まれていて仲も良かった。まだ、流れも澄んでいた隅田川から吹いてくる風が、時おり海の香を運んでくる庭で、彼女達はよく一緒に遊んだ。日露戦争に勝って、世の中が前途に希望と自信を持っていた十年たらずの間のことである。三人の姉妹の上には、いつも陽光が降り注いでいるようだった。近くに住んでいた男谷《おだに》の伯父が路地に出て来て木刀を振りはじめたのを見付けたりすると、真先に馳け出すのは月子だった。雪子と、まだ幼なかった華子がその後に続いた。月子は長いこと、この伯父を男谷下総守《しもうさのかみ》信友と思い込んでいた。後に由雄が調べてみると、勝海舟の従兄にあたり、通称を精一郎と言った彼は元治元年に六十七歳で他界しているから、月子達が会っていたのは後を継いだ息子ではなかったかと思われる。下総守は直心影《じきしんかげ》流を学び、北辰一刀流《ほくしんいっとうりゅう》の千葉周作、神道無念流の斎藤弥九郎と並び称された剣豪である。彼は黒船来襲の衝撃から、防衛力増強のために講武所を作り、太平に慣れた旗本八万騎を鍛え直した男であり、男谷の訓練は厳しいもので、烈しい練習のために死ぬ者も出たと伝えられている。勝海舟はこの道場で砲術師範役であった。月子の記憶がまたしても入れ違ったのは、母親の節《とき》に手を曳かれたりして遊びに行った男谷の家で、維新の頃の話を屢々聞かされていたからであろう。それにもまして、節が男谷下総守の家系であるのを誇りにしていたからではないかと由雄は思った。

柴山芳三は維新の前の年に生れたのであったが、明治四十年生れの月子にとっては、いち早く洋風の趣味を身につけた父親も、幕末の剣豪も、同じように憬れの対象であった。男谷下総守信友=精一郎の墓は深川の増林寺にあったが、関東大震災で向島一帯が焼野原になった後の区画整理で取り片付けられてしまった。後を継いだのであろう男谷の伯父が路地に出て来て木刀を振って見せたのは、おそらく退屈をもてあましていたのだ。維新の変革がようやく昔の物語になった時代で、素振りを見物しようと馳け出してゆく月子の耳には、煙管《きせる》の掃除をしたり、竹の部分を取替えてくれる羅宇屋《らおや》の蒸気の、ピーと持続して鳴る音、風鈴屋が立てる涼しげな音や金魚売りの呼び声などが聞えていたはずである。

母親の節は芝居が好きで、よく知人を誘っては人力車に乗って見物に出かけた。そんな留守に反物を担いで御機嫌伺いに来た日本橋の呉服屋伊勢福の番頭から、姉妹達は両国の川開きの模様や、新しく出来た百貨店の賑わいの様子などを、きちんと膝を揃えて坐って聞いた。女中のかめやが、お茶を盆に載せて来たついでに腰を据えて、「雪子さまも、月子さまも華子さまも、年頃になったら殿方が放っておかないでしょうから大変ね」などと不謹慎なことを言うのを、三人の子供達は、よく言われることでもあり、意味も分らないので聞き流した。年長のおせいが奥様と一緒に出かけてしまったので、かめやも気楽な様子である。家のなかは静かで、どことなく物憂い午下《ひる》りだ。練習でもしているのか、遠くでチンドン屋の叩く鉦《かね》の音が、気忙しげに、また間遠に鳴っている――。

由雄は母親の幼時の光景をこのように組立ててみて、ふと、こうした場面は昭和のどの時期にあてはめてみてもしっくりしないと思った。やはり、明治の終りから大正にかけて、それも柴山家の場合は大正三年までの姿である。由雄が生れ育った昭和の時代は、いつも何処かに冷い風が吹いているようで、行進する軍靴の音が聞え、遠くで銃声が響いていた。小田村大助に率いられた環境が常に変転していたからでもあろう。戦争が終ってからの四十年間も、この印象は変らない。そして小田村大助の死後も。となると、これはやはり自分の生き方にも原因があるのか、と由雄は母親との距離、生きた時代の違いを測る思いに捉われるのであった。本州食品の社長として忙しく働いている彼は、若い頃月子に反撥して詩や小説を書きはじめ、最初の結婚に失敗し、父親が死んでから再婚した。

そのような息子を傍に置いて月子は終生姿勢を変えることがなかったのである。

裕福な幼時を送った月子は、倒産後一家が離散し、両親と自分だけが市谷の知人宅に隠れ住むようになっても環境の変化には恬淡《てんたん》としていた。呆けたようになってしまった長兄の昌《まさし》や、見栄っぱりで泣き虫のために、早々に横浜の貿易商に預けられたすぐ下の弟の治に較べて、柴山芳三を励まそうとする気丈ささえ見せ、父親は「この娘が男だったらなあ」と、娘への愛情とも、不甲斐ない自分への歎きともつかぬ言葉を洩した。雪子もいち早く他家に引取られ、両親は月子と共に茨城に移った。克己と名付けられた四男の三歳年下になる末弟の彰はここで生れたのである。

　高萩駅から馬車で行った櫛形村五陣家は海の近くの村で、向島に住んでいた頃には想像もしなかった、農作物運搬用の馬車の荷台から眺める菜の花畑は息も詰りそうな黄に染っていた。病弱で身体も小さかった月子の、緊張のために青い顔がそのなかに揺れていた。まだ九歳であった彼女は、眼前に展ける見知らぬ風景に身体中の感覚をいっぱいに開いた。空には玉の簾を渉るような声で雲雀《ひばり》が囀っているのが聞え、蓮華が咲く田圃は遠くまで紅に煙るようであった。

　家の近くには囲碁に使う石が採れるので碁石ヶ浦と呼ばれる澄んだ海があった。月子は、綺麗な石や貝殻を集めて父親への贈り物にしようとする年頃だった。はじめ同級生と言葉が通じない上に「とうきょうおんが、とうきょうおんが」と囃し立てられるのには困惑したが、それでもやがて沼田という名前の医院の娘と醸造家の娘のそめ子さんと友達になった。級のなかではこの二人だけが選ばれた家の子供であったからである。月子の胸中には、その頃から、自分は士族の娘であり、由緒ある家の生れだという自負の感情があった。成長して、いろいろな困難に出会うようになった時、この誇りだけが病身を支える日も多かったのである。生活に窮していた時代にも、彼女がなにかと物要りな琴や書道の稽古をやめなかったのはこの矜恃の結果であった。後年、由雄が保管するようになった資料のなかには、奥組目録という表書のある厚い和紙に包まれた書類がある。なかには、――四季曲、羽衣曲、山田秘曲、初音曲、右之曲並ニ口伝五箇条令免許畢――とあり、大正十四年三月吉日の日付の横に、田辺千賀和の署名が記されている。大正十四年といえば、長姉の静子、由雄が一度も会ったことがなかった三女の理加、月子、それにまだ五歳だった末弟の彰が、洗足池の畔に九尺二間の長屋を借りて、風に吹き寄せられた落葉のような共同生活をはじめた年である。二十になったばかりの理加と十八の月子が働いて生活費を稼ぎ、長姉の静子が家事を取仕切って彰を育てるという約束であった。次々に親に死別し、働ける男の兄弟は丁稚《でっち》奉公をしているか、行方が分らなくなっていて頼る訳にはいかず、養家先でうまくいかなかった者と、年少の弟が、身体を寄せ合うようにして持った家である。当時の洗足池周辺はまったくの町はずれで、江戸時代に追剝が出没するので有名だった鈴ヶ森の近くと言った方がいいほど人家も少く、年老いた松が数多い寺の庭のそこここに植っていて、風の強い夜などは揺れる枝の葉音がすさまじく、冴えた月が池の漣《さざなみ》を青く照し出しているような土地であった。

一人前の男でも、なかなか職が見付からずやがて〝大学は出たけれど〟という言葉が流行するようになった時代のはじまりの時期に、若い女二人の給料で四人が暮すのは無理な話であった。月子も一年近く、同じ着物で会社に通わなければならなかった。免状を貰えば弟子を取って家計を助けることが出来るというのが稽古事を続けた月子の理屈であったが、長姉の静子や三女の理加に言わせれば、それは彼女の我儘であった。

免状を見ながら、由雄は、今で言えば高校生の年頃の月子が、いつも同じ臙脂《えんじ》の袴を穿いて、胸中の不安を払いのけようとでもするように、颯爽と丸ノ内の赤煉瓦の事務所街を歩いてゆく姿を想像した。

その洗足池の家に、柴山芳三が銀行の支配人だった頃の部下の一人、小俣政吉と、小田村大助の子分の加藤三太郎が時々訪ねて来ていた。二人は各々、別の理由で柴山芳三の遺された子供達の身の上を案じていた。しかし迂闊に援助を口にすれば「私達のことは私達でやりますから」と、まるでこのような逆境に陥ったのはあなた方のせいだ、と言わんばかりの勢いで撥ねつけられるので、おそるおそる様子を見に来ていたのである。事実、加藤三太郎の方は、小田村大助の指示で、二度「面倒を見させていただきますが」と言って月子の憤激を買っていた。すでに代議士に当選していた小田村は、大泉学園都市、小平学園都市などの開発に手を染め、柴山芳三の応援者であった、ある大銀行の頭取から清算管財人の助手の立場を利用して土地会社を譲り受け本州地所と改名するなど、事業家としての活動も漸《ようや》く盛んになっていた。押しの強さと、少壮政治家としての顔を売り物にしていたが、不況の影響は大きく、大正十四年には当の本州地所は不渡り事故を起した。それにもめげずに、その翌年には、採算が取れるはずもない航空部を作り、東京から箱根の芦ノ湖に水上飛行機を飛ばしたりしているのは、若さからくる活気と冒険心のせいばかりではなく、大隈重信や兄貴分の長池龍三郎などの政界指導者の後楯も強かったのだと思われる。いつ倒産しても不思議はないと言われた本州地所を率いて小田村大助は意気旺んであり、柴山月子は火の車の家計を支えようと、男のような足取りで丸ノ内界隈を闊歩していたのであった。宿痾《しゆくあ》の結核は幸い一時影をひそめていた。

小田村大助は憲法が発布された明治二十二年に滋賀県彦根の郊外の小地主の家に生れた。父親は五歳の時に急死し、まだ二十五だった母親は実家に戻った。彼女は北海道に大きな漁場を持っていた海産物問屋の娘であったので、「この嫁が残っていたのでは、小作米の収入と、僅かな銀行預金の利子では養っていけない。働き手を失ったので家計を切り詰めよう」と大助の祖父母が考えたからだ、と本州地所が編纂した小田村大助伝は伝えている。

はじめて読んだ時から、由雄はこの記述を信用しなかった。小田村大助が元気な頃に社員の手で編まれた伝記は、おもねる筆致で書かれていて、資料としての価値も低いと思われた。柴山の家の場合と違って系図はなかった。広い用水池を持った家に住みたいというのが祖父の願いであったという。小田村大助が祖父について語った、こうした断片は伝記よりも当時の家の雰囲気を伝えていて、おそらく資産のある家に育って若後家となった母親は田舎の生活に我慢が出来なかったのだと思われる。

小学校を卒業する頃から、入り組んだ田畑の耕地整理を思いついたり、共同の灌漑用溝の建設を提唱したという逸話は、小田村大助が同級生達とは違っていたことを示している。化学肥料を使えば米の収穫が増えると聞いて、大阪に出かけ、一手販売の権利を製造会社から貰って来たこともあったらしい。しかし村の人は誰も肥料を使おうとはせず、彼の目論見は失敗した。こうした経験を通じて、小田村大助が、おいそれとは人を信用しなくなったとしても無理のない結果であった。彼は十四の時に祖母を、十八の時に敬愛してやまなかった祖父を失った。妹と弟を抱えて苦学力行しなければならなくなったところは、月子と共通した境遇であったといえる――。

月子の上司は山城という会計部長で、彼女を可愛がって俳句の会に連れていったりしてくれた。太田青畝《せいほ》という俳人が主宰する集りで、彼は月子のことを――梅蘭芳《メイランファン》に似た娘を見たり梨の花――と詠んだ。やがて月子は句会に出席していた一人の青年に好意を抱くようになった。一度だけ二人は丸ノ内からお茶の水に出て、本郷西片町《にしかたまち》の方まで散歩したことがある。晩春の午後で、古い家が多い西片町の樹々はもう深い緑の蔭をつけ、生垣を透して、通り過ぎる家の庭に山吹や小手毬の黄や白の花が見え、ふと藤の花が匂ってきたりした。月子が男と肩を並べて歩いたのはこの時が最初であった。青年が洗足池の家を訪ねて来たので、月子に付合っている男がいることが長姉の静子に分ってしまった。苦しい毎日の生活のなかで姉妹の間に軋みが出来ていたから、長姉はたまたま様子を見に来た小俣政吉にこの事実を報せた。彼は柴山芳三の忠実な部下と思われていたから、話しておいた方がいいと静子は判断したのである。しかし、どういう訳か、噂はすぐ小田村大助の手下であった加藤三太郎の方に伝った。

話を知った加藤は内心大いに驚いた。事が進んでしまったら、世話になっている小田村大助に顔むけが出来ない。御注進が飛んで、月子を誘い出してしまう手筈が整えられた。加藤が「こんなところにいたら、大変なことになりますよ」と囁いたのは、彼にとって大変なことになる、という意味だったのである。月子を乗せた車が走り出した時、彼が思わず安堵の溜息をついたのは、これで小田村大助に言いつかっていた見張り役を仕損じないで済んだ、という気持からであった。一方、月子の方にも加藤の誘いに乗ってしまうだけの条件は、若紫以上にあった。彼女は小田村大助が嫌いではなかった。かつて〝大変なこと〟は外側から突然に柴山家を襲って自分達の生活を激変させたのであり、いつのまにか管財人になりかわって救いの手を伸ばしたのは小田村なのであった。

柴山芳三は、とても自分には出来そうもない荒仕事を、苦もなくやってのける年下の小田村大助に、異和感を抱きながらも頼もしくも思う、いくらか屈折した好意を持っていた。これで、うまく洗練されていけば、面白い男になるかもしれないと観察する、事業に失敗した男の感情の綾は、幼い月子には理解すべくもなかった。お父様は小田村さんが好きなのだと自分の気持に重ね合せて考えていた。

若い頃、医者になろうと考えていた柴山芳三はもともと事業家にはむいていなかったのである。

「お父様は学者か、青年時代の志望どおりにお医者さんになればよかったのに」と月子は時おり父親を気の毒に思った。

その彼が父親から受け継ぎ、後に長男の昌の手に渡った系図によれば、柴山家は、織田信長の業績を記述した織田軍記に、

——四家老ハ　林新五郎　平手中務　柴山与三左衛門　内藤勝馬等也——

と書かれているのが出自である。その後も合戦の記録のなかに、屢々柴山の名前が、ある時は信長の、またある時は秀吉の部下として出てくる。ところが、秀吉が没した慶長三年を境にして、それから先、約七十年にわたって系図は曖昧になってしまう。やがて、一人の浪人が阿州島田村に係累を頼って流れついたところから系図が再び繋りはじめているのを見て、柴山芳三は祖先が何等かの理由で大きな失敗を冒し、お家断絶となり、一家離散の苦況に陥ったのだと想像した。系図の添書には、

——昌名ハ推測スルニ他国ヨリ当家ヲ便リ、又左衛門時代、阿州ニ来ル。島田村ハ又左衛門ノ田領ナリ。依テコレニ住スルカ——

とある。

事業に失敗して以後、夕焼空が水平線にまで拡っている様が眺められる櫛形村五陣家に住むようになった頃から、柴山芳三はよくこの系図のことを口にした。事業も順調で、いずれは頭取になるだろうと自他共に認めていた時代には考えもしなかった祖先のことが、しきりに想念

に浮ぶようになったのである。その頃の柴山芳三の写真が一枚、由雄の手許にある。誰かの筆蹟で〝川尻鉱業所前にて〟と添書されているこの写真は、系図と共に由雄の手に渡ったもので、祖父が十人ほどの同僚らしい男と映っている図柄である。

山高帽を被った柴山芳三は、レンズに向って少し左前方を眺めているが、一緒に並んだ男達とはどこか変った雰囲気を漂わせている。描いたように細いが濃い眉、大きな目と瓜実型の輪郭が人目を魅くのもさることながら、仲間が「仕事が終ったら一杯やるか」とでも言いたげな表情を見せているなかで、彼の目だけは、遠い空に浮んで、光りながらゆっくり流れていく雲を追っているようなのである。彼等が背にして並んでいる川尻鉱業所の現場小屋の向うには、本当にどこまでも拡っている空があって、海も輝いていたのかもしれない。しかし、放心気味に遠くの何かを眺めているかに見える柴山芳三の表情は、フロックコートを着て写したもう一枚の肖像写真の場合も同じなのだ。当時の風習に従ってハイカラーを付け、髪を七三に分けた彼は、端正な容貌のなかに、どことなく近づいてくるものに怯えている趣がある。

撮られた日時が、いずれもはっきりしていないが、柴山芳三は倒産後、幾度か死を想った形跡があり、少女だった月子は、父親がある日忽然と姿を消してしまうのではないかと恐れていた。「月子と一緒に遠くへ行こうか」と柴山芳三が語りかけた時、彼女は「一緒よ、絶対、ひとりで行っては厭」と念を押しているうちに涙が溢れて来て、父親の膝に顔を埋めて泣きじゃくったことが、一度だけあった。彼は、娘の三つ編みにした髪や肩を撫でながら、

「泣いてはいかん、武士の娘は泣くんじゃない」と宥めた。月子の首の後は汚れていて、小梅町で雪子や華子と遊びまわっていた頃に較べると、急に大人びたようであった。いずれは柴山家の三名花になるだろうと言われていた娘が、貧に慣れ、貧に染っているのを見るのは辛かった。日頃、気丈に振舞っているだけに、内心は耐えていることも多いのだろうと、柴山芳三は、珍しく年相応の子供らしさを見せて泣いている月子の肩を、いつまでも無言で撫でていたのである。

系図のなかには、ただ〝女〟と書かれていて名前のない者が多い。

――血脈《けつみやく》有ルニ相違無之、本系ニ女子有、行方ヲ知ラズ。家断ト記シアレドモ追而右ノ女子夫ヲ設ケ家系相続ト見エ――

というような記述は、秀吉以後の時期に特に多い。戦乱のなかで上手に立廻ることが出来ず、一家は離散、主人は浪人、というような状況であったのであろう。こうした空白の後を受けて、一六〇〇年代の中頃の古屋新兵衛宗直を、系図は柴山家の正式の初代としている。というのは、この古屋姓が寛永三年の頃柴山姓に改まっているからである。おそらく、縁が続いていた柴山の方が名門であり、小姓にとりたてられた二代目昌昉が殿様に願い出て柴山家を継いだのであったろう。徳川幕府が成立したのが一六〇三年だから、ようやく世の中も平和になり、社会の秩序も身分序列も整ったこの頃から、柴山家の流れははっきりしてくるのである。

この系図は幕末の頃の八代目、唯克の依頼によって作られたとあり、それに後年書き足されたと思われる部分には、柴山芳三は明治三十五年、戸主新一死亡により家督相続と記されている。ということは唯克の次に新一なる人物がいて、柴山芳三は十代目にあたることになる。彼の一生は、由雄が月子から聞いた事実を綴《つ》ぎ合せてみると、子供の頃から波乱に満ちたものであった。祖父の祖父、つまり系図の作製を依頼した唯克は、名古屋の遠縁に貰われた五女の華子の言によれば、大酒呑みで、新一の代になると家運は傾き、息子を提灯屋の奉公に出すことになったらしい。華子は、矜持に満ち、整った美貌の持主であった雪子、情熱的で一番父親の面影を継いでいた月子と較べて顔立ちも盆のように丸く、気立ても明るかったから、離散した一家のなかでは縁続きの資産家に貰われて、柴山家の歴史についても養家先から聞く機会に恵まれていたのである。

　自分が、どうやら奉公に出されるらしいと知った柴山芳三は或る夜家を飛出し、荷物にまぎれて貨物船に乗り込み、東京まで無銭旅行を重ねて、遠縁の長井長義の家に転り込んだ。秀才だった長井は、維新当初の蜂須賀公の文明開化策に従ってベルリンに留学し、ドイツ女のエリザを伴って帰国すると、設立後間もない東京大学の薬学科の教授に任命されていた。彼は、前触れもなしに飛込んできた郷里の遠縁にあたる少年を追い返す訳にもいかず、家において書生のように使いながら学校に通わせることにした。柴山芳三の西洋趣味は、この長井家に寄寓していた時代に身についたのである。

　当時、ドイツはウィルヘルム一世の時代で、ビスマルク宰相の指導下にあり、次々に戦争を仕掛けては近隣諸国を併合し、精力的に重工業化を進めていた。エリザは、そうしたドイツの中心であったベルリンに生れた質実剛健な女であった。彼女の厳しい監督の下で、柴山芳三は片言のドイツ語を覚え、朝はパンとコーヒーだけ、アルコール類は国家的な祝日のビールだけといった生活を送った。少年の日の柴山芳三の日課は、彼女が結婚の時に実家から授けられた銀の食器を磨くことであったという。

青年になるにつれて、厳しすぎるエリザを批判するようになったけれども、おりよく日清戦争がはじまり、応召した彼は青島作戦で武勲を立て、当時としては大金の五十円という褒賞金を陸軍大臣から拝領した。柴山芳三は、帰国する船中で、赤十字の志願看護婦として従軍していた石川節を識り、二人はたちまち恋に陥ちた。剣豪、男谷下総守の血を引く彼女は、日本を捉えた熱狂のなかでじっとしていられず、女ながら戦争に参加して柴山芳三に巡り合ったのである。向島小梅町に住んでいたのは彼女の実兄にあたり、当時家運が傾いていたことも、石川節が戦争に飛込んだひとつの理由であったろう。平凡であることに我慢できず、現実世界にはないものを夢見がちな男と、家系を誇りにしていた情熱の持主であった女の間に、生後すぐ死んだ六男の昂を含めれば十一人の子供が生れた。兄弟姉妹のなかには、両親の烈しい気性がぶつかって中和してしまったかのように、ただ善良で、どんな扱いを受けても、にこにこと耐えている性格の者も多い。雪子と月子と華子の三姉妹の気性は、一人一人違っていたが、美貌を与えられた点では共通していた。男のなかでは、父親の性質をもっとも受けついだのが二男の治であり、外見ではこの治と五男の彰が好男子であった。月子が、能力はあるが破綻の危険性も高い小田村大助と結ばれたのは、ある意味では当然であったのかもしれない。少くとも彼は平凡ではなかったのである。

由雄は治叔父が三鷹の家で見合いをした日のことをよく覚えている。相手は、前年小田村大助が箱根で大病を患った時、派出看護婦会から派遣されて、泊り込みで看病をした頼子であった。漸く体力を回復した小田村大助は、珍しく月子の家に泊って、その見合いに立会った。約束の時間に少し遅れて、庭先の門を勢いよく押し開けて、いつもよりめかした治が、白い靴を履いた足を、真直ぐに伸ばすドイツ少年団のような歩き方で玄関に近づいて来るのが見えた。頼子が、物音に驚いた水鳥のように、緊張して坐り直し、小田村大助がジロリと彼女を一瞥した。

月子はこの縁談に反対だった。小田村大助が最初の妻に生ませた娘と結婚して、本州地所の社長になっていた島月正二郎などは、頼子に手を付けてしまった大将が、彼女を拝領妻のように治に押し付けようとしていると噂していた。真面目で気の小さい彼は、妙な係累が増えて、本州系の企業のなかで自分の立場が曖昧になってしまうのを、ひどく気にしていた。月子は、島月正二郎の心配とは関係なく、頼子が美しくもなく教養もないのが気に入らなかった。

「あなただったら、どんな女だって貰えるんだから断りなさいよ」と月子は治に忠告した。

「頼子は柴山家にはふさわしくないわ」

「まあ、でも、女なんて誰でも同じようなもんでしょう」と、治の反応が意外に頼子に対して好意的なので月子は驚いた。貰われていった佐野商店が倒産してから、旅廻りの役者になったり、警察に捕ったのを小田村大助に救けてもらったりしていた治は、島月正二郎の下での会社勤めにはあきあきしていて、その頃月子には内緒で大陸の戦争に飛込もうと準備を進めていたのである。

その計画どおり、結婚後間もなく、柴山治は軍属になって大陸に渡り、以後数年を北京で送った。中国大陸の各地に戦火が拡ってゆくなかで、当時の日本を捉えていた不合理な熱狂に、治もまた酔う年頃だった。さしたる学歴も技能もなく、生命だけは惜しがらない彼の中国での仕事は特務機関のようなものであった。

ずっと後になって、本州食品に入って支配人になった治が、騙されて会社の経理に穴をあけていたのが分った時、月子は即座に「あんな女と一緒になるからいけないのよ。家の中が面白くないから、どうしたって隙が出来るわ」と批評した。容貌も父親似で、ハイカラ趣味の点でも、柴山芳三を彷彿とさせ、男の兄弟のなかでは一番月子と仲の良かった治も、頼子との結婚については終生姉の指弾に甘んじなければならなかった。

何事にも黒白をはっきりさせなければ気の済まない月子の性格は、由雄にとっても他人事ではなかった。母親の反対を押し切った彼の最初の結婚は結局失敗に終った。相手は大学時代の仲間の伊藤咲子であった。彼等は第二次大戦で死んだ学生達の手記『きけわだつみのこえ』の運動のなかで識り合った。第一次大戦後のドイツ戦没学生の文集のひそみに倣って編集されたこの本は、敗戦直後、全国的な反響を呼び起していた。由雄達は、この空気を利用して反戦運動の組織を全国に作り、旧体制を糾弾しようと気負い立っていたのである。その旧体制のなかには小田村大助も入っていた。彼等は、運動を拡げる手段として映画を作ること、彫刻の〝わだつみ像〟を総ての大学の構内に建てることを運動の目標にした。月子が、この運動に賛成してくれたことは、由雄を大いに励ました。処女歌集『静夜』のなかには、夜も寝ずの熱心さで活動している由雄を——あやまりなき明日を見給へ——と歌った数首が収められている。

彼女がこの会に共鳴したのは、それが滅びた者を悼む運動であったからだ。敗戦後、小田村大助に内緒で師事していた吉井勇のすすめで、日本浪曼派の流れを汲む前島佐太郎の「大和歌人」に参加していた月子は、失敗に終った民族大遠征の叙事詩に涙を流す心情を胸中に育てていた。事業に失敗したまま、無念のうちに他界した柴山芳三を想う気持は、月子のなかで戦没学生を悼む感情と一体になっていたのである。

彼女がノートの昭和二十六年の欄に、

——由雄、経済学部を卒業、引続き文学部に進む。秋に胸部疾患にて喀血す。ひそかに尖鋭なる思想活動に日夜専念していた為と戦後の栄養不足の結果——

と書いたように、彼はその後二年の療養生活を送り、いくらか元気を回復したところで小田村大助の秘書になった。発病の直前、由雄が所属していた組織が〝国際派〟と〝主流派〟に分裂し、派閥の争いのなかで、彼が反動的な父親を持っているのが暴露されたのも、心境の変化の一因であった。——〝国際派〟の拠点T大細胞は札付きの反動政治家、翼賛議員を父親に持つスパイ小田村由雄の工作によって分裂主義者集団に転落し——というような攻撃に対して「僕は僕で小田村大助とは違うんだ」という主張は、素直すぎて弱々しい声でしかなかった。味方になってくれるはずの〝わだつみの会〟のなかでも、革新陣営に迷惑をかけた存在と見なされ、「大学に入った時、父親に絶縁状を送った」などという説明も、烈しい争いを繰り展げている双方から、ただ失笑で報いられた。深く辱められた状態の時に、たまたま由雄は血を吐いたのであった。絶対安静のベッドで、天井に影のように映り、時間と共に移動してゆく外界の光の反射を眺めながら由雄が耐えていたのは、疲労と分ち難く絡まった無力感であった。思想とか理想をふりかざした運動が、外部の世界を少しも変えていないという発見であった。仲間を失ったこと、残ったのは反撥していた小田村の家の者だったこと、見舞に来てくれるのは月子と妹の久美子だけであり、その背後には小田村大助がいること、今は彼等に身を委ねるしかないのを、彼は何度も自己懲罰の作業のように確認した。

ストレプトマイシンが意外なほどの効果をあげて病気の進行を止め、治癒の望みが出て来た頃、彼ははじめて、病院の壁を這う油虫に呼びかけた詩を創った。短歌を詠まなくなってから五年ぶりに筆を執ったのであった。当面の目標は健康を取戻すこと、主要打撃の方向は結核菌……と、運動の用語を使って今後のことを考えた由雄の胸中には、現実と妥協し、屈辱に耐えてでも、また闘える条件を手に入れるしかない、という判断があった。

自分の意志では、どうにもならないことがあるのだと思うと、寝込む前まで月子を烈しく責めていた自分の姿が、他人の行為のように見えて来たのだ。もしかするとその時、世間に対しての身内（家族）を意識する思想が滑り込んで来たのであろうかと、後年、由雄は当時の自分を回想したのであったが。


月子が常に手近に置いていた文箱の底には薄いパラフィン紙に包んだ二枚の絵葉書が蔵われていた。夫の死後、彼女は、

――これは一九二一年（大正十年）露西亜のウラジオストックから私宛に送って来たものです。知らぬ間に私の手許から紛失していました。一九七八年、巴里で久美子から「家を出る時、無断でお母様の文箱から持ち出しました」と言って返されました。

この絵葉書は、少女の日の私の宝物でした。ある若き騎兵中尉が巴里に派遣された時の記念に、帰途、ウラジオストックから送って来たものです。関東大震災の時、流言蜚語におびやかされた市民を鎮めるために軍隊が出動、その時、部隊を引連れて市谷地区の警戒に当ったその人が、われわれの安否を気遣って訪ねて来たことを、後で父から聞きました。其の後の消息は全く知りません――

と書いたメモを、その絵葉書に添えておいた。この記述によれば、月子の少女の日の宝物は

十年以上パリの久美子の手に渡っていたことになる。

もう一組、水仙と椿の花の地模様の左隅を楕円形に白く抜いて、汽船の写真を印刷したものと、船だけの全景の絵葉書が、同じ文箱に入っていた。日本郵船株式会社、汽船北野丸、七千九百五拾弐噸《トン》、という字が読める。由雄は、騎兵中尉が渡欧の際に乗ったのがこの船だったのだと推測した。月子が宝物と呼んだ二枚は、パリの町で買ったものらしく、いずれもBONNE・FÊTEというフランス語が押印されている。〝良き祭り〟あるいは〝今日はお祭りですね〟という程のこの言葉には、おそらく特別の意味はないのであろう。

大正十年といえば、彼女は十四で、一家が茨城の櫛形村から引揚げて市谷にふたたび居を構えた年である。月子は、第二次大戦で日本が敗れたあと、大正のはじめに密命を帯びて帝政ロシアの国情を偵察し、第一次大戦の際の対独宣戦のための情報を齎《もた》らした陸軍大尉について、時おり由雄に語って聞かせた。おそらく彼女は、持前の想像力を働かせて、その人物と、自分に絵葉書をくれた騎兵中尉を重ね合せていたのであったろう。そのような武勲も、日本が敗けた後になってみれば、一場の夢、〝良き祭り〟であったのかもしれないのであるが。

図柄は、一枚がラヴェンダーの花束を持った西洋の男の子の写真、もう一枚には、薔薇を挿した小さな籠を二つ両脇に抱え持って、澄まして首を傾けている、同じような年頃の少女が映っていた。全体はセピア色に仕上げられていて、花の紫と紅、それに少女が着ている水色のフリルの付いたワンピースの部分だけに、淡い彩色が施されている。何を着ていても、盛装しているように見える雰囲気が月子にはあって、それが母親に対する由雄の不満でもあり、誇らしく思う性質でもあったのであるが、月子に、少し首を傾けて微笑する癖があるのは、長いあいだ、ひそかにこの宝物を見て来たからかもしれない、と彼は思った。

添え書きから、家を出る時、久美子がこっそり母親の文箱からこの二枚の絵葉書を持ち出したのを知って、由雄には二十歳になったばかりの妹のその時の気持が急に見えて来た。

月子の姉の雪子は財閥系の製紙会社の重役柏崎素彦と結婚していたが、その義兄に、有名な美術蒐集家の添島幡太郎がいた。彼に連れられてフランスに行くことが決った時、久美子はもう日本に帰らないつもりだったのである。彼女は母親を思い出すよすがになるものを持っていたかったのだ。二十から二十九になるまでの十年間に、二度の結婚に失敗した久美子は、日本の男に愛想をつかしていた。

昭和二十四年のノートに月子は、

――久美子、さまざまな経緯をへて林田悟郎に嫁す。小田村大助の強制的な選択による――

と書いている。

林田悟郎は本州地所の経理課に勤めていた男で、苦学して大学を卒業した後、同郷の島月正二郎の縁故を頼って入社した。小田村大助にとって、柴山の係累と島月正二郎の関係が久美子の結婚でいくらか平和になるのは好ましいことであった。幹部同士があまり仲が良くても謀叛の心配があったが、かといって犬猿の間柄になりすぎるのも何かと煩わしいと小田村大助は考えたのである。それに久美子は家を飛出して、一度結婚に失敗した傷ものであった。

彼女は八年間、林田悟郎と暮し、八重、充郎の二人の子供を生んだ。しかし、サラリーマンの妻としての生活に自らを閉じ籠めてしまおうとする努力には限界があった。出張旅費を苦労して浮かし、少しずつ貯金が増えるのを楽しみにして、月に何度も計算をする夫を愛しつづけるのは困難であった。小説家になりたいと考えたのは、やはり月子の影響であり、最初の失敗にめげず、ひそかに準備して二度目の独立を試みた行動には小田村大助の性格が現れていた。両親の留守を狙って月子の文箱のなかに二枚の絵葉書を見付けた時、久美子は躊躇《ちゅうちょ》せずに手を伸ばして、それが母親の少女の頃の宝物とまでは思わずに持出したのだ。文学少女の憧れそのもののようなこの絵葉書は月子を連想するのにふさわしいと思われた。彼女はまず林田悟郎と住んでいた小田村の家の離れを出て目白にアパートを借り、そこから銀座の酒場に通いはじめた。数年間働き、さらに充分な準備を整えて日本を離れる計画だったのである。最初の家出の時は〝わだつみの会〟の運動に奔走していたし、そのうちに寝込んでしまって、思うように応援してやれなかった悔いもあって、由雄はひそかに久美子に協力した。

彼の手許には、添島幡太郎の妻で、随筆家としても著名であった添島慶子が月子宛に出した手紙がある。彼女は、時候の挨拶に続けて、

——久美子様のことについて、少々御話し申上げたく存じて筆を取りました——と切り出している。

——先頃、柏崎夫婦より御事情を打明けられ、どのような家族関係にあっても、どこにもいろいろな事があるものだと御同情いたしました事ですが、何しろ御本人のお話をうかがいませんと御気持を察することも出来ませんので、実は三週間ほど前に、熱海の宅へ御出いただき、私と久美子様と差向いで、一応の御気持を承りましたことでした。このことから、久美子様の現在の御心持もそう特別珍しいことではなく、あの年齢であのような物の考え方をなさるのも性格に依ってはあり得ることで、一応このまま御自分の思う通りに御進みになるのも致し方ないと考えたのでございました——

この会見の時、添島慶子は、若いうちに文章を書く練習や語学の勉強をするように、そのためにも酒場で働くのは害あって益なし、と忠告して、「母に迷惑をかけたくないし、小田村の家の世話にはなりたくないんです」と言い張る久美子と議論になったのであった。「私はあんまり何も知らないので、小説を書くためにもバーのようなところで働いた方がいいと思って」と久美子は言い、「久美子さん、それこそあなた世間知らずですよ。文学って、そういうことではないはずよ」と添島慶子は窘《たしな》めたのである。

——ところで、それから以後、折にふれていろいろ考えてみたので御座いますが、何としても御本人はまだお若いし、世間の苦労も知らず、それに困ったことに十人並以上の仲々の御きりょうよしなので、余り独りで放り出しておいてはと、少々心配になってまいりました。御本人はしっかりした御気持でしょうが、人間は淋しい時、心細い時には、ちょっとした親切や甘言に溺れやすく、ことに御家柄が御家柄ですから、そのことを勘定に入れて、何かと言寄る碌でなしのエタイの知れぬ男などが現れたら、ちょっと困ることになるかも知れずと気になってまいりました――

添島慶子は、このように筆を進めて次第に本題に入っていく。文面から察すると、小田村大助の目に触れることもあり得ると心得て書いている。

――先日、御馳走になった帰り、弟夫婦にこの私の心配を洩しましたところ、二人とも「それだ、それを自分達も心配しているのだ」と言うので御座います――

その頃、戦争が終って十年以上経ったので、添島幡太郎は何とかしてフランスに行き、昔の絵描き達にも会おうと考えて柏崎素彦に助力を頼み、親切で世話好きな彼は、政府にも顔のきく小田村大助に添島を紹介したりしていたのである。当時、外貨が不足している政府からの渡航許可はなかなか出ない状態であった。

――久美子様に御出いただいた晩は、その日一日あった事などを、いつもの通り私共夫婦の習慣で語り合いましたが、この時ふと、ある一つの思いつきが浮び、これをオヤジに申しましたら、ウーンと唸ってしまいましたが、それは確かに一つの方法かも知れず、さり乍ら、オヤジとしても責任重大で、オイソレとは判断出来ぬと言うので御座います。その思いつきというのは、若しオヤジの旅券が無事に手に入り、洋行するとなったら、久美子様も此の機会に日本を離れて外国の空気に接し、見聞を広め、気を変えたら、考え方も変るかもしれない、という事なので御座います——

こうして添島慶子の手紙は、

——もしよろしければ一度、折を見て御相談申し上げたく——

と結ばれている。由雄の内々の依頼を受けて、フランス渡航の準備をしている添島幡太郎が久美子を連れて行く計画を立てたのは柏崎素彦と雪子だった。

月子の家族との交際がはじまり、小田村大助の物の考え方や、家庭のなかでの振舞を聞くにつけて、子供の頃別れたままの四十年の間に、妹がどのような環境に生きていたのかを雪子は知った。一家離散後、比較的裕福な遠縁の家に貰われ、音楽学校に通っているうちに柏崎と知り合った自分や、子供の頃からの無邪気な性格を変える必要もなく大人になって、男運もよく、いまだに〝おしどり夫婦〟などとからかわれている華子の方が例外だったのだと分った。雪子は、小田村大助と月子の気質をそれぞれに受けた由雄と久美子が、いつまでも両親と同じ家に住み続けるならば、どんな無惨な事態が起らないとも限らないような気がした。実際に事を運ぶ知恵を出すのは義姉の慶子の役割であった。

「あなた、月子さんや久美子ちゃんの身にもなってごらんなさいよ」

添島慶子は、平然と妻妾同居のような状態を続けている小田村大助の振舞を「そりゃ、男として最高だね、アラビアのサルタンのようなものだ」と感心ばかりしている夫に注意を促して、まず久美子に熱海に来るようにと連絡した。彼女に会ってみて、慶子はたちどころに、この娘はちょっとやそっと忠告してみても言うことを聞くような性格ではないと見抜いた。久美子は、静かな、ゆっくりした口調で慶子の質問に答えたが、彼女が「世間知らずよ」と批判した時、ほんの少し唇をまげて不同意を表した。むしろ「世間知らずはおば様の方ではないかしら」と考えていることをその表情は示していた。

「あの娘は、やっぱり行かせてやるしかないわ、向うに行ってからが大変でしょうけど、なんとかやるでしょう」と慶子は夫に報告した。

「なかなかの美人だからね、俺だって危いかもしれないよ」と添島幡太郎は妻を脅した。

「大丈夫ですよ、あの娘の方がお呼びではありませんよ」

慶子はそうやり返して、二人は声を揃えて笑った。

久美子のパリ行きが決った時、小田村大助は初めて息子の由雄に礼を言った。銀座の酒場などに勤めて、いつどんな醜聞を起すかと時限爆弾を抱えたようであったのが、遠縁の美術蒐集家に連れられて日本を離れたとなれば世間態もよく、当面の危機は回避されるのであったから。残された八重と充郎の二人の孫が不憫であったが、小田村大助にすれば自分も五歳の時に母親に捨てられたのであった。

久美子の日本脱出を通じて柏崎夫婦と親しくなった由雄は、小田村大助の選挙の手伝いで滋賀県に出かけたような時、京都の郊外に住んでいた柏崎素彦と雪子伯母の家を訪ねるようになった。

子供の頃、仲の良かった雪子と月子が再会したのは、久美子の問題が起る四年前、小田村大助が衆議院議長に選ばれ、月子の籍が小田村家に入って正妻になってからであった。

「小田村君も議長になったんだし、月子さんも正夫人として認められたんだから、僕等もそろそろ付合ってもいいだろう」と柏崎素彦は財閥の番頭らしく言い出したのである。それまで雪子は釈然としない気持を妹の月子に対して抱いていた。努力して薬剤師の資格を取り、医師と結婚して横浜に住んでいた理加から、月子は貧しさに敗けて、静子姉と末弟の彰との洗足池での共同生活を勝手に脱け出し、妻子のある男のもとに走った、と聞いていたのであったから。

東京で重役会が開かれた際、雪子は夫と一緒に麻布に月子を訪ねた。子供の頃別れた妹に再会してみると、さすがに懐しさが先に立った。その上、議長に任命された時、「国会は政府与党の機関ではありません。野党の機関でもありません」と演説して、立法府の独立性を説き、世間の喝采を博した話などをする小田村大助を見ていると、家の中の者は大変だろうが、距離を置いて付合えば、彼も世間で言われているような変な男ではないと思った。

甥の由雄が京都の家に顔を出すと、およそ毒気のない、快活な男であった柏崎は喜んで、待っていたように祇園のお茶屋に席を作った。その際は妻の雪子も同席した。酔ってくると、舞妓達の紅の口形がいちめんに押されているハンカチを取出してテーブルに拡げ「これが我が家の家宝だよ。番頭だから小田村君のところのように財産はないがね」と見せびらかしたりした。

「あなたは、由雄さんにそれを見せたくて招んだんでしょう、由雄さん、あなたはだしになっているのよ」と雪子が傍から口を挟む。

「この人は音楽学校に通うので九段の坂を降りて市電に乗るんだ。僕の学校は坂の上にあったので、毎朝すれ違う。それがもとでこういうことになってね」

と柏崎が言えば、

「嘘おっしゃい。あなたは工藤さんがお目あてだったのよ」

と雪子が言い返し、由雄を振り返って、

「工藤さんていってね、それはそれは美人で評判の同級生がいたのよ。月子さんがいたらきっと大変な競争になったんじゃないかしら」

と説明する。

「ハッハ、たしかに僕がその工藤君の家にレコードをプレゼントしに行ったら、この人が遊びに来ていてね。この人も評判の美人でした」

「今頃、お世辞言っても駄目よ」

食事のあいだ笑いが絶えず、会話は屢々、舞妓たちの嬌声や姐さん芸者の合の手で中断された。それは、小田村大助を囲んで、月子、由雄、久美子の四人がとる食事とは全く異なる、友達同士の会食のような具合であった。そんな雰囲気に接すると、由雄の胸中には、またしても父親への反撥が蠢《うごめ》いた。

小田村大助は毎朝、食事の前に家族を従えて、まず信仰している箱根神社に向って拍手《かしわで》をうち、続いて向きを変えて仏壇に線香をあげて祖父母の位牌に手を合せるのを常とした。戦争が終り、大学に入ってからはそれが厭で、由雄はなるべく朝食も父親とは一緒にならないように工夫していた。柏崎夫婦と会食していると由雄は、自分の家はまだ封建領主の支配下にあるのに、かつて学生時代、日本を戦争に追いやったと非難していた財閥の番頭の方が自由だと思った。豪農の家と都会風のサロンの違いといってもいいのかもしれないと考えた。

由雄が小田村家とは違う家庭の空気に触れたのは柏崎の家が始めてであった。学生の頃、友達の下宿に遊びにいったり、会議の果てに雑魚寝をするようなことはあったが、なるべく他家とは付合わないようにしていたのである。母親が病弱のせいもあったが、月子が正妻でなかったこともやはり影響していた。伯父に気に入られて、柏崎の家に出入りするようになると、由雄は父親を批判するのとは別の目で、小田村の家を眺めるようになった。

京都の瓢亭が、東京の築地に店を持っていた頃、彼は柏崎素彦に連れられてそこで吉井勇に会ったことがある。維新の志士であった吉井勇の祖父は薩摩藩士であり、貴族院議員だった父親は捕鯨会社や製糖会社を興した実業家でもあり、柏崎の家とは同郷の代々近しい間柄であった。吉井勇は事業を継がずに歌人になり、親の財産を遊興に蕩尽してしまったと伝えられる生活態度と共に、戦争の頃の硬派とは正反対の浪曼派の指導者として、月子のような、かつての文学少女には大きな影響を与えていたのであった。彼女が歌を創りはじめた頃、愛読したのは彼が主宰していた第一次「昴《すばる》」であり、最初の作品が活字になったのもこの雑誌であった。学生時代の思想からすれば、およそ異質の境地を生きてきた歌人に接した訳だが、吉井勇が身辺に漂わせている雰囲気には深く内側に沈んだ響きがあって、由雄は作品から想像していた歌人が、このような陰影を纏《まと》っているのに圧倒された。

柏崎が「由雄君にも少し遊びを覚えさせた方がいいと思ったのでね」と、親戚の青年の指導を頼みたいという意味を含めた話をした時、吉井勇は、不思議な笑いを浮べて、

「君等のような財閥の番頭が、いくら会社の金でお茶屋に通っても、それはまあ遊んだうちには入らないね」と、ゆっくりした静かな声で異議を唱えた。気のいい柏崎は、

「へえ、どうも済みません」と頭へ手をやって由雄を顧みた。吉井勇は、このやりとりで実業だけを正業と考えている柏崎を否定し、同時に遊びぬくことの難しさにも言及したのであったろう。思わぬ厳しい答えに接して柏崎は恐れ入ってみせたけれども、傷ついた訳ではなかった。

二人の応答を見ていて、由雄はずっと以前に父親が吉井勇のことを「あんな親不孝者が」と吐き捨てるような口ぶりであったのを思い出した。その時、「昴」に投稿しているのが露見したのかと、月子は一瞬顔色を変えたが、小田村大助に他意はないようであった。小田村大助のその言葉の烈しさの裏には、自分は祖父の田畑を売って東京へ出て来てしまったが、必ず持ち地所を何倍かにして故郷に錦を飾ってみせるという自負が隠されていた。

そのように異質な男と女でも愛し合うことが可能であり、その結果として自分が在るのだというおぼろ気な自覚は、由雄に、不気味で厭なものに耐えることを要求しているようであった。

由雄は、結核で寝込んで以来、自分が熱中していた学生運動が敗れた根底には、何か分らないものがある、という気がしていたが、それはもしかすると、男と女が愛し合うことの、理屈では整理できない部分に源があるのかもしれない。とすれば、生きてゆくためには、いつもこの〝何か分らないもの〟と折合をつけていかなければいけないのか。柏崎素彦と吉井勇の応答を、瓢亭の固い畳の上にかしこまって聞きながら、由雄はいつか、その根底にあるものに近付き、乗り超えて、自由な人間になりたいと思った。見たところ吉井勇はすでにそうした闊達さを身につけているようだった。彼を通して、その背後にあるものを見ようと、ぼんやりした眼差しになっている由雄に、茶室の行燈の光が揺れて、壁に大きく月子の師の影を投影していた。

長年、雑誌「昴」の投稿欄を通じて指導を受けていた月子が、夫には内緒でこの吉井勇に会えたのは、これも柏崎素彦の紹介で二冊目の歌集を編む少し前のことであった。

吉井勇は大伴月子の名で出版されたこの歌集『明窓』に、

うつし世に女《おみな》と生れ道けはし君の歌見てふと思ふこと

大いなる自然のなかに生きたまへ醜の人の世歌にのがれて

等、いかにも若い女弟子に贈ったと読める五首の序歌を寄せた。それは月子の前途に、まだまだいくつもの苦しみが待っていることを、彼が予測しているような歌いぶりでもあったのである。

彼女の作品のなかで最も初期のものは、「昴」の投稿作品のなかから採られた、

いく秋を憂きつゆ霜に耐へて咲くかをりめでたき苑の白菊

であった。

一章

月子を得た時、小田村大助は三十六であった。すでに衆議院議員になっていた彼は、箱根と軽井沢の将来性に着目し、中伊豆を走る駿豆鉄道を買収したりしていたのであったが、目白に作った文化村が成功した勢いをかって、東京郊外の国立、大泉、小平に相ついで学園都市の建設をはじめた。本社であった本州地所が経理のまずさから不渡り事故を起したが、月子を自分のものに出来た嬉しさは彼に事業の上での困難を乗り切る自信を与え、さらに意欲的な計画を作りはじめた。幹部をドイツに派遣して自動車専用道路の研究をさせ、駿豆鉄道の起点である三島から十国峠《じっこくとうげ》を経て芦ノ湖に走る山岳道路の建設を目論んだ。月子が性の営みについては全くの無知で、はじめ烈しく彼を拒否したことは、小田村大助の喜びを殊のほか大きなものにした。予想外の出来事は、貝塚市子が彼女の存在に気付き、憤慨して執拗に入籍を要求しはじめたことであった。それまで彼女は男女両性の平等を唱えて、入籍によって姓が変ることに、どちらかといえば消極的であったのである。女というものは、どうしてこのように嫉妬深く独占欲が強いのかと、彼は自分のことは棚にあげて慨歎したが、先輩の長池龍三郎の祝福を受けて一緒になった市子であったから、彼女の要求を等閑視する訳にはいかなかった。

やがて月子は男の子を生んだ。最初の妻との間に出来た長男に失望していた彼は喜んで祖父の名から一字をとって由雄と名付けたが、果して満足に成長するかどうか覚束ない虚弱児であった。そのうちに、どういう訳か月子が子供を生んだことも市子に知れた。監視役を兼ねて付添わせておいた女中のさだが通報したことを知って、小田村大助は彼女を抱いておかなかったのを悔んだが後の祭りであった。さだは市子の同郷の娘だった。その時はすでに二番目の子の久美子も生れていた。石女であった市子は顔を合せると従来にもまして入籍を迫るようになった。止むを得ず婚姻届に印を押した。「あんまりうるさいので」と顚末を事務的な口調で告げた時、月子は「おや、そうですか」と、しいて関心のないような素振りで応じただけであったので、小田村大助は煩わしさから免れただけでもよかったとひとまず安堵した。晩年になってこの時のことを月子は、「その程度の人かと分ったから、もう私は何も言わなかったのよ。でも、それからというもの、私は決して心を開くことはなかったわ」と由雄に語った。

由雄の手許には、ずっと後に離婚して、旧姓に戻った貝塚市子が、小田村大助に宛てた手紙がある。月子が四十七歳、由雄が二十七歳の時に書かれたものである。

——俄《にわか》に本格的な夏になりました。もともと暑さにお強い貴台のことゆえ、お元気とお喜び申し上げます。

さて、かねて交渉を重ねておりました離婚問題も事なく落着、私はもとの貝塚市子になりました。従来いろいろと面白からぬいきさつも、要するにお互の不徳の結果、ながい悪夢を見た事とあきらめました。しかし、これ迄のゆきがかり上、一生交際をつづける人もありますので、どうかこの辺、お目こぼしを頂きたく、頂いたお金は彼等によって管理願うことにいたしました。貴台が運用なされば、どの位有意義に活用されるか分りませんのに、私が持ったのでは、失わないという丈でもよいとお考え頂きたく。人に騙される事はありませんから、御安心下さいますよう。

どうぞ、この上とも御健康、お立派に御年功の種々お祈り申し上げます。伺って御あいさつ申上げようと存じましたが、なまじお目にかかって未練がましい言葉が出たり、愚痴など出てもいけないと、わざと差しひかえました。どうぞ安らかに。

では、御健康をおいのり致します――

この手紙を読んだ時、由雄が受けたのは、抑制された表現を使っているだけに、どの部分が、と指摘し難い憂欝の感情であった。相手を非難しようとすれば、天に向って唾するように、それは自分にかかってしまう。どうしてあんな男と、と思えば、そんな男を愛した愚かさが浮彫りになる。

最初の結婚に失敗した由雄には、貝塚市子が持てあましたであろう、どこへもやり場のない腹立たしさが他人事とは思えず、母親には言えないが、もしかしたら市子の方が小田村大助より上質の人間だったのではないかと考えたりしたのである。

長い戦争のなかで事業を発展させて来た小田村大助の立場は、いつの間にか彼が政界に出た頃とは似ても似つかないものになっていた。小田村大助宛に最後の手紙を書く彼女の脳裡をゆき来する想いが、かつて自分達が理想とか思想と呼んでいたものが、結局虚しい幻影に過ぎなかったという感慨であったとしても不思議はない。そのなかから聞えてくるのは、老いが、しずかに足下を濡らす音であったろう。手紙を書く彼女の脳裡にあったのは、

「——かくして、このような新郎、小田村大助君と、新婦市子さんの結婚は、我が国の実業、政治、そして社会の新しい前途を祝福するかの如く、吾人の前に、このシャンデリアのように粲然と輝いているのであります。我等が若き同志、小田村大助君が生れたのが、まさに憲法が発布された年であり、この華燭の宴が行われているのが、去る三月の総選挙において、我が立憲同志会が圧倒的な大勝利を博した大正四年、乙卯《きのとう》の年であることは、二人の前途を、歴史が誇らかに照しているように思われるのであります——」

と、得意の美文調の祝辞を述べた、彼等の先輩、長池龍三郎の演説であったと思われる。少くとも、その頃、彼は掛値なしに理想を見ていたのだと貝塚市子は知っていた。自分に対する気持も本物だった。変ったのは柴山月子が現れてからだと考えると、またしても自分の胸中に

嫉妬が蠢くのを、彼女は「哀れな女よ」と我が事ではないような目で突放して眺めた。疲れがその後から徐々に貝塚市子に忍び寄った。

このような青年時代を持った父親のことを理解できないのと同じように、由雄は母親を客観的に見れなかった。

由雄の子供の頃の記憶にある月子は部屋のなかを移動する時、足音を立てなかった。畳の上を滑るように早く歩き、身を翻したかと思うとピタリと静止する。母親が立ったまま俄にゆさぶり難い存在に見えてくるような時、彼女は歌のことを考えているのだった。好きな食べ物は少量の海産物と果実である。久美子を生んでから、一時治っていた結核が再発し、朝食が済むとすぐ寝るようにしていた彼女のこうした動作と食生活を考えると、母親が何処から活力を得ていたのかと、由雄は不思議な気がする時があった。鎌倉海岸に、幼い二人の子供を連れて転地したのは、かえって病状を悪化させたから、一転して北多摩郡三鷹村に居を構えたのは、貝塚市子と離れたこととあいまって賢明な選択であった。時々、訳もなく咳こみ、午後になると決って熱が出る身体を横たえていると、塗りたての土壁の臭いが鼻を打った。まだ周囲が林と畑ばかりであった三鷹村では、昼間からおけらとも地虫ともつかぬ虫が鳴いていた。雨があがると遠くに郭公《かっこう》の声が聞えた。夜が近づくと、青葉木菟《あおばずく》が、すぐ傍の暗い穴へ月子を誘うように繰返して鳴いた。幼時を過した茨城の村を思い出していると彼女の眼には自然に涙が溢れてきた。自分は死にそこなったのだと思った。

鎌倉にいた時、彼女はもう少しで死ねるところだったのである。もし本当に生命力があるなら、自分がいなくても子供達は生きのびてゆくだろう、そう思って傍に置いた剃刀を静脈に当てる前に、もう一度由雄と久美子の顔を見ておこうと考えて、少し前から二人の姿が見えないのに気付いた。きっと浜に出かけたのだ。もう夕方で潮が上ってきているはずだと知った時、月子はほとんど意識せずに家を走り出ていた。まだ夏になっていなくて、人影もなく広いばかりの浜辺に子供の姿はなかった。嗄れた声で呼んでみたが、聞えるのは、砂の低い部分を浸しはじめている波の、ぴちゃぴちゃと寄せる音ばかりであった。月子は裸足になって馳けた。沖へ向って声をあげた。離れた、少し高くなった浜に二隻の漁船が引揚げられていた。幾度か転びそうになり、水を跳ねかえしながら辿りついてみると、船の蔭で三つと二つになった由雄と久美子が湿ってきた砂を掘って遊んでいた。もう三十分も遅かったら周囲は幼児の足では渉《わた》れない海になっていたはずであった。月子の姿を見て、二人は喜んで笑い声を立てた。「お母さんが来た、お母さんが来た。歩いてきたよ」と言った。寝てばかりいる母親が浜に出てきたのが嬉しかったのである。涙が溢れ出し、月子は「夕方は冷えてお腹に悪いから、外で遊んではいけません」との言いつけを守らなかったのを叱ることが出来なかった。(あの時、私は死ぬ機会を逃したのだ)と月子は覚った。両親は自分達を残して早々と死んでしまったが、私には子供を放り出すことは出来ないと思うと、彼女の病んだ肉体のなかに今まで経験したことのない、思想に似たものが動くようであった。生活を立て直そう、と月子は決めた。お琴の免許はもう貰ってあるから、時々忘れないように先生に来てもらって練習をすることにし、小田村大助と一緒になってから中断してしまった書道の稽古もはじめよう、それに、社友になったばかりの「昴」には毎月短歌を送ってみよう、と計画を立てた。幸い小田村は日曜にしかやって来ない。

月子は、さっそく新聞を見て香墨書会に入り、昭和五年の春季大会には日本青年館の会場に作品を出した。五月二十五日に行われたこの会の特別招待券には——演芸余興ハ別紙御覧下サレ度候——とあるように、琵琶、曲技、ハーモニカ合奏、声帯模写、舞踊などが提供されて、お祭りのような賑わいであった。ただし、この会を主催した塾の規定には、——十五歳以上の男子の方はお断りします——と明記されていたから、会場には女の参会者ばかりが目立った。嫉妬心の強い小田村大助に分った時のことを考えると、これは月子にとって安心できる制約であった。

出品するために習字をしていると、彼女は断ち切られてしまった洗足池の畔での姉達との生活を思い出した。末の弟の彰や、横浜に貰われていった治はどうしているだろうと気になったが、姉弟四人で暮していこうと意気込んでいた頃に較べると、自分がすっかり変ってしまったように思われた。

柴山芳三の部下で、洗足池の家に時々月子達の様子を見に来ていた小俣政吉が、三鷹の家に現れたのは、彼女が二人の子供を連れて移り住んで半年ほど経ってからであった。小俣政吉は今では小田村の部下になって本州地所に勤めていた。

「御苦労なさって」と、彼は月子を見て窪んだ眼をしばたたいた。

治や彰の消息を聞く月子に答えて、「治さんは御存知の佐野商店で働いていらっしゃいます」と報告し、「彰坊ちゃまはもう小学校の四年生になりました」と声が低くなった。身体が弱く、口うるさいだけで働く気力がない長姉の静子が、末弟の彰を抱えて、どう暮しているのかは、小俣も「さあ、なんとかなっているようですが」と言葉を濁すばかりである。

「まさか」と、心に浮んだ疑念を月子はいそいで打消した。幼時の頃に母親の知人の資産家に貰われた四男の克己だけは、慶応の中等部に進んで成績もよく、父親の志を継いで医者になると言っているらしく、彼に関する報せはそこだけ陽が射しているように明るかった。

「そうね、みんな元気にしているのならいいのよ」

やがて月子はゆっくりした口調で政吉を宥めるように言った。「あなたも大変ね、でも頼むわね、父の部下で残ったのは小俣さんだけですもの」と労ると、彼は何故か辛そうな表情で俯き、「私は罪深い者ですから、そうおっしゃられるとかえって辛うございます」と泣きそうな顔になった。柴山芳三に仕えて銀行にいた頃から見ると小俣はひとまわり小さく、老けて見えた。「小田村様の会社も今は大変なようでございます。なにしろ、この不景気ですから」と彼は少し落着いて語った。彼の話の合い間に、鳴いている蟋蟀《こおろぎ》の、じじ、じじじ、という声が聞えた。浜口内閣の金解禁政策の結果、会社の倒産が続き、職を失った者、生活に窮した男達が郷里に帰る汽車賃がなくて、毎日、東海道、中仙道をとぼとぼ歩いているという。小田村の本州地所も、社員に払う金がなく、今年になって別荘地が売れたのはたった二区画だけである、と小俣は告げた。

彼が足音を忍ばせるように帰っていったあと、月子は台所の傍のへ、ち、ま、の棚まで歩いていった。茎を切って化粧に使う汁を瓶に溜めていたのである。ガラス瓶のなかには透明な液が三分の一ほどになっていて、晴れ渡った秋の高い空が映っていた。もう、掃いたような淡い捲雲が拡っている。彼女は手を伸ばして、へちまの蔓を手繰り寄せて匂いを嗅いでみた。かすかに甘い香りが鼻孔に溢れ、月子は自分の腕が、いつの間にか驚くほど痩せてしまったのを見た。小俣の話から、いつ仕送りが絶えても不思議はない状態らしいことが分った。自分もなんとか働いて蓄えを持っていなければならない。

「お母さあーん」と久美子の声がした。近づいて来て「お客さん、もう帰ったの」とまわらない舌で聞く娘の口元を見ると、餡がいっぱいついている。

「どうしたの、××さんのお家にお邪魔していたんじゃないの」と、月子はこの一帯の地主の名前をあげた。小田村大助が話をつけておいたお蔭なのか、××は親切で、時おり縫物の賃仕事を月子にまわしてくれていた。地主の一人娘は顔立ちがよく、ピアノの稽古をはじめたのが自慢だった。

「うん、そしたらねえ、お菓子くれたの」と久美子が嬉しそうに言う。「いやねえ、そんなにガツガツして、うちで何も食べさせないみたいじゃないの」と月子は娘の口のまわりを指で拭って窘めた。

「だって、とてもおいしかった」

「僕は食べなかったよ。あんこってお腹によくないでしょう」

由雄が兄らしい素振りを見せて報告する。（今夜はお風呂を沸かそう、働くにしても身綺麗にしておかなければ、それに明後日は小田村が帰ってくる日だ）月子はそう思い、そう思った自分に気付くと、どういう訳か小俣の話を聞いている時には何でもなかった目に涙が浮んできそうになった。

弟の治が勤めていた佐野商店が倒産したと月子が報されたのは、それから間もなくであった。彼は職を失い、商店街の大売り出しの呼込みや、引越しの手伝いに傭われて、その日その日の糧を得ているという。やがて劇団に入ったと聞いたが、小俣に問い質すと、主な収入はチンドン屋稼業であることが分った。月子は〝美しき天然〟の曲に乗って街を練り歩く、役者姿の治を想像した。

――空に囀る鳥の声　峯より落つる滝の音――、と組頭が奏でるのにつれて、治は胸の前に括りつけた鉦を叩き、メイキャップに守られた顔を、表情を動かさずに人前に曝して歩いてゆく。小学五年の彰が、その尻について見物人にチラシを配っている。月子は助けに行けない自分を囚われの身のように感じた。一時期、祖先が流浪した時代があったのを、父親に教えられていた彼女は、今もまた柴山の一族が、風に木の葉が散らされるようにばらばらになってゆく時代なのだと思った。

明け方、夜が白々と暁を迎えるなかに目覚めていると、彼女の視野には、

――女、蔭山加一右衛門直房ニ嫁ス。女、小倉左衛門建房ニ嫁ス。女、或ル医家へ嫁スル由、故アリテ当家へ帰リ病死スル由伝フ。戒名、廻心貞阿信女――

というような、今は長男の昌が保管している系図のなかの記述に誘われて、長い旅路を少しずつ、少しずつ現代に向って歩いてくる人々の姿が浮んで来た。女は鬼籍に入った時にのみ名を与えられたのか、最後の女だけが戒名を記され、徳善寺という寺に葬ったと書いてあった。柴山家の流浪の日々、女に生れたために名もなく、男達の生きる支えになり、男を愛し、死んでいった幾人もの女がいたのだ、と月子は思った。

「お腹がすいたよう、ねえ、お腹がすいた」

という声が聞えた。隣の部屋に寝ていた由雄が目を覚して女中のさだの布団に潜り込み、朝食をねだっているのだと分った。彼は前の日、消化不良の便を出したので、夕食を与えられずに、やがて寝入ったのであった。月子の病気が伝染《うつ》らないように、彼女は子供に同じ寝床に入ることを禁じていたのである。月子は由雄の声が遠い時間のなかから聞えてくるように思った。行方不明になった女と同じように、数え切れない子供が系図の奥で飢えて死んでいったのだ。最初の出産の際の人工栄養の失敗に懲りて母乳を与えたお蔭か、久美子は健康で、物音もさせ

ずに眠っている。そのかわり、月子の方が弱って結核が再発した。母乳が入ったのだから自分に似てもよさそうなのに、久美子の気性は小田村大助の血を引いていて、欲しいものはいち早く手に取って口へ持っていき、阻《はば》まれると、泣いたり怒ったりして自己を主張した。体質も夫に近いようであった。強い子の場合は親が生命力を吸われて衰え、子が育ち、弱い子は犠牲になって親が生き延びるのだ、由雄は昔だったら間引きされたろう、と考えた時、月子は苛酷な時代に生きた祖先達のいろいろな行いを許す気持になっていた。

自分が生んだ久美子のなかに男の影を見た時、バツの悪いような、恐しいような、それでいて何処か、勝ったと感じる錯綜した心の動きがあるのを月子は不思議に思った。また女に生れついたから久美子は苦労するのではないかと、それがかえって愛しさにもなるのだった。(お父さんはいい人だった)と月子は、あらためて柴山芳三を懐しがった。家が駄目になっても、(私だけは手放そうとしなかった)と、彼女には特別父親に目をかけられた誇りがあった。今はとても無理だけれども、自分が父親の志を継がなければならない。洗足池の畔に姉弟四人で住んだ頃から、月子はそう思い定め、それが時として姉との摩擦の原因になった。柴山芳三の志がどういうものだったかは、月子にも必ずしもはっきりしていた訳ではない。もしかすると、死ぬ間際まで残っていたのは無念の想いだけだったのかもしれなかった。彼は晩年外国に行きたがっていた。それはドイツでもフランスでもいいようで、ロシアに革命が起きたのを知った時は茨城県にいたが、ペトログラードにも行ってみたいと語っていた。外国行きは厭離穢土《えんりえど》の願望なのかもしれなかった。（お父さんは倒産した時も、落着いていらした）と月子は回想した。

あの晩、子供達は急に柴山芳三の部屋に呼び集められたのだった。「銀行が取付けになった。お前達には可哀相だが、この家も人手に渡さなければならん」と、彼は黯《くろず》んだ顔を無理にあげて皆を見廻した。電燈がいつになく暗く、物音ひとつしなかったのを月子は覚えている。長男の昌が泣き出したのを母親の節が叱った。

「それから、子供達はひとりずつ知り合いに預ってもらうことにした。一人になっても新しい父親や母親の言うことをよく聞いて、しっかり勉強するんだ。いい子になって欲しい」

今度は長女の静子が泣いた。月子は姉の雪子を見た。彼女は膝を固くして真直ぐに前方を向いていたが、涙をこらえているのが分った。

その時のことを思い出すと、一番辛い場面はもう終ったのだという気持になって、身体のなかに勇気が湧いてくるようであった。

「ねえ、おかゆならいいでしょう。薄い真白なおかゆ作ってよ」と、由雄がさだを揺すっている気配がする。雨戸の節穴から一条の朝の光が射して閉めてある障子の一箇所を明るく照した。

（武士の子なんだからどんなにお腹がすいてもむずかったりしないようにならなければ。もっと由雄をしっかり仕付けよう）と月子は自分に言いきかせた。

やがて、長男の昌は知人の野口質店へ、三女の理加は家にいたおせいさんの姉に子供がなかったところから、彼女の夫が経営していた砂糖問屋に引取られた。その夜からの時間の経過は目まぐるしくて、月子が覚えているのは日と共に姉や兄達が減っていったことだけである――。

佐野商店が潰れて職を失い、旅廻りの劇団に所属し、チンドン屋の手伝いで生活費を稼いでいた治が思想事件に捲込まれて警察に捕ったと小俣政吉が報せてきた日、小田村大助は珍しく三鷹の家にいた。

「寝泊りしていた部屋からは『共産党宣言』とか、クロポトキンとかいう人の本が出てきたそうで」と、小俣はチョッキのポケットから皺になったメモを取出して読んでから顔をあげて、「このままでは相当厳しい取調べになるだろうということで、島月さんに報告しましたら、すぐ大将にお伝えするようにということで、お寛ぎのところ、なんとも申し訳ありませんが」

そう言って小俣は自分の監督の不行届を謝っているように火鉢にかざした手の甲に向って頭を下げた。彼は世話になっている柴山芳三の遺族達の様子を見ようと、治の下宿を訪れ、数日前の暁方捜査が入って、彼が逮捕されたのを知り、葛飾署にまわって事情を聞いてきたのであった。

「治か、あの馬鹿が」と小田村は呟いたが、すぐ気を変えて「分った、心配はいらんよ」と小俣へとも月子へともつかずに言って普通の表情に戻り、「小俣君、一緒に飯を食っていけ」と命じた。台所に立って食事の支度をしている月子の耳に、柴山治の名前をあげ「私の家内の弟でして――」と内務大臣に電話で説明する小田村大助の大きな声が聞えて来た。

昭和八年は、京大の滝川事件や、小林多喜二が築地署で殺されるなど、昭和三年三月十五日の共産党の一斉検挙以来、もっとも思想弾圧が烈しかった年であった。三月には満州事変を巡って日本が孤立し、国際連盟を脱退するという具合に、体制批判的であった小田村大助が危惧していた方向へ世の中は動いていたのである。(あの人はお人善しだから、きっと誰かに騙されたのだ)と、月子はほうれん草を茹でた鍋の中から掬いあげたり、卵を割ったりして忙しく立働きながら考えた。もっとも、革命思想に共鳴しても仕方がないという気もしていたから、事件そのものを彼女はあまり深刻には考えなかった。男なんだから、長男の昌のように、くよくよ縮こまって生きるよりはいいのだ。

彼女は久し振りに、ウラジオストックから絵葉書を送ってくれた騎兵中尉のことを思い出した。とにかく二度会っただけだから顔ももうはっきりとは覚えていない。あるいは中尉は密命を帯びて革命戦争中のシベリアを横断し、出兵撤退の可否について偵察をしたのかもしれないのだから、今は革命思想を弾圧する側で活躍している可能性は大きいのであった。しかし、月子にとって、それはどちらでもいい事である。心を寄せる人達が、真剣に自らに納得できる態度で生きているのなら満足であった。彼女の顔に微笑が浮んだ。治が柴山の家の兄弟にふさわしい姿勢でいたように思えたのである。(でも捕ってしまったらどうにもならないわ)と月子は少し心配になった。冬だから留置場は寒いに違いない。

治は最初何のことか分らなかったが、やがて同じ劇団のなかに本当の主義者がいて自分も疑われているのだと事情が呑みこめてきた。

「貴様、この非常時に与太った恰好をしやがって、アカならアカらしく吐いたらどうだ」

そう言うや否や、特高警察官は治をしたたか撲《なぐ》った。何度も撲られて彼は立っていられなかった。竹刀を足の間に挟んで正座させる拷問も受けた。髪を長くしているだけで危険思想の持主と見られる時代になっていた。

「言います、言いますから」と治は悲鳴をあげた。「私は太平道蛆虫と言いまして」「何いーっ」警官はさすがに呆れたが、思い直して、「コラ、貴様、本官を愚弄するとただでは済まんぞ、小林多喜二を見ろ」

「はあ、彼とは親友で、この間も同じ芝居で――」と治は急いで説明した。たまたま同じ劇団に小林武治と、発音の似た役者がいたのを、治は聞き違え、警官が彼のことを褒めたのだと取り違えたのであった。取調べてゆくうちに治の答えがトンチンカンで、どうも思想犯ではないらしいと分った時、内務省から連絡があって、柴山治は拓務政務次官だった小田村大助先生の妻の弟だから丁重に扱え、と指示して来た。

彼を貰い下げに行く車のなかで、小田村大助は長池龍三郎が陸軍のシベリア出兵を批判し「西にレーニン、東に原敬」と演説して五日間の登院停止処分を受けた騒動を想起していた。ソビエトをも批判した演説だったのだが、原敬内閣を攻撃するあまり効果としては革命を持ち上げたとして糾弾されたのである。政権政党はその後幾度か交替したが、その間にも軍部の力が強くなってゆく傾向が続いていた。その事を小田村は重苦しい気分で考えた。

警察署で顔のそこここに痣《あざ》を作った治が出て来たのを見て、小田村大助は「この馬鹿奴が」と一喝し、振返って警官に「いや、御苦労」と声をかけた。「ハッ」と警官が挙手の礼を返したのを尻目に、治に「お前、汚い恰好をしているなあ、すぐ銭湯に行って、髪を剪《き》ってこい」と、小声で命令して小遣いを渡した。柴山治は社会主義に興味を持っていた訳ではなく、世間に対して半身に構えていて、(俺様ぐらい堕ちるところまで堕ちれば、恐いものはない)と、意気がっていたのである。ずっと年下の彰に出す葉書には、自分のことを〝太平道蛆虫〟と署名していたので、警察でそのことを白状したのだった。

東京に置いていたのでは碌なことにならないと知った小田村大助は、治がさっぱりした恰好になって戻ってくると、すぐ自分が経営するようになっていた静岡県の駿豆鉄道の雇員に採用した。待遇は一日十八時間勤務、日給七十銭であった。佐野商店が倒産して以後、定収のなかった治にとっては、これでも大変安定した職場であった。まだ不況の後遺症が残っていて、小俣が語っていたように、郷里に帰ろうと徒歩で三島あたりまで歩いて来て疲れ、前途を絶望した労働者が、よく鉄道に飛込んだ。「マグロが出たぞ」との鉄道員の隠語で屡々、死体の回収作業に駆り出された。「ありゃあ、何度見てもいいもんじゃない。僕もその晩は目が冴えて困った」と治はずっと後になって周囲の者に話した。「人殺しの方がまだましだと思った」と述懐した。目を剝いてこと切れているマグロの姿に、そうなっていたかもしれない自分の姿を治は見ていたのであった。彼の気性からすれば、いよいよとなれば残忍な行動にも出られるところがあったから、恥しい思いをしてコソコソ働くより、いっそ戦争にでも行ってしまいたいと思ってもいたのである。その頃、月子の健康も回復に向っていて三鷹の家の庭を散歩できるようになり、「お母さんが起きた、お母さんが起きた」と由雄と久美子が狂喜して彼女の周囲を跳んでみせる日々が訪れていた。月子の処女歌集『静夜』には、

身の丈に余る芒の中を行く子の口笛を耳に追ひつつ

提灯をさげて草野にしのびゆくくつわ虫をば採るといふ子と

という歌が「吾子」十首に収録されているが、由雄もその晩のことは鮮明に憶えている。月子と由雄のそれまでの健康状態を思えば、おそらく暗くなってから戸外に出るのは、それが始めてであったからなのだ。日露戦争が終ってからの数年間と同じく、この時期は月子にとって珍しく小康の日々であった。この平和は、やがて小田村大助が腸チブスに罹ったことで中断される。

箱根で寝込んだ小田村大助の病気が腸チブスだと報された時、母親の節を同じ病気で失くしていた月子は、夫は助からないかもしれないと覚悟した。彼女は久美子に命じて、庭で遊んでいる由雄を呼びにやった。(罰があたったんだ、あの人は)と、まだ二十九だった月子は、ま

な板の上で勢いよく菜を刻みながら思った。「なあに？」と息子が顔を覗かせたのに「お父さんがチブスですって」と報告した。少し黙っていて、「へえ、じゃあ死ぬかな」と由雄が言った。この子も同じことを考えていると知ると微笑が浮んできたのを、月子は罪深いことと感じた。しかし小田村が生きている限り今の生活から離れられないと知っている彼女にとって、その報せはやはり解放されるかもしれないことを意味していたのである。同時に、（それじゃあ私が看病しにいかなければいけないな）と考えた。由雄にも働いてもらわなければならないだろう。由雄は二年生の時に瘰癧《るいれき》の手術をしてから憑きものが落ちたように丈夫になったが、新聞配達は寒い朝などがあって心配だ。月子の頭は忙しく動いて、拓務政務次官を辞めた夫が三ヵ月ほど前に野党になった民政党を代表して衆議院で質問をしていた姿を思い出した。「このような財政政策を強行するならば産業は疲弊し、国民が塗炭の苦しみを舐めることは、金解禁の前例に徴しても明らかであり、さきほど大口君は、『我に確信あり』と大口を叩かれたが、御忠告申し上げたい。あまり大口を叩くと記録に残ります」

場内に拍手と野次と、それにも増して笑いが渦を巻いた。与党の代表者で、政府の政策に賛成演説を行った代議士の名前は大口貴録と言ったのである。傍聴席から見下すと、左右に大臣の雛壇があり、中央の議長の前に弁士の演壇がしつらえられている。その日は政治家小田村大助の晴れ舞台なのであった。あんなに颯爽としていた彼が今死にかけているというのは嘘のような気がした。

翌日、会社から迎えが来て、月子はあわただしく旅支度をして箱根に向った。小田村大助は熱に魘《うな》されて夢幻の境をさ迷っていた。以前から彼が信心していた箱根神社で盛大な病魔平癒の祈願が行われることになった。もう神か仏にすがるしかない病状であった。その日の朝、月子は五色の雲に乗った鶴が二羽、天上から舞い降りる夢を見た。鶴は雅楽の旋律に乗って白い羽根を拡げ、また閉じ、ゆるやかに空で踊っていた。俄にあたりが暗くなり、金色に光る落葉の雨が斜めに、鳥の姿を掻き消して糸のように降りはじめた。羽撃《はばたき》が聞え、金色の糸の奥から舞っていた鶴が画面いっぱいに迫る勢いで月子に向って来た。声をあげて彼女は目を覚した。祝福されるべき光景のようでもあり、凶兆ともいえる妙な夢であった。

「神前に捧げる誓願書は三方に乗せてあったんだけど、その上に被せてある袱紗《ふくさ》の模様が同じ鶴だったのよ。ああ、大将は助かるんだと思ったわ」

小田村の全快後、月子は由雄達にそう述懐したが、自分にとって、それが悪夢とも言える内容を含んでいたことは、夫にも子供達にも話さなかった。源氏物語のなかには、疫病の克服を願い、大願成就を祈る加持祈禱の場面が幾度も描かれていて、月子の記憶は時が経つにつれて次第にその物語の光景と重なっていったのである。数百年を経た杉木立の下を通って高い石段を昇り、朱や金色が暗い空間に輝く神殿に坐った時、月子は既に遠い平安朝の時代にいたと言えよう。焚かれた護摩が森に閉ざされた空間に紫の煙となって漂い、祝詞《のりと》が朗々と読みあげられた。

同じ日の朝、不意のように熱が引いたお蔭で、数日間の病との闘いに疲れきった小田村は昏々と眠りに落ちて、なまめかしい女に会っていた。

「お風呂の用意が出来ました、私もお相伴いたします」

と、彼女が科《しな》を作って言う。伊勢講の旅行で祖父が会ったという渡鹿野島《わたかのじま》の遊女だと直感したが、目に貝塚市子を彷彿とさせる輝きがある。どこか、実家に帰ってしまった母親にも似ているようだ。早速着物を脱ぎはじめると、女も帯を解いている。その音が田圃の用水のように大きいのが変だ。まず女と寝ようかと迷った。性器が勃起しているのが分った。とにかく風呂に入ってからと思い直して、よけい勢いよく飛込むと氷のように冷い。（あっ、この女は）と覚ったが、かえって欲情して、ふりむきざま抱きすくめようとすると、人間のものとは思えない声があがった。ドンデン返しに場面が変って、小田村大助は一匹の茶色の獣が田の畔道を転ぶように走ってゆくのを納屋から眺めていた。「大助、大助は何処に行ったかな」と祖父の声が聞えた。腰に手を当てて母屋から歩いてくる気配だ。（まずい、そっと隠れていよう）と彼は藁の間に横になった。身体のそこここに藁の茎が当った。いつか彼は眠ってしまった。

「あっ、こいつはわしを殺す気だな、と分ったから『この、あま！』と一喝して、柔道の双手刈りという手で、エイッと両足を掬うと、女はたちまち四つ脚に変身して田の畔道を一目散に逃げて行きおった。あれがチブス菌だったんだ」

小田村大助は元気になってから何度か家族に自分の復活体験を語って聞かせた。

彼が体力を回復するのには思いの他時間がかかった。まだ五十前であったが、彼は春になるまで箱根を動かなかった。小田村大助は、病気のあいだに二・二六事件が起り、斎藤内大臣や高橋蔵相が青年将校が率いる皇道派の軍隊に暗殺されたのを知って、しばらく床の上に胡坐したまま動けなかった。自分が発病したのは難を避けさせようという神の配慮だったのかもしれないと、病気以来とみに箱根神社への信心を厚くしていた彼は考えた。血気にはやる性格の自分が、もし事件当日東京にいたら、じっとしていられなかったはずであった。そうでなくても政治と事業の二股をかけるのは苦しくなって来ていたから、これからは事業を主にして、国会議員としての議席は持つとしても、それは仕事を進める上での方便と割切っていこうと決心した。時代の流れは、もう個人や一政党の力では変えることが出来ないほど悪い方向へと勢いを増しているのだ。神のお蔭で命拾いをしたのだから、大切に使って祖父の念願であった大地主になって小田村家を興さなければならない。しかし、自分にはまだ活力が残されているだろうか。小田村大助は立上るための自信を持ちたかった。

「明日からはお肉なども召上っていただきます」発病以来、付添ってくれていた頼子が部屋に入って来た。遠藤頼子は小田村大助の発病に驚いた駿豆鉄道の幹部が、三島の病院に出入りしている派出看護婦会に頼んで廻してもらった看護婦だった。引っ詰め髪が似合う、小柄な色の浅黒い女で、いつも甲斐甲斐しく働いているという印象を見る人に与えた。不況で店を畳んでしまうまで、家が仕出し弁当屋を営んでいて、小さい時から働くことに慣れていた故もあったろう。見かけからではなく、人懐こい性質が、親しくなってみると思いの他男を魅きつけるところがあって、病院から派出看護婦会に移ったのも、若い医師との恋愛問題が原因であった。「もう大丈夫か、ちょっと脈を看てくれ」小田村大助はそう頼み、腕を取った彼女を急に引寄せた。頼子はあまり抵抗しなかった。

その日からの二ヵ月ぐらいの間、彼女は小田村大助にとってなくてはならない女になった。処女ではないと分ったから気は楽だったし、健康を取戻すためには頼子の協力が絶対に必要に思えたのでもある。身体の関係が出来てからも、人前での彼女が職務に従っているという態度を変えなかったのも、小田村には快かった。

死病から脱れて、悪魔祓いをした小田村大助は、若い頃の自分の思想への義理立てをすっかり捨ててしまった。やがて東京に帰った彼は、それまで時おり口にした婦人運動に理解を示すような言動を見せなくなり、反体制的な少壮政治家から実利を重んじ、常に支配力を確め、安全を確認して事業を進める経営者の顔になった。長池龍三郎とも疎遠になり、貝塚市子とは別居した。と同時に、かつて柴山月子を魅きつけた、若く理想に燃え、稚気に満ちた小田村大助からも離れたのである。彼はそれまでの経験から、勝負の早い東京市内の不動産開発に力を集中するようになり、手はじめに上目黒の、西郷山と呼ばれていた、侯爵西郷寅太郎の広大な屋敷を手に入れた。ここには広い池と築山があり、鹿児島から移植した大きな楠の欝蒼と茂っている林があった。箱根や軽井沢の別荘地は広くて理想的な開発計画を構想するのには好都合であったが、何分足が遅かった。その結果資金繰りが苦しくなるばかりでなく、戦時体制が進むにつれて別荘の需要が減り、のんびり休暇を取ったりする態度は、腐敗した財閥の生活だと隣組長や青年将校に睨まれるような雰囲気になっていたのであった。

三島の駿豆鉄道から東京の本州地所に移った柴山治が軍刀を提げて暇乞いに現れたのも、小田村大助がこの西郷山に住んでいた時である。その頃彼は、邸宅を買収すると住まいを其処に移して毎日工事の指導をし、分譲が終ってしまうと、ふたたび次の現場に引越すという慌しい生活を送っていた。幸い月子達はまだ身体が弱く、子供の学校も口実に使えたので、三鷹村に住んだまま頻繁な引越しからは免れられた。

「北京に行って、しばらく修業してきたいと思います」と治が挨拶すると、小田村大助は目を肩先から斜め下へ、ちょうど相手を袈裟斬りにするような具合にじろりと動かして「そうか、まあ仕方がなかろう」とだけ言い、別に止めようともせずに秘書を呼んで餞別を二十円包んだ。吝嗇家《りんしょくか》の小田村としては大金であったが、軍服姿の治を見た時、東京に呼び戻したのは失敗だったと覚ったのであった。役者になりたがったような男が軍人に憧れる時代の風潮に染らないはずはないのであったが、その簡単なことに珍しく気が廻らなかったのは、先年、頼子と世帯を持たせたのに安心していたからである。(こいつの騒がしい血はゆきたいところまで行かせなければ収るまい)と小田村大助はたちまち頭を切り替えたのであった。その頃、北京や上海には夢を捨てきれない壮士や思想転向の鬱屈した心情をもてあまして日本から逃れていった社会派や、大陸で事業を興して大金持になってやろうと企んでいる一旗組の男達が、欲と絶望と憧れを綯交《ないま》ぜにして目を光らせ、犇《ひしめ》き合うように雑居していた。東京に戻った治が、以前放浪生活を送っていた頃親分と呼んでいた男から渡された支度金は四百円、身分は陸軍が作った満州国興亜院属、勤務先は帝国陸軍特務部であった。四百円といえば「お前の命はわしが貰った」と言われても仕方のない金額であり、中国民衆に対する特別工作が具体的な任務の内容だったのである。

北京での仕事は危険だと知っていたから、治は親分に返事をする前に、弟の彰を誘って大島へ一泊の船の旅を計画した。海を眺めて最後の決心を固めようと思い、かつての自分と同じように、旅廻りの劇団の端役で舞台に立ったり、商店の手伝いでその日その日を送っている彰を〝太平道蛆虫〟の名前で呼び出した。東京湾を離れたのは夜で、二人は三等船客用の通路から甲板に上ってデッキに凭《もた》れ、暗くうねっては走り去る黒潮を眺めた。兄と一緒にはじめての船旅に出た彰の心は弾んでいた。彼は学校に行っていれば中学生の年齢であった。

「これから、どうしていくんだ」と治に聞かれて、

「まあな、食うだけはなんとかやっていけるからね」と、彰は片手をズボンのポケットに入れたまま大人ぶって答えた。

「おやじもおふくろも早く死に過ぎたな、子供ばかりたくさん作ってさ」と治が言い、彰は「うん」と相槌を打ったが、ほとんど親についての記憶は持っていなかった。

「明日はどうなるか分らないが、大きく変るよ、俺には分っている」と治が言った時、ひときわ大きな波が舷《ふなばた》にぶつかり、霧のような飛沫が散って治の語尾を消した。

「明日って、波浮《はぶ》の港に着くんだろう?」

「馬鹿」

治に指で額を突かれると、彰はなんとなく物悲しくなった。治が頼子と結婚したと聞いた時も突放されたような気がしていたのであったが、〝太平道蛆虫〟がだんだん離れていってしまうように思えたのである。彰にとって事実上の身内は治だけであったのに。

翌日の夜、「大きく変る」という治の言葉が気になって、彰はなかなか寝つかれなかった。駱駝に乗って砂の上を歩いたせいか、脚が火照って、宿についてからも身体が揺れているようだ。

「いいでよ、いいでよ、ああっ」

襖を隔てた治の部屋から、昼間識り合ったこの島の女の声が聞えてきた。やがて隣の部屋の物音が静まると共に、彰もいつか眠りに落ちた。黒い波がいくつもいくつも枕を洗うように打寄せて来る感じが、いつまでも消えなかった。

政治を捨てて事業に生きようと転身してから、小田村大助は以前にもまして放縦になった。月子が他に二人の子がいると報されたのは、由雄がようやく六年生になって、どんな中学校に進ませようかと夫に相談した晩であった。今の成績ならば、多分何処でも大丈夫だろうと担任の教師も言っている、と告げた時の誇らしい喜びを一瞬に覆すような事実を、小田村大助は口にした。

「この前、死にかけた時、わしはつくづく小田村の家のことを思った。由雄を小田村姓にしよう。他に二人、子もあるしな」と彼は、贋の答案を教師の目をかすめて提出するような口調で言った。年を聞いて数えてみると、腸チブスになった翌々年の生れである。

「滋賀県にも別な子がいるが、これは女で大きい」

「いくつですか？」

「さあ、多分十六か七だろう」

「他には？」

「それだけだ、今のところは」

小田村大助は月子の口調に押されて、つい言わずもがなの一言を付け加えた。

このようなことに、もう月子は慣れているはずであった。しかし、貝塚市子と別居し、「憑きものが落ちたようだ」と話した病後の夫の言葉を月子は自分流に解釈していただけに、逆手を取られた想いが強かったのである。小田村にとっての憑きものとは、理想とか主義とか禁忌なのであった。彼女はあらためてそのことを知らされた。この人は私とは出来具合が違うのだと思った。

「この戦争はもっと大きくなる。もう止まらんだろう。子供を大勢作っておかんとお祖父さんに申し訳ない」

そう語った時、小田村大助は半ば本気だった。彼はすでに、日本がアジアを制覇し、ドイツと共に世界の盟主になることを信じるようになっていたが、同時にそのためには犠牲が大きいこと、たくさんの若者が死ぬであろうことを予感してもいたのである。

月子は聞いていなかったが夫の言葉が終ったのを知って、「どうぞ、お心の済みますように」と冷い声で答えた。自分の顔の筋肉が少しも動いていないのを自覚しながら。「うむ」と小田村大助は唸ったが、やがて「まあ、いい」と自らに言い聞かせるように結論を出した。この際はまず事実を承認させておけばいいのだ、女、子供と議論をしてもはじまらないと考えた。そういえば、ここのところ随分抱いてやらなかった、今晩は久し振りに充分に可愛がってやろうと思いながら。

翌朝、夫が出かけてしまうと、月子は急に所在のない空漠とした気分に捉えられた。子供達は揃って学校に行ってしまい、彼女は何もすることがなかった。勝手口に声がしたので我に返ると植木屋が顔を出している。何日か前に、いっぱいになった塵芥用の穴を今までの捨て場の傍に掘ってくれるように頼んでおいたのを思い出した。薄馬鹿と言われていた植木屋の女房は三つ程になる女の子を残して逃げてしまい、仕方なく彼は働きに出る時はその児を小さな籠に入れて作業現場の目の届くところに置いていた。月子は薄馬鹿がスコップを振って穴を掘り進むのをぼんやり眺めていた。女の子は時々「お父ちゃん」と彼を呼び、すると植木屋は相好を崩して籠から子供を出しておしっこをさせてやった。こんな親子にも情愛が通っているのにと、月子は悲しくなった。「昴」の投稿の締切が迫っているのを思い出して部屋に入って机に向った。また台所で声がした。時々、隣の町から天秤を担いで廻ってくる和菓子屋だった。三和土《たたき》にたがい違いに重ねられた箱のなかから、彼女は五箇を選び、由雄と久美子に二つを取りのけてガスに火を付けた。菓子屋が帰るとお茶をいれて植木屋を呼び、自分も餅菓子を二本の指で摘んで乱暴に頬張った。やがてまた机の前に戻って文庫本の源氏物語をめくってみた。二頁ほど読みさしてから、

幾度か己を殺すならはしも流石に今日はかなしかりける

と、心を打ちあけ、

一瞬にまた子を二人加えたるこの家妻のこころの重さ

と続けると急に胸がほどけてきた。一気に同じ主題で十数首創り、

その昔君も若かりきわれも又おさげの少女いとけなかりし

と書き終った。顔をあげて庭を見ていると、芝生のむこうの楓の木がぼやけてきた。

数日経ってから月子は由雄と久美子を呼び「あなた達がいい子だからお父さんは小田村の籍に入れたいんですって、お母さんもその方がいいと思うのよ」と姓が変ることを報せた。「由雄さんも来年は中学生だしね」

姓が変ってしまえば、次は子供達と離されるのではないかと恐れ、考えた末の決心であった。「僕は柴山の方がいいのに」と由雄が母親の顔を見ながら主張した。「お母さんも一緒なの？」と久美子が聞き「ええ、姓は変らないけど一緒よ」と頷いてみせた時、（もしあの人が子供だけを連れて行くと言ったら生きていなければいい。私の気持次第なのだ）と、夫に貝塚市子という妻がいることを知って以来自分に言い聞かせて来た覚悟を、再び胸中に繰返し、すると「断じて行えば鬼神もこれを避く」という古い言葉が想起された。

「ねえ、遊びに行っていい」と由雄が聞いた。許可すると、「久美子行こう」と妹を誘って、玄関口で靴をはいてから振返って「僕はどっちでもいいよ、お母さんがいいなら」と月子に声をかけ、たちまち馳け出していってしまった。一人になった月子は思いたって弟の治に手紙を書いた。彼が北京に行ってから、かなりの月日が経っていた。——子供達は小田村姓になり、私一人が取残されたような気持です——と胸中を述べた。北京にいる治への手紙を書いていると、やがて彰にも召集が来るだろうという予想が、月子の胸に切実な思いになって浮んで来た。

小俣の報告によると、独立を図った長男の昌は、葉茶屋の経営に失敗して野口質店に戻り、洗足池の畔での生活からいち早く脱落した月子を、烈しく批判していたすぐ上の理加は、縁があって横浜の医者と結婚したということであった。四男の克己は志望どおりに医学部を卒業して、アメリカに留学できたらしい。それを聞くと同じ兄弟でも、置かれた境遇で生き方はまるで違ってしまうと、月子はわが身を振り返った。

しばらくして届いた治の手紙には——由雄君のこと、結構ではないですか。戦争はこれからますます烈しくなると思います——とだけあって、彼女の子供の姓が変ることなど、眼中にないかのような文章になっていた。続けて——頼子を北京に呼ぼうと思うのでよろしく——と書いているのを見ると、治はこの事を伝えたくて手紙を出したようであった。いつもながら自分本位だと思い、月子ははぐらかされたような気分を味った。

治が出かけてしまってからも、頼子は三鷹の家の離れに住んで、月子の監督を受けていた。もっとも、小田村大助は彼女を隣に住まわせることで月子を監視させようと計算もしていたのである。彼は何となく、月子が自分から少しずつ離れはじめているような不安を抱いていた。それが、短歌のせいだと、まだ気付いてはいなかったが。

治は追伸で——尚、この件については彰に言いつけておいたので、頼子出発の諸事万端は、彰からお聞き下されたく——と書き添えていた。

この手紙にあるように、治は彰にあてて——お前は頼子を連れて神戸に行き、〇月〇日の上海行きの××丸に乗せてくれ。上海には興亜院のわしの部下が迎えに出る手筈になっている——と命令したのである。

「嬉しいわ、私、月子さんと顔つき合すの辛かったのよ」

汽車が東京駅を離れると、それを待っていたように頼子は話しだした。

「治の奴は日頃威張ってるけど、あれでなかなか気が付くんだよ」と彰は兄の自慢をした。三鷹に住む頼子の胸の裡には、たとえ病後のわずかな期間であっても、小田村大助と夜を共にしたと思う自負と負い目が混っていた。月子に殊更無視された日などは、看護婦として私はあの人を救ったのだ、とも言いきかせた。それに、働き者の彼女にとって、何もしないで留守を守る立場は、すこぶる馴染みにくかった。はじめの頃薦められた源氏物語や和歌の本には何の興味も惹かれなかった。月子の方も、頼子にまるで勉強しようとする気がないのを見定めると、どうせあんたは縁なき衆生よ、という顔をしてそれきりになった。彼女はこっそり近くの派出看護婦会に行って働き口を探したりもしたが、月子に知れて止められてしまった。色が浅黒く小柄で、美しくも才知のひらめきがある訳でもないのに、この女には男好きのするところがあると月子は直感していた。頼子は、月子が最も嫌い、軽蔑する種族に属していたのである。

「でも、兄貴はどうしてあんたと結婚したんだろうなあ」

彰は常々不思議に思っていた疑問を思わず洩した。

「そんなこと知るもんですか」

頼子は拗ねたように首を振って、それが癖のクスンと鼻を鳴らした。注意して聞くと、生粋の静岡地方生れの人が持っている甘えるような抑揚が語尾にあった。彰から、どんな質問をされても、彼女は今幸せだった。治が北京に行くことになった時、これが一生の別れになるのではないか、自分は捨てられたのではないかと心配だったのだ。

乗船の日が近づくにつれ、頼子は別の心配に取憑かれた。北京はどんなところか想像もつかなかったし、重要な仕事をしているらしい夫にとって、気の利かない自分が邪魔になるのではないかと思えたのである。

「大丈夫だよ、あんたはきっと居るだけでいいんだ。兄貴はああ見えても淋しがり屋なんだ。それに看護婦の経験があるだろう。戦地だからね。きっと軍でも嫂《ねえ》さんが必要なんじゃないかなあ」と、彰は一所懸命に彼女を励ました。

頼子の乗った船が神戸港第三埠頭の桟橋を離れ、やがてテープも切れて、甲板で手を振っていた姿も、誰が誰だか区別がつかなくなってしまうと、彰は自分だけが生きづらい内地に残された気分になった。

間もなく徴兵検査だから、頼んででも軍隊に取ってもらおう、出来るだけ早く大陸に渡りたい、（それまでの間なら三鷹へ行くか）と彰は考えた。頼子が出発して空家になった離れに住むようにと彼は小田村大助に言われていたのである。海を見下しながら迷っている彰の耳に、波が鈍く埠頭に打ち寄せて「たっぷ、たっぷ」と呟いているような音が聞えた。波につれて塵芥が上下に揺れ、なぜかまだ鼻緒の切れていない下駄が片方だけそのなかにあって、少しゅっくり、頼りなげに浮き沈みしていた。

その晩、彰は遊郭にあがった。相手の女が寝物語に徳島生れだと話すのを聞いて、彼はそこに柴山の家の墓があったのを思い出した。柴山芳三が養われた薬学博士の長井長義は生家の向いに住んでいたと聞いたこともある。まだ残っているならば、その家を見てやろう、と思った。

洋行藩士第一号であった長井は徳島の誇りであったから、探しあてるのは簡単だった。聞いていたように、柴山の生家は道を挟んで向いにあったようだが「あのあたりがそうだった」と、年老いた長井家の門番が指さす斜め前には、傾きかけた小さな家が犇き立っていて、「洋服仕立て、直し」という煤けた看板がかかっていたりした。空家なのか、仕立屋の隣の家の、一枚割れたままになっているガラス戸には、明るい青空が映っていた。菩提寺もすぐ分った。徳島市街を見下す丘の上にあって、長井家のと並んだ柴山家歴代の墓が、同じように威風堂々と建っていた。傍に大きな赤松が植っている。墓所だけが、昔は家柄も同格であったことを証明していた。

彰は墓を縁取っている御影石の柵柱に腰を下して、遠くに拡っている夕陽に煌《きらめ》く海を眺めた。思い直して墓石に刻まれた名前を読むと、古屋新兵衛から、祖父柴山新一まではあったが、芳三の名は見当らない。家を捨てて東京に出てしまったからなのか、事業に失敗して家名を汚した故なのかは分らない。曾祖父の資産蕩尽によって、家運が傾いたというのは本当らしいと彰は推測した。すると、自分などは、その潰れた家の残党が、ひょっこり流れて来て、今、墓詣りをしているという恰好か、と思った。

陽が傾いて、海が一段と輝きを増した。端を白金色に彩った雲が南の空に大きく立上り、その周辺を小さな黒い雲が、内海を往き交う船さながらに流れてゆく。彰は、丘の上から眼下に拡る海と、前方に涯しなく展ける空によって構成された風景を眺めて、茫漠とした想いに捉えられていった。徳島の町の家並からは早くも夕餉の支度らしい煙が、そこここに棚曳きはじめている。喧騒に満ちているであろう下界は、このあいだまで自分が徘徊し、喧嘩して啖呵を切ったり、飲んだくれていた東京と同じだった。一年もすれば、俺は兵隊にとられ、うまくいけば治のいる大陸に渡るのだ、と、また彰は思った。決心するように自分にそう言いきかせた時、彰の記憶に、波に打寄せられて浮き沈みしている、塵芥にまみれた片方だけの下駄が見えてきた。太陽は急速に輝きを失って、山の端に隠れるところだった。立上っていた雲はいつのまにか白金色から青と黒の塊に変っていた。

東京に戻ると、やがて繰上げの徴兵検査があり、彰は甲種合格になった。入隊するまでの半年近くを、彰は治が使っていた三鷹の家で暮した。姉弟は洗足池の畔以来、はじめて毎日顔を合せるようになったのである。月子は喜んで「彰さん、今度は勝手に飛出せないわよ」と釘をさした。「それは姉さんのことでしょう」と切返しかけて、彰は彼女が、自分が数年前、本州ゴム工場を突然辞めた時のことを指摘しているのだと気付いた。それで、「大丈夫ですよ、あれは昌のせいなんです」と事情を打明けた。

野口質店にいた昌は、一時、小田村大助に呼ばれて、娘婿の島月正二郎が社長を兼務している本州地所の子会社のゴム工場に勤めていた。これも、島月を牽制しておこうという、小田村大助の遠謀深慮に基く人事配置であった。ある朝、昌は倉庫から製紙用のローラーを作る工場へ資材を運ぶ人夫のなかに、十七歳になったばかりの彰の姿を発見して驚いた。

「どうしたんだ」と聞く長兄の昌に「今日から俺は運搬係だ。兄貴もまだこんなところでうろうろしていたのか」と、小さい肩をゆするようにして答えた。二男の治と末弟の彰の素行に常々不安を抱いていた昌は心配になった。そこで、島月社長が珍しく工場を視察に来た日、資材倉庫の傍で彼を呼びとめ、

「あれは昔から不良ぽいところがありますので、御迷惑をかけなければいいがと心配しておりますです。勿論、よく監督はいたしますが」と挨拶した。目上の人と話すと、質店で店番をしていて、盗品調査に来た警官と応対した時の癖がつい出た。

「分ってますよ、僕だって何もすすんで採用した訳じゃない」と島月正二郎は苛々して答えた。彼はもともと系統の違う柴山の家の者は、ひとりも自分の支配下に置きたくなかったのである。

二人は、倉庫の中で働いていた彰が、壁の向う側で会話を聞いているのを知らなかった。話が終って彼等が歩き出そうとした時、ふらりと、酒を飲んだような足取りで彰が出てきて行手を

遮った。
「おい、今、なんて言った」と、思わず低くなった声で彰は昌に掛っていった。「俺はな、不良と言われてまで、厄介者扱いされてまで、働くつもりはないぜ、こんな、汚ねえ、工場でな」と言うなり、胸に付けていた工員証を捥《も》ぎ取って、地面に叩きつけ、後も見ずに飛出してしまったのであった。

この事件も原因のひとつになって、昌は本州ゴムに居辛くなり、かといって野口質店に戻る訳にもいかず、それまでの貯金をもとでに借金をして、武蔵小山に葉茶屋を開業した。しかし、愛敬がある訳でもなく、気が利く訳でもない昌が、ぼんやり坐っているだけの店に、好んでお茶を買いに来る客は少なく、「あの店はなんとなくお茶が湿気ているような気がする」とまで言われれば、結局、商売は行詰るしかなかった。

長男の自分が借金を踏み倒すようなことをして、家の名誉を傷つけてはいけないと後始末をつけてみると、昌の手許にはもう何も残っていなかった。彼は迷った末に、もう一度野口質店にいって頭を下げ、今度は使用人として勤めるようになったのである。店番をしながら、独立しようなどとしたのは若気の過ちだった、島月正二郎に意地悪をされても、我慢しているべきだったと反省の日々を送っていた。帳場に坐って、うつらうつらしながら、昌はいろんなことを考えたり、思い出したりした。

治が、母親の形見を質入れしようとして怪しまれ、警察に捕った話なども同業者から伝ってきた。浮浪者のような身なりの男が、螺鈿《らでん》の櫛や金細工の笄《こうがい》を持って来たのだから、怪しまれるのも無理はなかったのだ。逮捕して部屋を調べると『共産党宣言』などが見付かって騒ぎが大きくなった。窃盗容疑が思想犯容疑に変ったのである。

長兄の自分を馬鹿にする態度を改めない治が、警察に捕っている様を想像すると、雉子《きじ》も鳴かずば撃たれまいに、と、昌はいくぶん小気味よい気分を味った。

もう三十を過ぎていたので、昌は近頃、世帯を持ちたいと思うことがあった。ごく内輪の者だけが集った治と頼子の結婚式に出席した晩などは、さすがにその想いが募って、野口質店に帰りつく前に、風呂敷に包んだ引出物を提げて、お茶の水の駅前のおでん屋で学生達に挟まって一杯飲んだ。夢を見る性格を他の兄弟に持っていかれてしまった昌は、小田村大助が治にしたと同じように嫁を世話してくれるのではないかと、夢のかわりに予知能力のようなもので期待していたのである。この予感はおでんで酒を飲む昌をうっとりさせた。この世には、努力とか意志の力では、どうにもならない力が働いているのだから、良心に照して悔いのない地味な毎日を送ることだと達観もしながら。

久し振りに一緒に住んでみると、彰には一年たらずではあったが、かつての静子、理加、月子との四人の生活が思い出されて、いつになく心の和む日々が続いた。彼女の説明から、月子が急に洗足池から姿を消したのは、自分から逃げ出したのではないらしいことも分った。

彼は、月子に取残された姉達が烈しく彼女を非難していたのを憶えていた。もし小俣政吉を通じての小田村の援助がなかったら、結果はむごいことになっていたろう、自分も生きてはいられなかったかもしれないと、今になれば理解できた。彼は、月子がいなくなった一部屋の家で、ある晩病院の薬局で働いていた理加が、

「三人が死ぬだけの分量なら持ち出せるわ」と声を潜めて静子に話しているのを寝ていて耳にしたのを覚えていた。その時の三人のなかには自分も入っていたのである。その後、長女の静子は小田村大助が薦めた二十歳も年上の男と結婚して、子供も二人生れていた。夫は小田村の郷里の恩人にあたる人の弟で、妻を失くしたので再婚の相手を探していたのだった。神経質で自分から働きに出ることなど考えたこともない静子にとっては、それ以外に生きる方法がなかったのであった。

年が改まって間もなく、彰は、「僕は多分それまでに入隊だから今のうちにお祝いをあげておきます」と、由雄の入学祝いに縮刷漢和辞典を贈った。

「おやまあ、彰さんも大変でしょうに」と月子は素直に喜んだ。

「この頃は物が高くなって困るわ。戦争だから仕方ないけど」

月子はそう言って前の週に新宿のデパートに行った話をした。十円ぐらい買物をしたと胸算用をして、帰ってから計算したら二円も予算を超過していたと笑った。

「果物なんか買っていられないから、なるべく庭に生り物を植えて食べさせようと思っているわ」

その言葉どおりに汲井戸の周辺に無花果の木が二本あって、彰が住むようになった秋は、熟れた実に蜂が蜜を吸いに来ていた。そういえば櫛形村の家の井戸端にも無花果が植えてあった。狭い庭の隅には藁を敷いた苺も並んでいた。彰は幼い頃から月子が果物好きで、肉類はほとんど食べなかったことを思い出した。洗足池の頃は、朝は林檎一箇だけというような食事だったが、彼女は元気よく「朝の果物は金、昼は銀、夜は銅って言うわ」と説明していた。これはもともと柴山芳三がドイツ語で月子に教えた話だった。

「でも、食べられる時は出来るだけ食べた方がいいですよ。もし海南島に行けるようだったら、むこうからパパイヤやマンゴーをどっさり送りますよ」と彰は約束した。その前年のはじめに、日本軍は戦線を南に拡大して、海南島を占領していたのである。

やがて彰は入隊し、数ヵ月経って予想どおり大陸戦線に出征した。内地に残ろうと思えば残れないこともなかったのだが、上官から「お前等が死んだら泣く者がいるか」と小隊全員が聞かれた時、彰はちょっと考えてから「自分にはおりません、お役に立ちたいと思います」と申告したのである。

「よし、その答えよし」と、戦地に送り出す員数を割り当てられていた上官は喜んで、彰の出征が決った。横須賀に集結したのは予想外の大部隊で、兵隊達のあいだには近く大きな作戦が展開されるのではないかとの噂が拡った。彰達は数え切れないほどの船団を組んで夜の日本列島を離れた。

二章

朝の陽が射しはじめた庭に、沈丁花の香が漂ってくる季節になった。

彰が入隊してしまうと、月子には子供達二人との生活が戻って来た。姉妹からも離れた毎日を送るようになって十四年が経っていた。一番仲の良かった二女の雪子と彼女より三つ下で名古屋に貰われていった五女の華子が養家先で可愛がられて平和に暮しているらしいと分ったのは、治と彰がかわるがわる隣に住んだからであった。彼等が時の経過のなかで、たとえ仮りにではあれそれなりの落着き場所を見付けている様子が、一人になってみると月子にはかえってはっきりと感じとれるのであった。それに較べると自分は、しいて浮世を離れた侘び住まいを送っているという気分になった。

ある日、久し振りに訪ねてきた小俣政吉から、加藤三太郎が郷里の九州に帰ったと報された。

「大将が何か九州で事業をはじめるのかしら」

と聞いたのに答えて、「いいえ、大将は鯛生《たいお》の金山の買収を計画しているようですが、加藤君はそれとは関係ないらしいです。何しろ門司や若松は大陸に渡る人達で大変賑やかだと言いますから、軍人相手のお座敷で昔の商売でもしているんでしょう」とのことであった。東京を引払う際、小俣に「月子さんによろしく、又何かあったら、いつでもお役に立ちますから」と伝言を残したそうである。

「あら、もう二度とお役に立って欲しくないわ」月子は小俣と顔を見合わせて笑い、小俣は笑っているうちに急に苦しげな表情になって下をむいた。

前の年、久美子が通っている小学校で小さな事件があったのを月子は覚えていた。五年生だった彼女が同級の男の子と喧嘩したのである。久美子は相手を投げ飛ばして馬乗りになり、思いきり撲って怪我をさせてしまった。

「女の子のくせに、あなたはまあ、何ていうことを」と半ば呆れて問い質すと、突然堰を切ったように烈しく泣き出して地団駄を踏んだ。しゃくりあげる合間に出てくる言葉から「妾の子」と呼ばれたのが原因であるのが分った。姓が柴山から小田村に変ったのが契機になったのらしい。

時おり三鷹の家を襲うこうした小事件は、あらためて由雄と久美子が生れた前後のいきさつを月子に想起させた。自分ひとり心正しく生きていくなら、引目を感じることはないのだと彼女は自分にも言いきかせ、しいて昂然と顔をあげて生きて来たつもりなのであったが。この経験を彼女は、

いとせめて涙少くあらしめと十二の吾子の行末おもふ

という歌に詠んだ。

「ところで、今日伺いましたのは」と小俣が切り出した。「このあいだ大将に呼ばれまして、由雄さんも中学に行くようになったし、籍も入ったことだから、健康の状態に心配がなかったら、そろそろ三鷹から引揚げて来いということで、ひとまず御相談するようにと」

小田村大助の申し出を、どう理解したらいいのか、咄嗟に判断しかねて月子は黙っていた。いつも断定的に指示をする男が、事前に小俣を相談に寄こすのも、かえって月子を不安にさせた。「大将も昔流に数えればもう五十歳を過ぎておられますから、後のことを考えておられるんではないですか。由雄さんを近くに置いて仕込んでいこうというつもりもあると思いますよ」

「それで、引越すとなったら、何処に行くんです」と、月子は恐る恐る聞いた。親子三人の落着いた生活が変ろうとしているのだ、との予感が彼女を緊張させた。

「少し前に、上目黒の、もと西郷さんのお屋敷を買収しまして分譲することになったので、さしずめ、そこに来ていただくことになると思いますよ。月子さん」と小俣の声が少し改まった。彼は二年ほど前から話をする時首を振る癖が出ていて、手の甲には静脈が青く浮出るようになった。

「私はもう年寄りですから間に合わないかもしれませんが、なんとか、あなたのお子さんが立派な事業家になって、大勢の部下を指揮するのを見てから死にたいと考えております。柴山様に御世話になった私の、それが唯一の罪ほろぼしだと心に決めて、あちらに行って柴山様に御報告したいと願って、私なりに我慢もして来ました」と述懐した。再び首が烈しく振れた。

その日は朝から春一番が吹いていた。小俣の話の間にも強い風がガラス戸を鳴らして過ぎた。周辺に麦畑が多い三鷹の家では毎年、春先になると三、四回はこうした風が吹き、すると捲き上げられた関東ローム層の乾いた土は微粒子になって空を覆った。時には、そのなかに大陸の空を渡って来た黄河上流の土も混るようで、黄塵万丈《こうじんばんじょう》という言葉が新聞にも出た。

「治さんや彰はどうしているでしょうね」月子は（由雄も男の子だったんだ、いずれは自分の手を放れていくのだ）という想いを押え、さすがにしんみりした口調になって聞いた。二月から三月に一度、北京からは短い便りがあったが、彰は——中支に上陸しました、治には当分会えそうもありません——と書いて寄こしてから連絡がなかったのである。

「只今」と由雄が帰って来るなり真新しい学帽を脱いで、母と向いあっている小俣を見ると「いらっしゃい」と挨拶した。長ズボンを穿かせてみると、かつてのひ弱な子供の感じはなく、動作まで急に少年ぽくなったようだった。「おう、おう、由雄さん」と、小俣が目をパチパチさせた。「ああ、今日は厭んなっちゃった」と由雄は自分の部屋に行きながら言う。すぐ鞄を置いて戻って来ると「皆の前で話をさせられたんだけど、僕は駄目だなあ、あがっちゃうんだよ」月子は「由雄はね、級長になったのが嬉しいみたいよ」と小俣に顔を戻しながら説明した。

「そうじゃないよ。だけど何を喋ったのか、覚えてないくらいなんだ」「はじめは誰でもそうですよ。大将もそうだったと言っておられました」「大口叩くと記録に残る」と、由雄が突然大きな声を出した。月子は小田村大助の国会での代表質問の日に、由雄を傍聴に連れて行ったのを思い出した。

小俣が帰ってから、月子は三鷹を引払う問題をよく考えようと庭に出てみた。風は少し衰えたが、空にはやはり薄い黄色の膜がかかっていて、太陽が赤い円盤のように見えた。沈丁花が強く匂った。本来なら喜んでいいはずの話なのに月子は不安だった。夫に対する不信感もあった。小田村大助から新しく二人の子がいると聞かされた時いろんな腹の子を自分の子供と同じように扱わなければいけないと、月子は自分に言いきかせたのであったが、由雄と久美子が新しい環境にうまく馴染んでくれるかどうか見当がつかなかった。小俣の話では住まいは別で、西郷山に移っても三鷹と同じ親子三人の生活は続くだろうとのことであったが、彼女は小田村大助の日常の姿を、なるべく子供達の目からは隠しておきたかった。暑い時には、越中褌ひとつになって団扇で湯上りの身体を煽がせたり、気に入らなければ子供達の前でも所かまわず妻を打擲《ちょうちゃく》しかねない粗野な振舞を、彼女自身が嫌悪しているという事情がその不安の背景になっていた。月子にとって、父親とは柴山芳三のように、人格的な力で子供達に良い影響を与える存在であって欲しかった。若かった頃は魅力のひとつであった逞しさが、厭わしく見え出したのはチブスを患って以後、小田村大助が変ったためでもあった。一方、西郷山に住めば、国会へ傍聴に連れていった時のように、小田村大助の事業家や政治家としての活躍の場面に直接触れる機会が増えるとの期待があった。男は強くなければいけないのだから、朝早くから社員を呼びつけて指示をし、政治家や軍人と激論を闘わし、獅子奮迅の活躍をする父親に接するのは、由雄にいい影響を与えるかもしれない。月子は考えあぐねて、植込みの下に植っている沈丁花に近寄って花の匂いを嗅いでみた。物憂い感情を刺戟するような強い匂いが鼻孔に拡った。由雄はいずれは小田村の後を継ぐことになるだろう。月子の想像の世界に殿上人が綺羅星のように並んでいる源氏物語の中の光景が浮んできた。そうなった時、由雄は本当に柴山芳三が考えていたような自分に得心のいく事業をすればいい。政治家になって長池先生のようにお国のために尽すのも大事なことだ。その時まで私が我慢すればいいのだ。そう思った時、月子はすぐ上の空に大きな鳥の影が舞い上ったのを知って驚いた。あいかわらず、黄色く霞がかかっている空の奥には赤い円盤のように見える太陽がかかり、一羽の白い鳥がゆっくりした飛び方で遠ざかりつつあった。春先なのにどうしたことだろうと訝《いぶか》ったが、やがて白鷺の優雅な姿に魅せられて、彼女は姿が見えなくなるまで見送っていた。

月子達が上目黒に移ったのは、結局、久美子も女学校に通うようになった一年後のことであった。かつて旧家臣を謁見したと思われる大広間の高い天井には彫り物が一面に施され、南蛮渡来のシャンデリアが下っていた。北向きのその部屋からは築山が正面に見え、鹿児島から移植したと言われる楠の老木や泰山木が鬱蒼と茂っていた。その西側には広い池が拡り、畔に西郷侯爵が住まいに使っていたらしい、古い木造洋館が、ペンキをささくれ立たせて建っていた。月子達は母屋の、従者達が寝泊りしていたと思われる部屋をあてがわれた。

移り住んでみると毎日来客があり、彼女は俄に大勢の使用人を指図して料理を作ったり、小田村大助に呼ばれると会食の席にも顔を出さなければならなくなった。本州地所の用度係が買い整えた食器類と較べると三鷹から持ってきた道具や皿小鉢は見劣りがして使えないのを知って、月子は思い切りよく捨てることにした。そうした点で彼女には潔さがあったが、由雄には悲しかった。彼女にとっては、向島小梅町の生活が戻って来ただけのことであったが、由雄には三鷹の経験が総てなのであった。わずかに脚の取れた象のマスコットだけが彼の手許に残った。生れてはじめて持った自分用の小さな部屋の机に、今では子供っぽいと思われる象の玩具を置こうとしたが、片輪になっているので象はひとりで立っていることが出来なかった。忙しくなった月子には、彼をかまっている時間がなかった。時おり余分に作られた客用の料理の一部が盆に載せられて由雄の部屋に運ばれ、そんな時彼はひとりで空腹を満たした。広い庭が気に入ったのが由雄にとっての救いだった。三鷹と違って、西郷山には彼がはじめて接する荒廃した雰囲気があった。歩いていると、腐ったテニスのボールが落ちていたり、壊れた植木鉢から、盆栽であったと思われる松が根を土中に拡げはじめているのなどが発見された。この家の当主が姿を消してから、かなりの時間が経過していたのだ。裕福な華族になった明治維新の指導者の後裔達が送っていた生活の跡は、池の中央の島で、天を仰いでいる等身大の鶴の彫刻などに残っていた。かつては、その長い嘴《くちばし》から勢いよく噴きあげていたはずの噴水は涸れて、周囲には立枯れた蘆が青銅の鶴の下半身を隠していた。

小田村大助が招く客は高級官僚や軍人が多かった。政党が次々に解散を命じられ、彼が所属していた民政党も党内の強い反対にもかかわらず、大政翼賛会に統合される形勢になった。彼にとって心外だったのは、長年兄事してきた長池龍三郎が大政翼賛会の常任総務に他の十名の代議士と共に就任する模様であり、自分がこの会の推薦議員からはずされるらしいことであった。家族が食事に揃った朝、「政党を否定する組織に参加はしたくないが、国のためを思わない政治家の扱いを受けるのも心外だ」と浮かない顔で話していたのを、由雄はずっと後になっても覚えていた。小田村大助は事業のために議席を利用している男と見られ、かつての民権拡張や婦人運動に加担した行動も響いていたのである。しかも、彼の事業は小さな本州ゴムをのぞいて軍需産業と直接の関係がなく、戦争の遂行に役立つ事業家との評価は困難であった。小田村大助にとって、この扱いは不本意であった。大病して以来私心を捨てて感謝の気持を持つことこそ、祖父の教えた生き方だと覚って、滅私奉公の事業家として再生したつもりであったから、「あえて中に入って、少しでも大政翼賛会を良い方向に戻さねばならない」との長池龍三郎の常任総務就任の説明も、小田村大助には彼を置いてゆく弁解としか聞えなかった。事業に精を出している間に取残されたと知ると心は霽《は》れず、それならば自分は軍と直接関係を持って独自の道を行くしかないと、西郷山の屋敷を舞台にして精力的に働きかける計画を立てた。

鯛生の金山を手に入れるのが、さしずめ第一の目標である。軍費の調達には金が必要なはずであった。この事業計画を実行するために宴席を切りまわす女が誰かいないかと考えた時、小田村は三鷹に住まわせておいた月子の存在を思いついたのである。戸籍上の妻は具塚市子であったが、彼女との間は、チブスを患って以後の彼の転向のためにまったく疎遠になっていた。それに彼女は婦人政治記者時代の自由主義思想を忠実に守っていたから、今の小田村大助にとっては、むしろ足を引張られかねない存在であった。

月子は珍しく客が途絶えた日、江西省にいる彰宛に、自分達が三鷹を引払って上目黒に移ったと報せ、治には前に相談したことがあるが、結局二人の子供が小田村の籍に入ったことを伝える長い手紙を書いた。彼女が危惧したように、この手紙は五ヵ月ほどかかって彰に渡った。大陸に上陸して、すでに二年近い月日が経っていた。月子の手紙を持って彰は駐屯していた村の兵舎を出ると、近くの小川の畔まで歩いていった。

――いろいろ迷いましたが、子供達の将来を考えて、結局、小田村姓を名乗らせることにしました。こちらに来ると、三鷹では想像もしていなかった忙しい生活が待っていました。一度だけ庭を歩きましたが、志を抱きながら戦いに立たざるを得ず、一時的にせよ国賊と呼ばれなければならなかった西郷侯爵の父君の無念の想いが伝ってくるようで、私は不遇のうちに死んだ父を思い出しました――

と月子は書いていた。それはすでに遠い国の話だったが、姉が結構張切っている様子が伝って来た。その印象は戦争に疲れている自分を、かえって映し出すようであったのである。靄が広い平野を覆うように降りているのが見渡される槐《えんじゅ》の根本に腰を下して読んでいると、葉が一斉に彰のまわりに落ちてきて、二、三葉が月子の手紙の上にとまった。ふり仰ぐと疎《まばら》になった枝の間から、まだ夕映えが残っている空が見えた。（俺はこのままずっとこの国に残るのかもしれない。日本に居る者達は、そのうち俺のことなんか忘れちまうだろう）と彰は考えた。今までに、どれだけの村を攻撃し火をかけたのか、覚えていられないほどの戦闘があった。その上最近は、一緒に行動してきた部隊から半数近くが、行先も分らないままに姿を消していった。また大きな作戦がはじまるらしいとの噂が流れていたが、それがビルマやインドの方面なのか南方の島なのかは知るよしもなかった。戦争は永久に続くのではないかと思われた。読み返しているとふたたび槐の葉が降りかかってきて肩や頭にかかった。彰の視野に日本軍に追われて逃げ、中国の村に隠れ住む脱走した自分の姿が浮んで来た。前の日、部隊の仲間から戦線離脱の相談を持ちかけられていたのである。二ヵ月ほど前に駐屯していた町に戦友は好きな女が出来ていた。「何故、俺を誘うんだ」と聞くと「お前は、どんなふうにでも生きていく力を持っている。言葉は俺が喋れるから、お前は一緒に来て生活の知恵を出してくれればいいんだ」と相手は答えた。

彼の誘いについて考えていると、戦争で死のうと逃亡しようと、いずれ人間は皆死ぬのだから大した違いはないという気がしてきた。柴山の家の由緒ある家柄も、悠久五千年の歴史から見たらそれは小さな、愚かしい誇りにしか過ぎないことがよく分った。そんな言葉が浮んで来たのは、相手が「悠久五千年の歴史に溶け込むんだ。俺はつくづく戦争が厭になった」と言っていたからである。暮れなずむ平野を眺めている彰の目に遠くで青白い火があがった。

少し経ってふたたび青白い狼火が、今度はもうすっかり暮れた平野の三ヵ所からあがり、彰は我に返った。次の瞬間、彼は充分に訓練を受けた野生動物さながらに身を縮め、兵舎に向って全速力で疾走していた。「敵襲」、「敵襲」という声が腹の底から雄叫びになって出た。

（そんなはずはない）というのが、報せを受けた部隊の最初の反応だった。昼に戻って来た斥候も「敵影を認めず、村には平和が戻り、良民は畑仕事に精を出している」と報告していた。ただちに新しい斥候が派遣され、万が一にも衆寡敵せずと判断された場合は、予定の移動を繰上げて行うことが決められた。斥候は帰らず、深夜になって圧倒的な敵軍が、兵舎に打ち込まれた迫撃砲を合図に左右から襲って来た。彼等の規律のある、ほとんど無言の攻撃の仕方から、最も恐れていた八路軍の系統であることが分った。彰のいち早い報せがなかったら、部隊は全滅したに違いない。この戦闘で、彼に逃亡の相談を持ちかけた戦友は名誉の戦死を遂げた。生き残ったのは、彰と部隊長と他の七名だけであった。この夜の、表には出ない功績が、後に彼を救うことになった。というのは、次の駐屯地で、彰は新しく編成された小隊の隊長になった若い少尉を撲り、銃を楡の幹に叩きつけて折り〝敵前上官暴行、兵器損傷、抗命罪〟に問われて重営倉になったからである。書類が江西省の聯隊本部に発送されたのを知った、かつての部隊長が馬を飛ばして伝令を追いかけ、彰が惹き起した事件関係の書類を抜き取って燃してしまった。

営倉で過した夜、彰はよく夢を見た。その中で彼は治と一緒に大島行きの船に乗っていたり、秋祭りで小屋掛けした舞台で〝ちょいと出ました三角野郎〟と八木節を踊っていたりした。いつだったかの戦闘で敵を銃剣で刺した時、闇に光った金の指輪が必ず夢の終りに現れて彰を悩ませた。まだ若い男だったところを見ると結婚指輪らしく、比較的裕福な生れの将校であったと想像された。後年、従軍中に罹ったマラリヤに周期的に襲われ、高熱に見舞われるようになった際も、この将校が、腹に刺さった彰の剣を抜こうと銃を摑んだ時に見えた指輪の光が屡々彼の幻覚のなかに現れたものである。金の輪はみるみる巨大な物体になって迫って来て、その都度、彰は朦朧《もうろう》とした意識のなかでのた打ち、俄に突撃の喚声とも恐怖の絶叫ともつかぬ大声を発した。

この営倉事件を契機にして彰は変った。戦いには勝たなければ駄目なんだという考えを身につけると同時に、人によっては他人でも、むしろ身内以上に愛情を抱いてくれることがあるのだと知ったのである。

アメリカやイギリスとの戦争がはじまった。由雄は開戦を伝えるニュースをかつて下男部屋と言われていた狭い部屋の布団のなかで聞いた。

「大本営陸海軍部発表。帝国陸海軍は今八日《こん》未明、西太平洋において米英軍と戦闘状態に入れり」

アナウンサーが昂奮しきった口調で繰返している。

その日の町は、さすがに騒々しく、そこここで号外の鈴が鳴り、商店がラジオの音量をあげているのか、軍艦マーチが耳についた。渋谷から久我山に行く電車のなかで、中年の男が「学生諸君、この非常時に何を考えているのか、勉強も結構だ、しかし共に銃を取って戦うべきではないか、ええっ?」と立上って叫び、通学途中の高校生や中学生は、皆、怪訝な表情やニヤニヤ笑いを浮べた顔を下や横に向けて、彼と目を合さないようにしていた。

やがて町には〝ほふれ英米我等の敵だ、進め一億火の玉だ〟というようなポスターが氾濫しはじめた。

同じ日、柏崎素彦は家に落着いていることが出来なくて、会社が終ると妻の雪子にゆきつけの料亭の名を伝え「本社から連絡があったら、ここに電話してくれ」と伝言して吉井勇に会った。彼が高知から京都の北白川に戻って以来、同郷で、子供の頃家も近かった二人の間に交遊が復活していた。

「大変なことになったね」と顔を見るなり柏崎は言った。原料のチップと電力の不足で、紙の生産は年々減少していた。この戦争で製紙業がどんな影響を受けるのかも柏崎には気懸りであった。

「結局、来るところまで来てしまったな」

と、吉井勇は低い沈んだ声で応えた。五月に出版した『遠天』についても、この国家非常の時に相も変らぬ女々しい歌を詠んでいていいのか、といった罵倒に近い批評の声があがっていた。「いよいよでんな、どうなりますやろ」女将が酒を盆に載せて顔を出して聞いたが、男二人は無言で顔を見合せただけだった。しばらく断っていた酒は早く廻った。

「前に話したと思うけど、君の弟子の柴山月子というのは事実上僕の義妹になるんだが、近頃歌はどうかね」と柏崎の声がして自分だけの想いに沈んでいた吉井勇は我に返った。「僕は弟子は作らないよ。まあ、ペンフレンドというところかな。少しずつうまくなっている」と彼は答え、

いとけなき日のまゝごとに手の指を木の芽のあくに染めしかなしみ

という、最近の彼女の歌を思い出した。「僕はどういう人か知らんが、小田村という男は相当ひどいようだな」

「えへへえ」と柏崎は困った顔になった。「まあ、君といい勝負だ」二人は声を合せて、低く笑った。

戦争の報せを聞いてひどくあわてたのは、柏崎の義兄で美術蒐集家の添島幡太郎であった。「えらいことになった」と、彼は妻の慶子を呼んだ。「これでもう日本は終りだ」「××さんか

ら何か言って来ました?」と彼女が知人の重臣の名前をあげた。「いや、聞いても何も話せないだろう、こうなるまでには、いろいろのことがあったろうが」

「外国のことを何にも知らない軍人が牛耳るのが間違いよ、私、あの東条って人、好きになれないわ。塵芥箱を開けて庶民の台所の様子を調べるなんて、わざとらしくて」

「言葉には気をつけた方がいい、壁に耳あり障子に目ありだ」と、添島は流行語のように使われていたスパイ防止のための標語を口にした。「これで、もう当分フォアグラは食えなくなったなあ」

それには慶子も同感だった。二人とも美食家だったのである。

小田村大助はハワイ・マレー沖海戦の捷報が続々発表されている時、西郷侯爵が使っていたと言われる広い謁見の間に陣取って考え込んでいた。英米との戦争開始によって情況が激変したのは確実であったから、事業計画を根本から立て直さなければならないのは明らかであった。難航していた鯛生金山の買収をあくまでも進めるか、思い切って方向を転換するかに彼は迷っていた。すでにかなりの資金を注ぎ込んでいたから方針を変更すれば損が出る。しかし軍部の独裁が確立した以上、金を掘ってどうなるか、と思った。必ず軍需インフレが来る、物価をいくら統制しても闇価格は高騰するだろう。とすれば、統制できない生活必需品とは何か。それは食糧と土地だ。沈思黙考の果てに、小田村大助は金山の買収を諦め、思い切って土地の投資に切替えようと決心して、本州地所の島月正二郎にすぐ西郷山に来るように連絡した。

「いろいろ考えたが、危急存亡の時には国のために奉仕せねばならん」と小田村大助は重々しく口火を切った。島月は早くも心配気に頷いてみせる。

「鯛生の買収はやめだ。大東亜共栄圏の建設のためには土地の開発と食糧増産だ。山瀬の屋敷と安倍邸の買収を決める。大東亜迎賓館を創るんだ。三百万円用意してくれ」

島月はあわてた。関連会社の資金を集めても充分とはいえず、大がかりな借入れが必要になるが、その自信はなかった。すでに土地の担保は全部使ってしまっている。小田村の話は理屈になっていなかったが、彼はしばらく前から議論はしないことにしていた。大将には何か深い考えがあるに違いない。

「お話は分りますが、金が」と言いかけると「金は作ればいい」と即座に答えが返ってきた。

「はあ」と戸惑っていると、「鉄道の電力料金をはじめ支払いを全部ストップすればいい。非常時なんだ、支払いが滞ったからといって電気は止められないよ」

島月は仲の良い関東配電の営業部長の顔を思い浮べて目の前が暗くなった。「わしにまかせろ、非常時なんだ」

二人は十数秒目を見合ったが、島月は諦めるしかなかった。「なんとかやってみます」と小さな声で諾《うべな》った。小田村は話は終った、というふうに手を拍って月子を呼んだ。

島月が肩をすぼめるようにして、急いでいるために余計小刻みになった歩き方で帰っていってから、小田村は、彼とむかい合ってそそくさと済ませた膳を下げさせ、着物の襟の縫目に挟んだ爪楊枝を抜いて歯をほじりながらしばらく謁見の間に坐っていた。一度使った爪楊枝を、また襟元に挿しておくのは不衛生だし見た目も汚いからといくら月子が頼んでも、小田村のこの癖はなおらなかった。彼には戦争が容易ならぬものになるのがはっきり分っていた。日本はこのまま勝つかもしれない、アメリカは民主主義で国民は自分本位だし、多民族の寄り合いだから、戦争はそう強くないだろうと希望的な観測を持っている点では当時の大多数の日本人と同じであったが、終るまでにはかなりの犠牲を払わなければならないだろうと直感している点ではるかに現実的だった。この非常時を活用して、大いに事業を拡大しようと身構えたのは経営者として当然と言えた。ただ、そのためには、もっと能力のある安心できる身内が欲しかった。有能であれば謀叛を企てるのではないかとの猜疑心が働くので、その希望自体矛盾しているのだとの自覚はなかった。万一のことを考えて今のうちに子供をたくさん作っておかなければならないと思った。彼は五十二になっていて、小便の出がひどく悪くなったのに気付いていたから、女を孕ませることが出来る年限はもうあまり残されていないのではないかという気がしていた。小田村大助は行儀見習いのために預っている郷里の選挙区の有力者の娘、栄子を思い浮べた。まだ縁が切れずにいて、月々の生活費を見ている貝塚市子との結婚の苦い経験から、小田村は女は学問がないのに限ると決めていた。栄子は何度も県会議員に出ては落選している父親のお蔭で高等小学校しか出ていなかった。それに、まだ男を知らない様子だから、一度ものにしてしまえば従順に自分を慕ってくるはずであった。小田村大助は出張の際、栄子を連れていって旅先でものにしてしまおうと計画した。それには箱根の別荘がいい。それまでの段取りや、組敷かれて踠《もが》く栄子の顕わになった下半身や、体重を利用して脚を開かせる際に触れ合う膝と膝の感触を空想すると、戦争と同じように昂奮してきて勃起するのが分った。

その頃、心臓弁膜症で徴兵を免れた昌は、もとの野口質店を手伝ってひっそりと暮していた。独立しようと商売をはじめた頃は、緊張と不安から始終不整脈に悩まされたが、使用人として帳場に坐るようになってからは、健康になり、自分にはやはりこのような生活が適しているのだと、満足していたのである。彼から見ると、世間はあまりに浮き浮きして、毎日お祭りをしているように見えた。昌は、住まいが変るたびに大事に持ち運びしている柳行李のなかに系図や両親の位牌に混って、「明治三十七八年戦役ノ際、報国ノ旨意ヲ以テ従軍者家族扶助ノ為メ、金拾円寄附候段、奇特ニ候条、其賞トシテ木杯壱箇下賜候事」と書かれた柴山芳三宛の賞状があるのを覚えていた。

父親は国民としての義務を忠実にはたしていたのだと思うと、昌は一所懸命に計算して、開戦後しばらく経ったある日拾円のシンガポール陥落記念国債を三枚買った。彼は自分が真面目すぎて融通が利かないから、あまり皆に愛されない性格だと知っていた。はじめ、御大家の長男をいただいたので、いずれは嫁を取らせて子供のいない家の後を継がせたいと喜んでいた野口質店の主人も、子供らしい茶目っ気や甘えのない昌の辛気臭さが次第に鼻につくようになったのか、何時の頃からか将来の話はしなくなり、一度店を出て戻ってからは、内儀の機嫌が悪い時などは「昌！」と、鋭い声が店に向って放たれるようになっていた。

店には質流れの品物が古道具屋のように陳列してあり、質草は奥の倉庫に収納してある。西向きのこの店は、午後になると逆光線になって、冬はいいが夏はひどく暑かった。その日、内儀が珍しく賑やかな笑い声を立てながら芝居に出かけた後は、奥の座敷は静かで、昌は帳場に坐ったまま、いつかうつらうつらと微睡《まどろ》んでいた。

「昌ちゃん、おままごとしない」と耳元で子供が呼びかけた。彼には小梅町に住んでいた頃の隣の花枝ちゃんだと分った。「うん、でもね」「いいじゃない、ねえ、遊ぼうよ」「じゃあ、ちょっとね」と、昌は自分のではないような子供の頃の声を出していた。昌はその頃から、荒っぽい戦争ごっこが嫌いだった。「昌ちゃんはお外へ行っていて帰ってくるの、花枝はごはんを作っているから」「うん」と彼は答えた。

「こらあ、そこで昌は何をしとるか」と男谷の伯父の怒鳴るのが聞え、昌は驚いて目を覚した。店の入口に、どこかで見たような若い男が背の高い女と立っていた。変な客だ、と直感して、今度はしっかりと目をあけたが、もう誰もいなくて、かなり傾いた陽が、葭簀《よしず》を斜めに立掛けたむかいの自転車屋の軒先をかすめて狭い道に落ちていた。誰かが水を撒いたのらしく、窪みにわずかに水溜りが出来てキラキラ光り、格子戸に捲きついた朝顔の葉が暑さに疲れたように、だらりと下っている。それは、いつも帳場から眺めている光景であった。

思考がだんだん戻ってきて、昌は先刻の客が四男の克己に似ていたと思いあたった。すると、斜め後に立っていたのは毛唐の女かもしれなかった。さすがに気になって急いで立上って表に出てみた。誰もいない。黒い猫が一匹、四肢を弛緩させた動作で道を横切っていっただけである。錯覚だったかと帳場に戻ってもとの姿勢になったが、まだなんとなく気がかりであった。兄弟の中で一番頭の良かった克己はアメリカとの戦争がはじまる直前に、最後の引揚船で駐米大使等と一緒に日本に帰って来たという噂を昌は耳にしていた。シカゴの大学の医学部を卒業した彼はそこで外国人の女と結婚したらしいが、養子になったとはいえ、長男の昌には一言の挨拶もなかった。戦争がはじまって、敵性外国人を妻にしている男だと、何かにつけて白い目で見られるようになったのは、気の毒といえば気の毒であったが、昌は、それ見たことか、俺達が日本でこんなに苦労しているのに、と小気味よい気持がしないでもなかった。そのためか、たしか海軍を自らすすんで志願して軍医になったはずである。ミッドウェー沖海戦で、どうも日本が敗けたらしいという話は昌の耳にも届いていた。引続き、南太平洋でも日本は苦戦しているという。昌は心配になってきて立上り、倉に入った。自分の僅かな荷物も一緒に入れてある柳行李の蓋を久し振りに開け、戸籍謄本と系図を取り出した。もしかすると幻覚は何かの悪い報せだったのではないかと胸が騒いだ。しいて心を落着けて克己の年を計算してみると二十八になっていることが分った。ついで彼に迷惑をかけることの多かった彰のことを戸籍謄本で調べてみた。二十五になった彰は中国大陸の少し南の方のどこかにいるはずである。

治や彰に疎んじられたり馬鹿にされていても、昌は長男としての責任を感じていた。柴山一族のなかで、昌だけは、よく見れば目も大きく鼻筋も通っているのに、頭がむすびのように尖り、頂上にぽやぽやと髪の毛が立っていて、風采があがらなかった。しかし、昌はそれをあまり気にしてはいない。人目を惹く容貌は、良い時もあれば悪い時もあるのである。昌は片手をその尖った頭にやって撫で廻した。ようやく克己の身の上に何か起ったのだという気がしてきた。兄弟の身辺に変化が多く、なんとなくあわただしいのは、やはり大きな戦争がはじまっているからなのだと、昌は溜息をつくと系図を閉じて渋紙に包み、また行李の底に蔵《しま》った。

日本の敗色が濃くなるにつれて、小田村大助の傍若無人ぶりは度を増していった。アメリカとの戦争がはじまる少し前から出が悪くなっていた小便は、とうとうカテーテルを尿道に挿入して人工導尿をしなければ自力で排泄出来ないほどになっていた。毎晩二回は尿意を催して月子を起した。最初の尿閉の晩、膀胱が破裂しそうになり、あまり溜り過ぎると水圧のためにカテーテルも入らなくなると医師に注意された恐怖から、三、四時間眠ると目が覚めてしまうのである。枕元の鈴が鳴ると、月子は即座に布団から身体を起し、ガウンを手早く纏って台所に行く。ゴムの管を浸した容器をガスコンロにかけ、煮沸消毒を終えると小田村大助の寝室にとって返し、燈火管制の暗い光線の下で片方の手で萎えた陰茎を摑み、もう一方の手でピンセットに挟んだカテーテルを亀頭の先から手際よく挿入するのだった。やがて溲瓶《しびん》に小さな音を立てて小便が流れ出す。小田村は安堵してふうーっと大きな溜息をついた。

そのような処置を繰返しながら、むしろかえって彼の漁色は烈しくなった。月子は感情を殺した能面のような表情で股を開いて幼児のように身体を預けている小田村大助の排尿を手伝った。この治療を彼は月子だけに命じ、他の女には器具も触らせなかった。めくりあげた小田村の布団の裾にひざまずいている彼女の姿は被害者であるはずなのに、贖罪にいそしむ修道女に似ていた。その際、彼女にも自分は何に対しての、どのような罪を贖《あがな》っているのかはよく分らなかった。

この時期、小田村大助は事業にも懸命の努力を傾けていた。自分の病気から着想を得て東京の糞尿処理を引受けようと思い立ったのである。下水道が全く普及していなかった東京は、清掃局の職員が次々に軍隊に召集され、ガソリンもなくなってきたので塵芥や排泄物の処理に窮していた。――尿が出ない病気で苦しんでいる自分には、東京の清掃問題の重大さがよく理解できる。ついては、私鉄の車輛を改造して糞尿電車とし、農村に肥料を供給したならば一石二鳥であろう。輸送は夜やればいい――というのが小田村大助の着眼であった。彼はこの自己流の理屈で、まず東京都を説得し、その同意を持って株主として電鉄会社に乗込み、戦争に協力するかしないか、と迫った。糞尿輸送の開始は、その電鉄会社への小田村大助の支配権の確立の合図となった。彼の計算では、都の依頼を受けて糞尿の処理にあたれば、統制の厳しくなった燃料や輸送資材の割当が増加するはずであった。最初の糞尿電車が多摩鉄道の国分寺駅から走った日、マキン・タラワの日本軍が全滅した。

その年の十月には氷雨の降る神宮外苑で学徒出陣の壮行閲兵式が行われた。五月にはアッツ島の守備隊が玉砕していたから、〝戦雲急を告げる〟といった雰囲気の中での壮行会を大勢の家族が雨に濡れ涙を流しながら見送ったのであった。十六歳になっていた由雄は学校から派遣されて先輩を見送る列に参加した。彼は自分も早く戦争に行きたかった。死に憬れていたばかりでなく、家を離れたかったのである。前立腺肥大症の発病以来、家の中での小田村大助の乱脈ぶりを由雄は許すことが出来なかった。母親が毎日少しずつ衰弱していくのが分り、これは全て小田村大助の横暴のせいだと思われた。聖戦に協力しているように振舞っているが、打算からくる利己的な行動なのだと舌打ちしていた。学徒として戦いに参加するのは偽善の皮を剝ぐ、父親に対する批判になると思われた。海軍を志望したのは、青い海の上に出たら、煩わしい地上のことはみんな忘れられると思ったからであった。彼は毎晩、艦橋に立って煌く波濤を眺めている、凜々しい軍服姿の自分を空想した。もしそれが駄目なら、地方の旧制高校に行って、将来は数学か理論物理学のような、嘘や誤魔化しのきかない、なるべく実社会からは離れた学問の世界に入りたかった。入学試験は間近だったから、早く志望を決める必要があった。授業は軍需工場に動員されて働くあい間に、そそくさと大急ぎで行われていた。学校の近くの通信機の会社で、電波探知機を作る作業に従事したことも由雄の海軍志望に拍車をかけた。オッシログラフの調整をしていると、小さなブラウン管に描かれる緑色の曲線は、太平洋の波のように眺められた。

彼から希望を打明けられて月子は驚いた。由雄の気持が分るだけに、どうしたらいいかと悩んだ。彼が戦争に行ってしまえば、何のために耐えてきたのか分らなくなる。夜、眠れなくなり、小田村に問い質されて、「由雄が軍隊に行きたがっているの、あの子は真面目だから、戦争が敗けてきているのに、じっとしていられないらしいわ」と白状した。この報せは小田村にとっても一大事だった。他の女に生せた子はまだ小さい。月子の話を聞いて、彼は自分が奮闘しているのは、ひとえに家族のためなのだと心の底から痛感した。

由雄は母親の懊悩ぶりに驚いたけれども志を変えるつもりはなかった。ただ、戦争に行く前に栄子を家から追放し、母親の周辺を浄化しておかなければと決心し機会を窺った。その頃、住まいは上目黒の西郷邸から麻布に移っていた。大正時代の船成金、山瀬伝衛門が贅を尽して建てたので、〝お船御殿〟と呼ばれていたこの家の庭にも、中央に掘り下げた大きな池があり、三階建の日本建築に並んでいる石を張った洋館は政府の大東亜迎賓館に借上げられていた。小田村大助は政府に自分の家を使ってもらうことでいち早く情報を摑み事業拡張に利用しようと考えたのである。勉強を理由に一人で離れに寝泊りしていた由雄はある夜、足音を忍ばせて離れを出ると姿が見えないように植込み沿いに歩いて栄子達が泊っている三階建の翼《ウイング》の裏にまわった。隣家との境に老いた欅の大木があって、枝を伝えば彼女の部屋に侵入できるはずであった。濃い闇のなかに栗の花の匂いが満ちていた。太い幹に手をかけて見上げると彼女の部屋と覚しき窓にはまだ暗い明りが灯っていた。突然、近くで、首を締められているような「ミョー、ミョー」という声が聞えた。アジアの貴賓の目を楽しませるために、昼間は放し飼いにされている孔雀が鳴いたのだと分って、禽舎を確めにいった由雄は全身の緊張を緩めた。欅の下に戻って幹に掌をかけるとざらざらした感触が伝ってきた。樹液を垂らしている箇所が鈍く夜目に光っている。彼はズボンのポケットに入れて来たジャックナイフを取り出してみた。片手でずっと握っていたためにナイフは生暖かかった。静かな夜で、栗の他にも一斉に花をつけている泰山木や定家葛《ていかかずら》の匂いが漂っていた。上を見ると、いつの間に窓が開けられたのか栄子が上半身を闇に乗り出していた。再び緊張したが、燈火を背にした彼女に闇が籠っている欅の根元が分るはずはなかった。やがて胸元の窓枠を摑んでいる栄子の両手に力が入るのが分った。由雄は彼女が飛降りるのだと思い、そうなったら走っていって下で受け止めなければならないと身構えた。しかし、彼女は跳躍せず、更に上体を折り曲げると嘔吐しはじめた。生唾が長く透明な尾を曳いて垂れるのが見えるようだった。何度も吐こうとしたが、何も出てこないで苦しんでいた。弱々しい声で「あああー」と呻いた。悪阻《つわり》らしい。由雄は体のなかから力が抜けていくのを覚えた。すると、さっきまで彼女を刺そうとしていた自分の姿が、闇のなかで白い歯を剝き出している小さな鬼の形に見えてきた。ふたたび彼女が嘔吐の努力を繰返し、失敗して生唾を吐いた。何も見ていない眼差しで欅に向って顔をあげ「おっかさん」と語りかけた。「畜生！」由雄は刃を突出したジャックナイフを太い幹に力まかせに突き立てて呟いた。これではどうしようもない。

そう思うと由雄の体内に、得体のしれない、先刻までのとは異質の憤怒が静かに満ちて来た。

「警戒警報発令、警戒警報発令」という、やや眠たげな声が遠くに聞え、追いかけるようにサイレンが夜の深い空気を震わせて鳴りはじめた。

後年書かれた月子のノートには昭和二十年のことが次のように書かれている。

——麻布広尾町一帯、五月二十四日の大空襲にて焼失す。家の庭より明治神宮の森が見えた。私は心身過労のため十二指腸潰瘍になる。食糧なく困難を極む。小田村は引つづき排尿困難のため医者の来るのを待つのが苦しく、前々年よりやむなく高山重信博士の指導のもとに私が導尿をすることになり、夜半にも器械を消毒するのであるが、そのうちカテーテルの入手困難となり、本州ゴムにていく度か失敗ののちカテーテル製作が実現。又家庭ガスの配給停止の実施のため、導尿器具の消毒に支障、ガス会社に懇請して特別配給の手続をする。

この年八月、終戦の勅降る——

たしかに、この年になると敗戦は必至と思われたが、敗けたらどうなるのかが分らないために、大声をあげて恐さをまぎらわして戦争を続けているような具合であった。疎遠になっていたとはいえ、胸中ではなお頼りにしていた政治の先輩の長池龍三郎が前の年の十二月に他界したのは、小田村大助にとってやはり打撃であった。朝鮮総督だった小磯国昭が総理になったのは、政務次官の頃から面識があったので小田村にとってはいくらかほっとする政変であったが。引続き洋館を大東亜迎賓館に使ってもらっていたが、フィリッピンで敗け、重慶政府との和平工作の失敗に無能ぶりを露呈して、小磯内閣が総辞職に追い込まれると、小田村大助は少し前から情報係に使っていた通信社の日塔権六を呼んだ。彼は同郷の男で、栄子の従兄にもあたっていた。手に入りにくくなった食糧や酒を彼にまわしては、小田村は天下の情勢を聞くことにしていたのである。

久し振りに訪ねてきた日塔は、まだ焼けていなかった広い客間から人払いをすると、

「少し前のことになりますが、近衛さんが戦争終結に動き出したようです」

「そんなことが知れたら殺されるよ」と、小田村は声を潜めて言った。「それは、鈴木貫太郎の前のことか?」「前のことですが、つながっているのは確かです」

小田村は新しく成立した鈴木貫太郎内閣が、どんな背景を持っていてどう動くかを知りたかったのである。〝最終決戦内閣〟というスローガンにどんな内容が隠されているのか、ほぼ察しはついていても確める必要があった。

「やはりお公卿さんはいけませんな」

小田村大助は眼を瞑って沈黙していた。戦争は駄目かもしれない、とはじめて思った。しかし和平工作が知れたら国民は黙っていないだろう、日露戦争の時は途中でやめたから国は助かったが、その反動で焼打ちが起った、名誉ある降伏などというものがある訳がない。そんな想

念が素早く通り過ぎたのは、自分がいち早く和平派になる場合を考えたからである。本土決戦になったら、ほとんど皆殺しになるだろう。

「たとえ戦争がうまくいかなくても、国民は指導者に文句は言えないな」

「しかし恨むことは確かですよ、ここまで引張って来たのは軍部なんですから」「うむ」と小田村は詰った。民権の拡張と政党政治の擁護を主張していた若い頃を小田村は懐しく回想した。

「二・二六事件の処理を誤ったような気がします。皇道派に軍配をあげていれば、もっと違った展開になっていたでしょう」

小田村は無言のまま、日塔の胆汁質の黒い顔と短い首を見た。落ち窪んだ目は、土蔵の小さな窓に嵌められた格子の奥から、今度都に攻め上るのはどんな男かと品定めをして暮してきた近江の人間の目であった。

「こちらに来る前に海軍省を廻って来たんですが葡萄酒で乾杯をしていました」

そこへ、珍しく由雄が入って来たのを振返って、

「大和が出撃をしたようです。沖縄戦には威力を発揮するでしょう」

「沖縄で勝てば、形勢は逆転ですね」と、由雄は嬉しそうな顔になった。彼は高校生になっていた。月子に説得されて海軍を諦め、徴兵延期の特典があることを理由に理工科に進んだ。最後まで金沢か鹿児島の高校に行くことを主張したが、小田村大助に止められてしまった。

「離れていたら月子がどれだけ心配するか分らないよ」と彼は由雄がたじろいだ優しい口調で

言った。「高校に入ったらお前用に家を建ててやろう。今の離れは何かと不用心でいかん。どうだ、池の向うの築山を崩したら、眺めもいいぞ」

由雄は父親の話しぶりに懇請している響きがあるので応答に窮した。月子の心配にかこつけてはいたが、とにかく家族を傍に置いておきたいと思うほど、小田村大助が戦争のなりゆきに不安を感じているのを由雄は推測しようもなかった。ただ離れた土地に行ってしまえば、治や彰叔父のように、いつ戦争に飛出してしまうかもしれないと父親が不安なのだと思った。

自分を押えつけ、力ずくで従わせようとする父親に彼は慣れていた。撲られても蹴られても、そうなれば闘うだけであった。その相手から急に優しく下手に出られて、由雄は突然哀しくなった。なぜ、そんな感情に捉われたのか自分でも分らなかった。口頭試問の日、彼は校長に「他の学校を受けているか」と聞かれ、正直に官立高校に願書を出したと答えた。「まあ、うちもそんなに悪い学校ではないよ」と校長が言ったと、家に帰って父親に報告した。「そう言ったか、うむ、そう言ったか」と繰返して、小田村大助は由雄が見たこともなかった晴れ晴れした顔付になって、「ハハ、そりゃいい、ハハ、おい月子」と相好を崩した。その子供のように無邪気な笑顔を見せられて、由雄の抵抗は力を失った。彼が入った成城高校は比較的裕福な家の子供が多く、自由主義の雰囲気が残っていたが、もう授業は間歇的にしか行われなかった。由雄達は厚木の海軍航空隊の飛行場建設に動員されたが、資材の供給が思うようにならないらしく、急に三日も四日も休みになったりした——。

日塔権六から和平工作の情報を得た数日後に、小田村は思い立って貝塚市子を訪ねた。下町はすでに焼野原になっていたし、彼女の住む目白界隈もいつそうなるか分らないから、今のうちに会って、言うべきことは言っておこうと考えたのである。落合秘境と言われる、目白に残された都会の中の渓谷を散歩して戻った彼女は玄関に所在なげに立っている小田村大助を見て（おやっ）という顔付になった。

「どうかなさいましたか？」

「いや」と彼は曖昧に答えた。

「空襲は何ともなかったかね」「ええ、御覧のとおり」よっこらしょ、という具合に下駄を脱いで部屋にあがりながら「まあ、お入りなさい、お宅の方はいかがでした。皆さんお元気ですか」貝塚市子は月子の名を出さなかった。「どうやらまだだな」と小田村は言い、しばらく会わなかった間に一年年上の妻が驚くほど老けたのを知った。「別れに来た」と言うのも変だったし、長く別居していたので、その言葉は別の響きを持ってしまいそうであった。「君には苦労をかけたな」と言うのも芝居じみている。

「いよいよいかんようだな」沈黙のあとで、ぽつりと小田村が言った。

「そりゃそうですよ、はじめから分っているわ」すかさず貝塚市子は吐き捨てるような口調になった。「無茶をやるからですよ。男は勇気がないのに見栄で動きますからね」小田村は日塔の持って来た情報に動かされて訪ねて来たのを後悔した。この際、議論はしたくなかった。

「この間、食糧を届けさせておいたが」と話題を変えた。

「有難う、闇のものはとても私では買えませんからね、助かったわ」

また沈黙が落ちた。労りの言葉をかけて帰ろうと考えたが契機が摑めなかった。

「疎開せんでもいいかね」と聞いた。

「今更、田舎に行ってもはじまりませんよ。私は別に長生きしたくもないから」

「いや、戦争が終れば、また君の仕事が増えるかもしれないよ」

小田村は、それまで思ってもいなかった言葉を口に出して自分でも驚いた。貝塚市子が今度は顔をあげてまともに夫を見た。進歩的な婦人政治記者だった頃の光が久し振りに目に戻った。この目に小田村大助は魅かれたのだった。彼女は夫が突然自分を訪ねて来たことの意味を覚った。「そうですか」そして間を置いて「そういうことですか」と重ねた。狭い庭に黄色い連翹《れんぎょう》の花が咲いていた。小田村大助の郷里の家にあったもので、二人でこの家に棲むようになった時に植えたのである。小田村大助は、その黄色い花を見ていた。夫の視線を追って彼女も連翹の花を今更のように美しいと思った。（この人はそうなったら、また私を利用するのかもしれない）と気付いたが、不思議にあまり不愉快にならなかった。

「昔は、よく一緒に仕事をしたな」

貝塚市子は黙っていた。二人の間には先程までとは異って柔らかい空気が流れた。

「あなた、あの頃ロシア語を勉強してたけど、どうなりました？」

「もうすっかり忘れたなあ、長池さんと一緒にはじめたんだが、彼の方はどんどん進むので、やめてしまった」

「長池さんも亡くなられましたね」

そして、彼女が、共通の先輩であった長池龍三郎の思い出に浸っていると、突然に聞える調子で、

「じゃあ、何かあったら報せてくれ、何時でも構わん、命あってのものだねだから」と言うと立上り、若い頃と変らない慌しさで帰っていった。彼の姿が消えてから、貝塚市子は夫にお茶も出さなかったのに気付いた。


その晩は晴れて暖かかった。時々、五月の強い風が吹いた。八時過ぎに警戒警報が発令され、ラジオが、敵機の大編隊が数波に分れて北進中、と告げた。

空襲警報とほとんど同時に樹木を薙ぎ倒すような音が聞え、高射砲が間近に響いた。それが日常の習慣であるかのように、小田村大助が枕を抱え、月子は導尿のセットを提げ、栄子が炊事用の焜炉《こんろ》を持ち、由雄と久美子がそれぞれ当座の勉強道具をまとめて、池への斜面に掘った横穴の防空壕に急いだ。小田村大助はすぐに壕のなかに敷いた布団に横になり、他の者は防空頭巾をとって壁に倚りかかった。穴居時代の家族のようだ、と由雄は思った。豆ランプがひとつだけ点いている薄暗い空間を沈黙が支配した。気の故か遠くから地鳴りに似た音が近寄って

いた。地底の虫が低い声で鳴いている。やがて前触れのような閃光が入口に垂らした黒い布を透して光り、間髪を入れず、あたりを揺がして爆発音が響き、俄に外が明るくなったのが分った。高射砲がごく近くで連続して鳴り、「こっちの方らしいな」と小田村大助が言って向きを変えた。烈しく空間が揺れ、どこかで砂が崩れる音がした。また外が明るくなり、闇が戻った。「栄子」小田村大助が呼んだ。低い、しっかりした声だった。やがて「あらっ」と押し殺した呟きが聞えた。「旦那様」

由雄は外の物音が早く壕の奥の気配をかき消すのを待った。波濤が四方で崩れたような音がし、その間から栄子が喘ぎはじめた声が洩れた。「久美子」由雄は妹を呼んで防空頭巾を被り直すと壕を出た。目の眩む明るさが由雄を打ち、庭の様子は一変していた。あたりは巨大な光の筒のなかにあり、高い樹木だけが影絵になって身悶えていた。金属音、低い爆音、探照燈の太い束、曳光弾の線条が上空に交錯し、物が弾ける音、捩れて倒れる音が沸き返って彼はよろめいた。味方の戦闘機が火を噴いてB29の直前で散った。燃え上る金属片がゆっくりと遠くへ落ちてゆく。欅の梢に覆いかぶさる近さで、銀白色に火照りを受けた敵機が頭上に迫り、雑草を一面に打ちつける雨のような音がし、叫喚が聞え、馬鹿にしたように、バケツが軽く転った音が聞えた。機銃掃射が空間に穴をあけながら過ぎた。

「燃えるわ」久美子が大東亜迎賓館を見上げて言った。二階と三階の窓から悪戯をしているように赤い舌が覗いたり隠れたりしていた。隣の小田村達が使っていた日本館が、ぽおーっと輝いたかと思うとガラスが割れる音が聞え、数ヵ所の板戸が破裂して一斉に火を噴き出した。もう防火は不可能だった。由雄は池の畔の離れに立て掛けた梯子を伝って、二棟の建物が燃える様がよく眺められる屋根に辿り着いた。振返ると、庭を包囲していた光の筒が、内も外もなくなって、あたり一面は輝き、火焔の龍巻をここかしこに吹上げていた。白色に照り映える入道雲を縫って低く、あるいは高く飛ぶ飛行機で夜空は狂宴に沸き返っていた。ふたたび爆音が迫って来た。目の前で空が割れたようにB29の大きな機体が分解し、細かい火が弧を描いて散っていった。屋根に伏せた由雄の耳に驟雨《しゅうう》に似た音が迫り、鉄板が四方に降り、瓦が割れて斜面を転って落ちた。一米《メートル》も離れていない。「糞っ」と由雄は叫んだ。滑り落ちまいと瓦を止めた針金に獅噛《しが》みついて目をつぶった彼の視野に、燃えさかる焔のなかで睦み合う父親と栄子の姿が浮びあがった。そのまま二人に火が付いてしまえばいい、と由雄は思った。彼は二つの建物が崩れ落ちる様をしっかりと見たかった。料亭を想わせる母屋と、イタリアの大理石を張った洋館が焼けて倒れるのは小田村大助の没落であった。（燃えろ、燃えてしまえ）と由雄は念じた。頭上に見上げる母屋は、もはや焔の巣窟となって闇を揺がしていた。何かが爆発する音が遠くで、また近くで起った。ふたたび編隊が襲ってきた。背後の空間が罅《ひび》割れた気配に振返ると、翼《ウイング》の脇の大木が裂け、夜目に白い欅の膚が妖しく剝き出しに立っていた。庭のそこここで焼夷弾が火を噴き、天の火照りと呼応して、地上を焰の底へ叩き込むかと思われた。

月子も壕のなかで何かが裂けた気配を感じて頭をあげた。それまで防空頭巾をしっかり被り、膝の間に首を垂れて目と耳を塞ぎ、猿のような恰好をしていたのだ。夫と栄子は静かになっていた。このまま爆死するなら本望なのかもしれなかった。烈しい物音が壕全体を揺がし、月子はしばらく前から由雄と久美子の姿が見えないのを知った。子供達がいつも彼女を現実に引き戻す。月子は夫と栄子を路傍の襤褸のように無視して壕の外に走り出た。閃光と風圧が彼女を倒した。紅蓮の壁を背景に離れが芝居のセットのように黒く浮び上り、少し離れて久美子が空を見ているのが分った。傍で芝生に刺さった焼夷弾が火を吹き油脂が彼女の肩に飛んで燃えはじめたのを、月子は転って消した。四つん這いになって久美子のところに行こうとする月子の目前を黒い大きな影が通りすぎ、油脂の飛沫を受けてぱっと燃え上った。孔雀だった。金や銀やエメラルドグリーンの輪が目まぐるしく揺れ、震え、鳥はけたたましい声で鳴いた。翅《はね》が飛び、金銀の輪は、それだけが空中に浮き沈みしているように回転して月子の目の中を跳ねた。あちらでも、こちらでも鳥が喚き燃えていた。彼女は漏斗状の渦の底へ引込まれていくのを感じた。天が鳴っていた。樹々が立ち騒ぎ、地獄の火群のなかを影絵のように男や女が走りまわっていた。「お父さん」と月子は柴山芳三を呼んだ。もうすぐ、苦しい土地を離れて、そこへ行きます、と言おうとしたが、うまく言えなかった。硫黄の焦臭い煙が鼻をついた。また孔雀が燃えているのだった。

「お母さん、お母さん」という声が遠くで、そして次第に近くで聞えた。目をあけると由雄と久美子の顔が見えた。「防空壕へ」と脇に手を差し入れて由雄が言ったが月子は頭を振った。

「ここがいいわ、まだ、ここの方が空気がいいし」と細い声が出た、同時に周囲のさまざまな音が、溢れたように耳に入って来た。

「燃えるのを見ていたいわ」

母屋の火の粉があたりに落ちはじめた。熱気で木の爆ぜる音、渦を巻いて燃えるあたり一帯の音が大きくなった。本州地所から二名の社員が応援に到着した。「大将は?」と聞くのを、由雄は防空壕を指差し「あの離れだけは守ろう」と言った。崖に寄り添うように建っていたので、幸い焼夷弾の死角になっていて、離れは無傷のまま、いよいよ炎上する二つの建物の火照りを受けながら低く蹲《うずくま》っていた。

何度も何度も敵の編隊が襲って来た。いつの間にか高射砲は沈黙してしまった。味方の飛行機も見えなくなった。ただ凄じい唸りを立てて町全体が燃えていた。

「何処がやられている?」と聞いた由雄に、「東京全部です。私等宿直だったんですが、会社がもう駄目なので大将のお宅を助けようと、でもどうして此処まで来れたのか分らないくらいです」と、もう一人の仲間を振返った。仲間も頷いて、「ずいぶん死んでいます」と、むっとした表情で答えた。

「ああ、落ちるわ」と言う久美子の声に首を巡らすと、母屋の三階の太い梁が風にあおられて柱から外れ、それにつれて三階全体が腰が挫けたように崩れていった。大東亜迎賓館の三階も、何時の間にかなくなっていた。直撃弾が命中したのであった。書生が何処かから持出した折畳みの椅子に掛けて月子は二棟の家が燃え落ちる様を見た。

小田村大助と栄子が壕から出て来てその後に立った。さっぱりした顔をしていた。一家揃って眺めている前で母屋と大東亜迎賓館が焼けて崩れ落ちていった。


その日から三ヵ月も経たない八月十五日、小田村の家の者は全員揃って日本の降伏を告げる天皇の放送を聞いた。静かな、雲ひとつない夏であった。

「いつでも覚悟は出来ております」

と、月子が正座したまま、皆に決意を促すように言った。サイパン島や沖縄が陥落した時、不名誉な捕虜になるのを嫌って戦えない老人や女は自決したと伝えられていたから、その言葉は自然に出たのである。

同じ放送を疎開先の熱海の家で聞いた添島幡太郎は「おい、戦争が終ったぞ」と慶子に声をかけた。

「よかったわね、でも遅すぎるわ」

彼女は、一升瓶に入れた玄米を棒で突いて自家精米をしていた手を前掛で拭きながら、夫の部屋に入って来た。

「今朝、自警団長っていう例の厭なのが来てね、敗けたら男は全部去勢され、女は強姦されるんだから、降伏なんてあり得ない、流言蜚語に惑わされないようにって言いに来ましたよ」

「ふうん」と添島は彼女を流し目に見て「しかし君なら大丈夫だろう」と言い、慶子は「おや、それはどういう意味」と怒ってみせた。

「まあ、そういうことを言うのは、勝ったら自分が同じように振舞う程度の奴だよ。蟹は甲羅に似せて穴を掘るって言うからね」「アハハ」と二人は声を合せて笑った。二人の気分は久し振りに浮き立っていたのである。解放感が家のなかに拡っていった。

「昨日、××さんから連絡があった」と添島皤太郎は知人の重臣の名をあげた。

「日本はポツダム宣言というのを受諾したらしい。植民地はみんななくなるよ。アメリカは日本のことを学問的にも研究していて、天皇様を残しておいて内容を骨抜きにすることを考えているらしい、その方が平和に行くからな。しかし戦争責任者の裁判はあるだろうね」

「厭あね、私、柏崎に電話してみようかしら」

と、慶子は財閥系の会社に勤めている弟の名前をあげた。

「その方がいいな。まあ、彼は大丈夫だと思うが」「………」「ソ連の参戦も、ずっと前に決っていたらしい。二月にアメリカとイギリスとソ連の首脳会談があって、戦争を終らせる手筈と、その後のことを全部決めたのだそうだ」

こうした経緯を、重臣は箱根まで来たついでに長年の親友の添島に話していたのである。彼は引続いてひらかれた重臣会議、御前会議の模様を受けての対策会議で疲れ切っていた。狂気のように本土決戦を主張する陸軍首脳部の意見が天皇によって斥けられたのを見届け、自分達の任務が終ったと判断して東京を離れたのである。残っていれば、二・二六の時と同じように、陸軍は青年将校を使ってクーデターを計画する危険があった。

宿に着いてから、彼はこの分ではとても寝られそうにないと思った。気のおけない友人を招いて盃をかわしながら、事のあらましを話しておきたかった。戦争の責任を問われれば、和平を主張しながらも押し切られて来た自分も無疵ではいられないのを彼はよく知っていた。自分の息子を、ひとりは音楽家、ひとりは建築家にしたのは、擡頭《たいとう》して来た軍部を、政党も経済界も押える力がないと知ったからであった。その選択に間違いがなかったのが、せめてもの慰めであったが心は霽れなかった。政界にも経済界にも直接関係がなく、世捨人同然の生活を送っている添島幡太郎は、この際、恰好の話し相手に思われたのであった。

「この分じゃあ、すぐ楽になるという具合にはいかなそうね、山羊みたいに絵を食べる訳にもいかないし」

慶子が溜息をついて、添島の家を訪れた一時の解放感は次第に重苦しい空気に変っていった。

三章

久美子が最初の家出をした時、月子は、

汝行きて四面楚歌なるこの母は痩身ひとり荒野に立てり

と詠んだ。戦争が終って四年目の春であった。前立腺肥大症はそのままながら、小田村大助は病気慣れし、アメリカがソビエトに対抗するために、むしろ日本を利用しようとしている気配を察して元気を回復していた。彼は新しい相続税の施行や、身分制度の廃止で維持できなくなった旧華族の家屋敷を以前にもまして活潑に買収しはじめた。事業拡張に没頭していた小田村は、子供達が自分への反抗心を育てているのに気付かなかった。

久美子の置手紙を発見した時、月子は由雄も協力していると覚ったが、それはおくびにも出さず、「すぐ探し出してちょうだい、どこでもいいから」と不思議な命令を出した。走って小田村大助の部屋に行き報告をしてから、気を鎮めようと薄暗い納戸に入った。急いで焼跡に建てた家に彼女だけの部屋はなかったから、残った道具類を積み重ねた北向きの納戸が唯一つの落着ける場所だった。夫が思わず口走ったように、彼女も久美子に好きな人が出来たのだと思った。（失敗《しま》った、間に合わなかった）と、彼女は口惜しかった。勉強の好きな久美子が大学に行きたがっていたのは分っていたから、そのうちに何とか理由を見つけて小田村を説得し、望みを叶えさせてやろうと算段をしていたのに、早まった事をしてくれたのであった。そのうち島月正二郎がやって来るだろう。彼は事の顚末を聞いて「やっぱりそうなりましたか」と、月子を見返すに違いない。私は彼や夫の無言の、またあからさまな批判に耐えなければならない、それには慣れているはずだ。世間の白い目、母親が母親だから子供が皆おかしくなったと言われても、それは私の値打には関係ない、と月子は自分に言いきかせた。性悪な栄子を宥めすかすようにして嫁に出したと思ったら、小田村大助は新しく手伝いに来た松子に手をつけた。手籠にされた彼女が実家に逃げ帰ったのを小田村の命令で呼び戻しに行ったのはまだ三月ほど前の事だ。月子は暗い道具の蔭で声を立てずに笑った。このようにして人は狂っていくのかもしれない、と思った。

小田村大助は家出をした久美子に、五歳の時、自分を置いて実家に逃げ帰った母親の姿を見ていた。小田村の家は、どうして女子《おなご》に恵まれんのだろう、と歎かわしかった。日本には日本の仕来りがあるのに、アメリカが男女同権だ労働者の団結権だ、などとそそのかすからいかんのだ、と腹立しかった。小田村大助は、ほんの少しの間、月子を可哀相に思った。責任感が強いから、下手に思いつめないように優しくしてやろうと考えて、すぐ、何を気弱なことをと自分で否定した。これもひとつの闘いなのだ、占領軍のなかには随分アカが入っているという話だ、久美子を攫《さら》った奴は共産党かもしれん、草の根を分けても探し出してやる、間に合えばいいがな、そうでないと取戻せなくなってしまう、……と小田村大助の心は乱れ、娘を思う気持で苦しかった。それにしても、由雄の妙に落着いた態度はおかしかったな、と小田村は首を傾げた。久美子に対しては愛憎がめまぐるしく入れ替るのであったが、由雄にはどこか得体の知れない感じがあった。その分らない部分は柴山の家の血筋なのだと判断していた。月子と由雄の間には父親の自分が入り込めない領域があるように感じられる場合が多く面白くなかった。若い頃の小田村大助を知らない由雄は、敗戦後、にわかに民主主義者になりすまして、アメリカへの感謝を唱え出した父親を変節漢ときめつけていたのである。

その批判は、いきおい母親にも向けられた。小田村大助を恨んだり、身の上を歎いたりしながらも別れようとはしない月子は、由雄の目にはすこぶる首尾一貫しない人間に見えた。「お母さん一人ぐらい、家庭教師だって何だって働けば食べさせていける。僕だってもう大人なんだから」と言う由雄を月子は優しい目で見て微笑するだけだったから、まだ信用してもらえないんだと苛立った。平安時代の文学や歌に逃げ場を求めるのは、宗教に縋るのと同じように弱い者のすることだと責めても、彼女はその都度「そうね、そのとおりかもしれないわね」と溜息をついて、すぐ話題を変えてしまう。どうして、こんな簡単なことが分らないのかと由雄はもどかしかった。

彼は敗戦まで月子の影響で創っていた短歌をやめてしまった。理工科を卒業してみると、由雄が進みたかった、大学の理学部や工学部のいくつかの学科は占領軍の命令によって閉鎖されてしまっていた。勉強しなければ物理や数学はいい点数が取れないので、自分の才能にも自信がなかった。それならばと文科に転向したことも、由雄の目を、自由に読めるようになった社会科学の文献に向わせた。書店に並んでいるマルクスやレーニンの著作を貪るように読みはじめた。そんな時期に校長排斥運動が起り、由雄は闘争委員に選ばれた。父親への反撥を胸の裡にいっぱい詰め込んでいた彼の学校当局批判の言動は説得力を持っていた。彼は「親父は！」と言うところを「校長は！」と言いかえればよかったのだ。当時、全国的に拡っていた学生運動のなかで「坊ちゃん学校にも面白い活動家がいる」と上部の組織の指導者から注目されるようになった。

一方、華々しく家を出た久美子は、同棲した男が、金があれば働こうとせず、小田村の家からの仕送りを当てにして小遣いをせびるようになり、彼女がひそかに習い覚えた英文タイプの収入で自活しようと主張すると「お嬢さんの意気がりはよせよ、現実はそんなに甘いもんじゃない」と批判するのを聞いて絶望した。痩せているわりに骨太の彼は叔父の柴山彰に感じが似ていて、ダンス教習所で識り合った時、気楽に話が出来たのであったが、怒ると蒼白になる性《た》質《ち》だった。一度熱が醒めてみると、久美子の心のなかに持前の利かん気が首をもたげてきて、中央で少し段のついている鼻も、足の親指にだけぽやぽやと生えている毛の具合も厭らしいものに思えてきた。二人の生活は一年そこそこで破れた。自分の行動は本当の自由を手に入れるための最初の計算された第一歩だったのだと、由雄には虚勢を張ってみせた久美子であったが、月子から優しい言葉をかけられると、それを待っていたように二十歳の娘に戻ってしまった。月子は久美子が家に戻った日、はじめて小田村大助と一緒になった頃のこと、父親を失くしてから味った苦労を久美子に語って聞かせたのである。「女はね、最初の人とずっと一緒にいられるのが一番幸せなんだけど、あの人は駄目でしたよ。よく早く決心したわね」と慰められると、久美子は物心がついてからはじめて月子の膝に顔を埋めて泣いた。「ごめんなさい」という言葉が素直に出た。

「私も、何度、死のうと思ったか分らないわ」

と、月子の声も震えた。

母上よよくこそ耐へてと涙のむ子よかなしみは深きこそよし

久美子を子供の頃のように寝かせつけて納戸でこの歌をノートに書いた時、月子は自分だけの世界に入っていた。思いついて、箱根に出かけていた小田村大助に久美子が帰って来たと報せると、彼は「そうか」と少し考えていてから「労ってやれ、あんまり怒るなよ」と穏やかな声になった。月子は連れていった松子との情事がうまくいっているのだと覚った。彼女は一度に疲れが出て、また納戸に戻った。自分の体力が少しずつ衰えているのが分った。導尿も、出張の時だけは医師に同行を頼むことにしていたが、それは休養が欲しかったからであり、同時に出張先での夫の行動を自由にさせる以外に家のなかでの確執を避ける方法はないと諦めたからであった。せめて、子供達の見ている前では戦争中のような行動は取って欲しくないと願ったのである。更年期だからだと思っていたが、身体全体に疲労が浸み込んでしまったみたいで、月子は貧血からか意識が遠のくような状態に襲われる時があった。自分の気持を誰かに分ってもらいたかったが、由雄は食事の時もなるべく家族と顔を合せないように腐心している様子だった。痩せていくのに比例して目に輝きが増し、時おり母親への批判を口にするようになった由雄が、日に日に過激な思想に熱中していっているのが分ったが、月子にはそれをどう導いたらいいのか見当がつかなかった。

彼が、どうしても小田村の家を離れたいと言い出した時、そこまで思い詰めなくてもと諭してはみたものの、息子のなかに自分の小田村への気持が影を落しているのを認めない訳にはいかなかった。海軍に行きたがったり、地方の高校に入ろうとした頃から五年の歳月が流れていて、由雄は二十一歳になっていたが、考えることには、現実的な部分と空想的な部分との落差が烈しかった。子供っぽいところを見れば、はらはらしながらも可愛いと思い、現実的な性格には安心しながらも小田村の血を引いているのかと思うと白け、月子は息子にどんなふうになってもらいたいのか自分でも分らなかった。思いつめると一時、他の物が見えなくなってしまう由雄の性格は昔から変らない。今後、どのように大人になっていくのかと前途を危ぶみながらも黙ってみているしかなかった。

——本日ヲ以テ小田村家ヲ離籍シテ、今後ハ全ク自由ニ、自分ガ正シイト信ズル道ニ精進シタイノデアリマス。私ニハ小田村家ト言ウモノガ分リマセン。小田村家ノ伝統モ分リマセン。故ニ全ク不羈独立、自由ノ天地ニ棲息シタイノデアリマス。従ッテ、小田村家ヲ相続スル意思モナク、小田村家ノ事業財産ニ何等ノ欲望モナク、父ノ死後ニ於テモ遺産ニ関シ遺族トシテノ分配ヲ放棄スルノデアリマス。因テ、今後ニ於ケル私ノ行動ニ対シテハ、何等ノ干渉モナキ様ニ願イタイノデアリマス。今日マデノ御養育ニ対シテハ、感謝ノ意ヲ表スルノデアリマス——

小田村大助に渡してほしいと由雄が持ってきたこの手紙を読んだ時、二人はいずれこのようになる星を背負っていたのだと月子は覚った。これは女の立場からはどうしようもないことなのだと歎息しながら、子供達が大きくなるまではと耐えてきた今までの努力が、まだ何の実も結ばない前に、自分の生命が残り少なくなっていると思わない訳にはいかなかった。彼女は深い疲れのなかで、時おり意識が鮮明に燃え上るのに備えて、帯の間に挟んだメモに歌を書きとめる習慣がついていた。夫の出張の時、そして深夜、彼女は溜ったメモをノートに書き写して推敲した。久美子が家を出た直後、こっそり日本浪曼派の流れを汲む「大和歌人」の同人になった。敗戦を挟んでの二年ぐらい中断同様になっていた歌の道も再びはじまったばかりであったし、まだ死にたくはなかったが、体力の衰えを自らに隠すことは出来なかった。

その頃、彼女が着物ばかり着ていたのは、ずんぐりした体格の上に断髪の顔を載せ、男のような立居振舞をする貝塚市子とは違った女にしておきたかった小田村大助の希望ばかりでなく、帯を締めていた方が盛装しているという気分から意識がしっかりするように思え、夫に呼ばれた時、咄嗟にメモを隠せるからでもあった。小田村大助は、見えない所で月子が何をしているのかが絶えず心配であったから、少しでも姿が見えないと用がなくても彼女を呼んだ。敗戦直後は殊更その傾向が強かったが、それ以後も、自分が支配している領域の外に月子がいるという不安を、漠然とした形でではあったが常に感じていた。他の女との場合は、身体の関係を持ってしまえば手に入れたと思うことが出来、それが興味を失くす原因でもあったのだが、月子は違っていたので二人の関係は長く続いたのである。

父親を嫌悪し、母親を批判することでより一層孤立を味わねばならなかった由雄は、大学の構内にいる時は自由であった。簡単な言葉、目くばせや身ぶりで通じ合える仲間がいたし、彼はそのなかで女子学生の伊藤咲子に好意を持つようになっていた。仲間のなかには、大学生協や自治会に寝袋を持ち込んで、家に戻らない者も幾人かいた。彼等のなかには、空襲で焼け、また敗戦で没落してしまって、実際に帰る家がない者もいた。自治会の部屋や大学の近くのアジトは、同年輩の若者が作った城であり、コンミューンであり、そこに入ると由雄は本当の家に帰りついたように解放された。その頃、月子がどれほど自分を理解してくれる相手を探しているかを、由雄は考えるゆとりがなかった。いきおい月子の方は、より深く短歌の世界に入っていった。疲労に鞭打って作品をノートに写す作業は彼女の唯一の生甲斐になった。それは暗夜の宴と呼んでもよかった。

そんな月子を喜ばせたのは、北京にいた柴山治と揚子江の南の流域を転々としていた彰が相ついで怪我もせずに帰って来たことであった。「よく帰ってこれたわねえ」と、彼女は、陽灼けして鬚《ひげ》を伸ばし見違えるほど男らしくなった治を、上から下へと舐めるように目を動かして弾んだ声を出した。

「今日はお城に帰った武士として扱ってあげるからそこへお坐りなさい」

幸い小田村大助が出かけていたので、月子ははしゃいで治を客間の床の間を背負った席に坐らせた。落着いて見れば、むしろ肥って、背広が窮屈そうなのが意外であった。

治は、玄関から客間に通る短い廊下を、後になり先になって彼を導いた月子の喜びようと、数年間会えないでいたうちに、すっかり老けて、髪の毛なども色艶が悪く、櫛で梳いたら脱けてしまいそうに薄くなっている様子とのちぐはぐなことに驚いた。

「今まで何処にいたの、何をしていたの」と矢継早やに質問する月子をがっかりさせたくなかった。

「実は帰還するとすぐアメリカ軍に捕って、取調べを受け、それから横浜にいたんです」

「まあ、それなら」と言いかけて彼女は口を噤《つぐ》んだ。小田村に頼めばと考えて、彼も公職追放の身であり、一時は逮捕されるのではないかと怯えていたのを思い出したのである。その怯えの日々から、まだわずかの年月しか経っていない。

「諜報機関にいた者に与えられる役務労働をやっていたんですが、幸いむこうでも捕虜を虐待したりはしていませんでしたから、二年の拘束で帰れたんです」

「拘束って、捕虜だったの?」と月子が聞く。この人は、いつまで経っても洗足池の畔にいた頃と変らない、と眉をひそめた姉を見返しながら、「結局、アメリカ軍の司令官の副官のような仕事で、毎日日本人労務者の監督やジープの運転をしていましたので」と嘘をついた。

やがて治は、本州食品の工場長代理の職を小田村大助から貰った。彼は久美子が本州地所の経理課にいた林田悟郎と気のすすまない結婚式をあげた時、長男の昌、少し前にぼろぼろの軍服を纏い、マラリヤに悩まされ、栄養失調で痩せ衰えて帰還した末弟の彰と一緒に久美子側の親戚として列席した。この結婚の仲人は島月正二郎であった。小田村大助にとっても、この結婚は敗戦によって箍《たが》の緩んだ家の中に再び秩序が戻ったのを示す大事な儀式に思えたから、その席に月子の兄弟三人が顔を揃えたのは大変に好ましかったのである。花嫁の父であったが、小田村は披露宴の終りに「反省した者を暖かく迎えるのが親というものだ。時代が悪いのだから社員だって誤ることがある。労働運動に走ったり不平を抱いたりもするだろうが、悟りをひらけば受容れるのが感謝と奉仕をモットーとする我が社の方針である」と挨拶した。新郎を褒め、「久美子を頼む」と頭を下げた。林田悟郎の親達は、さすがに波乱を乗り超えて事業を成し遂げた人は違う、そのような大将に認められた息子は果報者だと感激した。久美子は内部に向って渦を巻き、次第に冷えてゆく自分の心を見詰めながら演説を聞いていた。父親と較べると失敗に終った最初の結婚の相手の虚勢を張った貧相な姿が浮んで来て恥しかった。彼女は新しい夫が、いじましい出世主義者に過ぎないのを見抜いていた。しかし、そういう人間とうまく折合いをつけられなければ生きてはいけないのだ、お母さんのような少女趣味はもう卒業したのだ、と嚙みしめるように考え、平凡な主婦に徹しようと自己処罰の姿勢をとって俯いていた。

月子はこの披露宴で、三人の兄弟から、戦争で命を絶ったのは長男の昌の予感したように、軍医として軍艦に乗っていた四男の克已だけなのをあらためて知った。その他の一族は、それぞれに生き抜いたらしいのが遅まきながら分って、まあ運が良かった方だと思った。小田村大助の方も弟の子が広島に駐屯していて原爆で死んだ。島月正二郎や本州地所の関係会社の幹部達の視線を受けて立っていると、意識が霧がかかったように遠のいていって、幾度か倒れそうになった。

下腹の痛みを伴うその症状は、年を越すといよいよひどくなって夏にはどうにも我慢できなくなった。診察を受け、子宮筋腫が末期症状になっていると教えられた。悪性の貧血症にもかかっているので、一日も早い手術が必要だと勧められ、小田村大助が診てもらっていた高山重信博士とも相談して心を決めた。開腹して子宮を取り、ついでに三ヵ所にあった腸の癒着も切った。執刀した医師達が、「よくこれまで我慢できましたね」と驚くほど患部は悪化していた。癒着の方は十五歳の時に結核菌から起った腸間膜淋巴腺腫の後遺症であった。白い布に覆われて手術室に運ばれる時、彼女はこれで死ねるのかもしれないと思った。回復期に月子は病床で溢れ出る想いを歌にしていた。

腹を断つメスの浄さに除かるる肉の汚れよ叛逆に似る

清きメス一号肉にふれしとき悲哀の血みな君に流るる

歌を書いている窓の外には百日紅の花が燃え、蟬が俗界の執念を奏でるように鳴きさかっていた。小田村大助の不身持に悩まされて来た自分が子宮を取り除くことになったのは話が逆で、神の悪意によるものかと思えたが、考えようによっては深い配慮の結果なのかもしれない、と気をとり直した。手術は辱めを受けまいとして舌を嚙み切る行為に似ていたからである。月子はメスの先から迸った血が、幾千もの針になって小田村大助へと押し寄せる光景を思い描いた。これで肉体の苦しみからも、心の苦しみからも解放されるのだと、空白に近い安心を覚えた。

それは日本の敗戦に続く彼女の敗戦であった。

陶酔と見まがう程の死への想いが遠のくにつれて、自分はこれから誰のために何を目標に生きてゆけばいいのだろうと考えた。由雄と久美子が、かわるがわる見舞に来た。月子は小田村大助が子供達を一人ずつ庭に呼び出し「月子は癌らしい、手術がうまくいけば助かるかもしらんが、女でなくなることは確かだ」と話し、その口ぶりに、物問いたげな視線を投げる子供達に、「子宮癌だ、見舞ってやれ」と話していたのを知らなかった。病名を間違えたのは故意のことか、本当にそう誤解していたのかは明らかではないが、「女でなくなる」という言葉で、それとなく日頃の乱脈ぶりを釈明しようとしたのだった。久美子は漸く温順しく指示に従って結婚してくれたが、小田村家の戸籍を離れた由雄がいつまでたっても自分に馴染もうとしない様子に小田村大助は心を痛めていた。若い頃を思い較べて、(わしだから途中で切り替えられたが、苦労をしていない由雄の場合はどうなるか)と心配であった。一度ものにした松子に逃げられた、はじめての経験も彼を驚かせていた。アメリカの影響で世の中が悪くなったと解釈し、還暦を過ぎて、もう若い女には相手にされない年齢になっているとは思いたくなかった。何度、女を変えてみても、もうこれで思い残すところはないという気持になれない。欲望を遂げてしまうと、求めていたのは、もっと違ったものだ、という気持が年と共に強くなってくるのであった。事業はうまくいっているのに自分は家庭にはむかないのだと思った。車で走っていて、路傍で立小便をしている若者を見ると小田村大助は羨しくて仕方がなかった。自力で排尿できない忌わしい病気をひと思いに治せるものなら、何百万出してもいいという気分だった。

月子が健康を回復するのと入れ違いのように由雄が血を吐いた。肺結核と分り、月子はひそかに危惧していた由雄の行末が、思わぬ発病で節目を迎えたのを知った。若い頃、さんざん悩まされて、性格を知悉している病気であったので、医者に聞いてまだ初期であるのを知ると、「ちょうどいい機会ですから少し休ませましょう、本人には無理をすると死ぬぐらいに言って脅かしておいて下さい」と頼み、「本当に完全治癒を考えないと危険ですよ」と医師に窘められたりした。そうは言ったものの、そっと見舞にいって、ひとりで天井を向いてぼんやりしている様子を見ると可哀相になったが、愛情とは我慢することだと自分に言いきかせて、何も声を掛けずに立去ったりした。月子は由雄が学内の組織から除名されていたのを知らなかった。

契機になったのは、小田村大助が待望していた公職追放解除についての新聞記事であった。「小田村大助氏　郷土政界に復帰か」という見出しの横に〝解除を喜ぶ小田村家の人々〟の写真が掲載され、由雄の姿も映っていたのである。その地方紙が、たまたま由雄の反対派の目にとまった。大学で党活動をしながら、小田村大助を囲む喜びの家族の一員におさまって笑顔を見せているのは、たしかにずいぶんいい加減な話であった。撮られる際、由雄が胸中に抱えていた計算や屈託は写真には映っていない。

大学生活二年目の一月六日にコミンフォルムの日本共産党批判が発表され、それが原因で組織が分裂し、たがいに相手を修正主義とか帝国主義の手先、分裂主義者と罵倒しあうような混乱のさなかに、大学内では少数派であった主流派が、由雄の身分を暴露し、党組織に潜入したスパイときめつけたのであった。国際派と呼ばれていた由雄のグループも動揺した。

もしそのような分裂がなかったら、自分は除名されることもなく、そのまま活動家として残っていたかもしれないと、彼は後年、よくその頃をふり返ってみた。彼は、〝わだつみの会〟とも縁の深い民主主義文化団体協議会を担当している大学細胞の活動家だったから、〝社会主義リアリズム〟を標榜する批評家になっていたかもしれない。その場合には、いざという時にはいつもたじろぎ、矛盾を感じ、それは革命的思想を血肉化できない自分の遅れた性格の弱さだと自己批判しながら、二流の活動家として年と共に頑なになっていただろうかと想像してみたりした。

「たとえ充分に納得できなくても、組織の決定は決定である。あくまでも民主集中制を守ること、ブルジョア的放縦は許されない」と演説して仲間を山村工作隊や火焔瓶闘争に送り出す自分の想像の中の声を、由雄は聞いた。甲高い熱狂的な調子で喋っている。とすれば、病気になって運動から離れざるを得なくなったのは幸せだったのか不幸だったのか。由雄は伊藤咲子の心を得ようとして、より一層立派な革命家になってみせようと励んでいたのだし、彼女の方も山林地主の娘であるのを恥じていて、お互に協力して「人民のために尽しましょう」と言っていたのであったから。しかし、スパイの嫌疑がかけられた当座は、前の日までの同志が口もきかなくなった変化に彼は憤り、うろたえ、誤解を解こうとすればするほど孤立した。伊藤咲子さえも、苦しそうな表情になって下をむき、足早やに横をすり抜けて去ってゆくのであった。そうした状態のなかでの発病であったから、寝ていて考えれば考えるほど、自分を敗かしたのは何か得体の知れない大きなものだという感じを、由雄は拭うことができなかった。

だが、たとえこのような事情を知っていたとしても月子は慰めの言葉をかけなかったに違いない。誤解から受ける侮辱や、そのための憤りや哀しみは孤りで耐えるしかないと彼女は知りぬいていた。

由雄が離れで療養するようになって、月子には好都合なことがひとつあった。彼女はひそかに参加した「大和歌人」の主宰者前島佐太郎から歌集を出版したらと薦められていたのである。月子は手術の前に、このまま死んでしまったら、自分の書いて来たものは読む人もなく朽ちてしまうだろうと、そのことだけが心残りであったから、小田村に分ってしまう危険はあっても、この際本にまとめておこうと決心したのである。原稿の整理や清書に由雄の離れは便利であった。ストレプトマイシンが医者も驚くほど効いて、喀血は止ったものの安静三度の状態で寝ている由雄の傍に坐っていると、彼女は三鷹での生活を思い出した。子供の頃、虚弱体質と言われた由雄は、生れた直後と小学三年生の時の二度死にかけていた。その頃はよく童話や民話を読んで聞かせてやったのであった。或る日、彼女の計画を聞いて「出版にはお金が要るでしょう」と由雄が言いはじめた。彼はそれまで、本州地所の名目で貰う手当を使う気がしなかったので、手をつけずに溜めておいたのである。いずれ、自活しなければならなくなる時のことも考えていた。「少し貯金があるから手伝わせて下さい。ずっと心配ばかりかけて来たから、僕も何かしたい」

月子は驚いて由雄の顔を見た。このあいだまで、顔を合せると自分を批判していた彼からは想像も出来ない言葉だった。発病以来はじめて（この子は死ぬのかもしれない）という恐れが頭をかすめた。月子に見詰められて由雄は苦しそうに笑った。

「それはとっておきなさい、だって、何かの時に必要でしょう」と辞退したが、彼女に自費出版の費用の当てがある訳ではなかった。そういう才が欠けていたからでもあるが、警戒心が強く吝嗇家の小田村は、いずれは帰参してほしいと希望していた由雄を手なずけておくための手当は出しても、月子が自由に出来る金は一切渡していなかったのである。「僕はいいんです」と言った由雄の目から涙が溢れて顔の横を伝って枕に落ちた。病気になってから、由雄は話す時、一言一言を考えてから押し出すように発音し、口が重くなっているのに彼女は気付いた。自信を持たせてやった方がよさそうだと考えて息子の申し出を受けることにした。「有難う、助かるわ」と答えると由雄は頷いて少し笑った。

月子の処女歌集『静夜』の序文に、前島佐太郎は筆名大伴月子の初期の作品にふれて、——これらの作品は、言うまでもなく新詩社風ないし「昴」風の、若しくは吉井勇氏風の発想と声調を有つものである——と書き、

——歌わないではいられない心と同時に、歌っておかなくてはならないとする心の二つがあ

って、それが何であるかは作者自身にも定かに見極め難いほどに、極めて複雑な環境にありながら、ひたすら純粋な心の世界を生きて来られたのであった——と、月子の歌の背景に触れ、——ただ作者自身として、この歳月の心の様々な遍歴のあとを、一冊の家集に記しとどめたい、という念願以外にないのである——と歌集成立の動機を解説した。

『静夜』が出版された時、小田村が前立腺の摘出手術で入院していたのは、彼女にとって由雄の自宅療養と共に好都合であった。慣れないことでもあり、出版社や前島佐太郎との連絡が手紙だけに限られていた不自由さも手伝って、話がはじまってから本になるまでには一年半の時間が経過していた。校正がやっと済んで間もなくの頃、いくら工夫してもゴムのカテーテルが膀胱まで入らないということが起り、月子は止むなく高山重信に電話をして助手に来診を頼み、金属製のカテーテルで導尿を済ませた。その際「そろそろ取っていただく頃かと思います」「私もそんな気がしますから、近々お出かけいただいて御相談を」という会話を、月子は高山重信と交わしていた。

由雄は母親と二人で大学病院の薄暗い研究室に高山重信を訪ねた時のことを、ずっと後までも鮮明に覚えていた。寝込むまで、昼間のほとんどの時間を過していた学生自治会の部屋と同じ空気が澱《よど》んでいて、党活動をしていた頃の記憶が一度に蘇るようであったからでもあるだろう。まだ三年も経っていないのに、当時の自分の生活は仄暗い空間の遠くに見える明るい庭での出来事のように思われた。太陽の降り注ぐテニスコートで球を打ち興じている少女のように、そこには健康で活気に溢れた青年の小田村由雄がいた。自信に満ち、学生達を指導し、伊藤咲子に優しい弾んだ声をかけていた。組織の決定が腑に落ちず、ずいぶん辛い思いをしたと覚えているのに、それすらも輝かしい青春の一場面のように思えるのが不思議だった。後年、この時の印象を、由雄は「異邦人」という詩に次のように書いた。

――僕は海峡を渉った　遠くから見ると　輝いている国を離れて　僕は自分の時間をそこへ置いてきた
古びた証文には　異邦人と記されているが　遠い国にいた時も　僕は異邦人であったのだとすれば　変貌はなかったのだ　僕はいつも僕で　だから時間は失われて還らないのだ――

そしてこの印象は、小田村大助の秘書になった時も、本州食品に行ってからも、由雄の内部に持続していたのである。月子と一緒に高山重信を訪ねた頃、由雄の病気は短時間なら外出してもいいところまで回復していた。二人を迎えて高山は撮ってあった患部のレントゲン写真を十数葉提げて狭い応接間に現れた。スリッパを鳴らして入口に立った彼は立止って、しばらく目を慣らそうとでもしているようにぼんやり部屋の中を見ていた。「ごぶさたしております」と挨拶する月子の声が珍しく若やいでいるのに由雄は驚いた。十一年前の発病からの写真を見ていくと、時の経過と共に前立腺が確実に肥大してきているのが分った。「このままでいけば尿毒症になる危険が増えるのは確実です」と高山は家鳩が鳴いているような含み声で説明した。

彼は月子よりはいくらか丈が高い、男としては小柄な体格で、由雄は母親から聞いていた遠縁の長井長義のことを思い浮べた。話している高山の目は触診をしている医師の光を伴って月子を見たが、微笑を絶やさない眼尻の皺が患者を観察する際の鋭さを柔らげていた。彼女がかつてエフェドリンを発明した薬学界の泰斗長井長義に繋りを持ち、父親の柴山芳三が少年の頃、長井邸で育ったという話は、高山と月子の距離をすっかり取払ったようであった。由雄は母親がこうした話をゆっくりしたかったので、自分に同行を命じたのではないかと気をまわした。

「僕は手術をお勧めします。僕の一番の弟子が東京逓信病院におりますが」と言いかけて、月子が先年同じ病院で子宮筋腫の手術を受けたのを思い出したらしく、「御存知ですな、彼なら泌尿器系統の手術の大家ですから、いつでも御紹介します」と言った時、彼の語調は親しい者に語りかける柔らかなものになっていた。「それに」となお言葉を継ごうとして彼は急に黙った。月子は次の言葉を期待する様子を隠そうとでもするように腰を踞《かが》めて上体を彼に近づけ、先程から最近の患部の写真を掛けたままになっているビューアーを覗き込むふりをした。

「それに、あなたも大変でしょう。充分にお寝みになれますか?」月子が、少女のような動作で首を横に振った。やがて、

「手術の時期を選ぶのも臨床医学の大事な点なんです。勿論、手術に絶対安全ということはありません。しかし、しない場合の危険の方がずっと高い状態になりました」そう言った時、高山の表情は権威ある医師に戻っていた。

月子の報告を聞いても小田村大助は決心がつかなかった。彼女も患者が直接高山重信の判断を聞いて決めた方がいいと考えたので、間もなく、三人が再度病院の研究室を訪ねることになった。由雄は父親が「この手術をしても、夫婦生活に影響はありませんか」と高山に尋ねていたのを憶えている。彼の返事を、言葉の陰影の細部までも聞き逃すまいと耳を欹《そばだ》てていた母親の斜めになった背中も。

「それは全く関係ありません。生殖能力にも性交にも影響はありません」と、高山重信は医師として明確に答え、小田村大助はほっとした様子で浮かせていた腰を椅子に落した。親父はこの答えを聞きたかったのだと覚った由雄の隣で、月子は力が抜けてしまったように坐っていた。彼女は前立腺の摘出によって、小田村が男としての機能を失うのを望んでいたのだ。そうであれば、小田村大助は月子だけの存在になり、神が公平な裁定を下したと納得できたのであったろう。両方がそれぞれ男でなく、女でなくなることが、二人が和解する唯一の条件のように思えたのに違いない。

しかし手術は成功し、小田村大助の男としての機能は残った。

月子の四十六歳の時のノートには——開腹手術はまことに見事に終了、日本一の肥大だとよろこび、そのアルコール漬の前立腺の毬のごときを、来る人ごとに披露するさまであった。すっかり元気を恢復したため、その年、吉田内閣（第五次）成立の際、衆議院議長になる。改進党、重光葵氏の推挙による——と記してある。

由雄も、拳大にまで肥大し、いちめん茶褐色の薄い皮に覆われた前立腺を見せられていた。無数の細かい皺を持った塊の内部は白色の脂肪で、全体がひどく化膿していた。ぶよぶよしていながら妙に押し強く存在を主張している直径九糎《センチ》、一九七瓦《グラム》の前立腺は「これは俺だ」と小田村大助であることを主張しているように思われて、由雄は嘔吐を催した。もし、あれが親父でなかったとしたら何だったのだろうと、後になって由雄は考えてみることがあった。無名で無力だった男が政界に籍を置きながら事業家として這い上っていった過程には、見ようによっては我が国が迷いよろめきながら戦争を拡大していった姿が影を落しているようだ。とすれば、あの気持の悪い塊は小田村大助の我執に彩られた敗戦前なのかもしれなかった。

十一年間の尿閉の悩みから解放された彼は家族のひそかな願いとはうらはらに、目に見えて活力を回復した。競争相手には一段と闘志を燃やし、朝早くから幹部を呼び出して指揮をするようになった。旅行が自由になった小田村は頻繁に地方の工事現場に出かけた。看病の必要がなくなった月子は東京に残り、代りに二人の男の子の母親の蓮見志乃や若い松子が付いていった。

蓮見志乃は華族の家に生れて、宮中へも女官として伺候したことがあるという話だった。どういう縁で小田村大助と結ばれたのかは、月子も話したがらなかったので由雄も知らない。もっとも本州地所は第二次大戦前から旧華族やかつての富豪の家屋敷を買収していたから、月子が一緒になったのと似たような事情が介在していたのかもしれないと由雄は想像した。月子と違って物静かな性格で、自分の境遇に誇りを傷つけられているという様子は見えなかった。たまに顔が合って由雄と話す時もゆっくりした口調で、一歩下って彼を立てるというふうであった。丸顔の風貌も整っていて月子は心の中はともかく、表向きは小田村の家の一員として扱うという態度を見せていた。志乃が麻布の家に出入りするようになったのは戦争が烈しくなって、彼女達が大東亜迎賓館の近くに住まいを移してからである。この時期、小田村大助は一族をしきりに身近に置いておきたがっていた。後年、由雄は志乃と一緒だと親父は気が休まるのかもしれないと、ひそかに推測するようになった。ともかく彼女達が小田村大助と出かけている間、月子は短歌に没頭することが出来たのである。

ある日、月子は夫の留守を利用して、長いあいだ世話になった医師への感謝の宴を計画した。その頃、西片町に、やはり旧華族の屋敷を改造した本州地所経営のホテルがあり、高山重信の大学病院からも近いので会合には都合がよかった。かつての西郷山と同じように、この屋敷にも欝蒼と茂った木立があり、戦災を免れたので〝グリーンホテル〟と名付けられていた。彼はこの屋敷を手に入れると、政界復帰のための占領軍工作の場に使うことにしたので、庭木は伐り倒されないままに昔の面影を残していた。この西片町には短かった月子の少女期の思い出があった。その日、彼女は珍しく葡萄酒を飲んで酔った。三月の終りで朝から雨が降っていた。火照る頬を冷まそうと、宴会場を抜けて控えの間から外を見ていると高山重信が出て来て向いの席に腰を下した。部屋には昔華族の住まいだった頃の明りが灯っていた。窓から濃い常緑樹の木立が見える。

「お疲れになったのでしょう。あなたも長い間、よくやられました」

と彼が労りの言葉をかけた。夫からも、子供達からも彼女はこうした声をかけられたことがなかった。月子は何か言おうとしたが言葉にならず、ただ否定するように少し首を横に振っただけだった。彼女の耳に琴の音が響き、見覚えのある人が、影のように木立の間を散歩しているのが見えた。雨が降っているのにゆっくりした足取りだ。二人の間に無言の時が流れ、月子は頬杖をつくような恰好で両手で顔を覆って、もう一度幻想の世界に入って行った。魂が迷い出て、深い木立のなかを静かに歩く人に寄添って動く。先に立っているのは、あきらかに柴山芳三で、自分はいつの間にか臙脂の袴をつけていた。それは、丸ノ内の久原鉱業所に勤めていた頃の服装だった。

「誰も私のことを分っていないんです」と彼女は呟いた。「そんなことはありません、大丈夫です」と声がし、月子は驚いて顔をあげた。目の前に、患者を一瞥する際の光を隠した父親のような表情の高山重信の顔があった。この日の体験を月子はその後いろいろに変形し拡大して恋の歌を創った。それらは多くの場合、恋を恋する調べを響かせている。

　衆議院議長に任命されて間もなく、由雄が秘書の役を手伝ってもいいと言い出して小田村を喜ばせた。彼は由雄がこのように言い出すのを辛抱強く待っていたのだ。勿論、由雄に迷いがなかった訳ではない。〝海峡を渉った〟としても、沼地に足を踏み入れることはなかったのだと悔むこともあった。父親とは大学に入った年に義絶しているのである。だいぶ後になって昔の仲間から「よほどの強制があったのだろう」と聞かれ、「傷ましい転向」の憶測が〝強盗大助〟のイメージと重なって生れていたことを知らされて由雄は驚いた。彼自身は、そんなに悩むというほどではなかったような気がしていたのであったから。しいて分析すれば、錯綜した情況に翻弄されて右往左往している本州地所出身の秘書の姿を目のあたりに見て、生来の傲慢さとお人善しが動き出し「見ちゃおれない」「僕ならもっとうまくやれる」と考えたのであった。それでいて一方、自分の閲歴を将来小説などに書くことがあっても、ここのところはどうもうまく表現できそうにないと思う、過度に客観的な姿勢も、由雄のうちにすでに生れていた。このような表には現れない屈折した自己観察のなかから浮んでくるのは、すこぶるいい加減な人物としての小田村由雄像であることだけは確かであったが。

それから数年経って、安保問題がやかましくなった頃、由雄は「学生運動をどう思うか」という新聞社の取材にあって「僕は真剣に運動している学生達を『今の学生達は……』ふうに論評したくはありません」と、我にもあらず強い口調で拒否したことがあった。それは、それまで思ってもみなかった自分の心の動きで、意識下に沈んでいた〝遠く輝く国〟が、突然表面に現れて自己主張をしたような経験であった。ゼンガクレンという言葉が、カミカゼと並んでアメリカの現代用語辞典に載るようになった頃の話である。

彼の秘書就任を待っていたかのように、議長が正妻でない女を連れて宮中に参内した、という噂が拡った。対応を誤れば、由々しい政治問題になりかねない困難が、小田村大助議長を襲ったのである。

「貝塚市子の仲間が言い出したに違いない」

小田村は、公職に就いたために、事業を進める際のように、腕力で捩じ伏せることが不可能な敵が現れたことに、遣り場のない鬱憤を見せて呟いた。四角い顎の張った顔が、珍しく苦渋に彩られて、感情を爆発させる対象を探している。敗戦の直前に珍しく訪ねて以来、貝塚市子とは更に疎遠になっていた。病気のこともあったし、占領軍の民主化政策が貝塚市子達を主役として舞台に乗せるほどでもないと分って、ほとんど忘れたような存在であったから、思い出したくない過去が、急に顔を出したような忌々しさに小田村は捉えられた。

「六条御息所がいるのね」

月子はつとめて軽く（私はそんなこと気にもしていませんよ）と報せるような、明るい表情を作り、源氏物語の生霊の名を引用して応答した。私が耐えているのにかまけて、大事な問題をなおざりにしておいた罰だわ、と月子は言いたかったのだ。会社から国会に連れて来た秘書は、こういう問題に経験がなく大将への遠慮や恐れもあって狼狽するばかりであった。小田村大助は無言のまま由雄を見た。彼は父親に試されているのを感じた。革新的な団体と議論し交渉できるのは病みあがりの由雄しかなく、小田村はそのことを知っているのだと彼は直感した。

期待されている役割を果すのが、世の中に出た者の務めなのだ。由雄は父親の目のなかに世間を見た。「僕が交渉してみましょうか」と彼は低い声で言った。堰き止めていた仕切りのようなものが壊れ、濁った水が体内を静かに浸して来た。何だろう、どうしてこうなったんだろう。由雄はじっと内側に目を向けながら、衆議院議長室の大きな革張りの椅子の前に立っていた。小田村大助は細めた目の奥に相手を試す光を隠して「そうか、まあやってみてくれるか」といくらかの躊躇を語尾に漂わせて依頼した。

国会の乱闘事件を報せるニュース映画を見ていた時、由雄はこの時と同じ想いを味った。会期が延長になれば警察法改正案が通過する段取りになっていたから、反対の政党が実力行使に出て乱闘になったのであった。議長の奪い合いになり、小田村大助は保守本流の議員に担がれるようにして本会議場に入って延長を宣告し、法案が成立したのである。この瞬間、野党の共同推薦で生れた議長は完全に体制に組し、事業家と政治家の小田村大助の合体が実現したのであった。立憲同志会の創立メンバーに参加して政治家としての歩みをはじめた小田村大助の回心は完成した。見方によっては小田村大助が婦人運動家であった貝塚市子に渡した離婚のための慰謝料は、回心の費用であった。〝別れた妻に八百万円贈る〟という見出しの記事が新聞に載った。当時としては異例な大金であった。婦人団体との交渉の結果、反省の実を示す適切な慰謝料を支払えば、もう済んだことであるし、これ以上の追求はしないとの約束を取り付けたのは由雄であった。貝塚市子も戦後、新しく婦人運動に参加した者からは脱落者と見られていたので、この程度で済んだという事情もあったのだが、由雄は一応事態収拾の功績を立てたことで、父親が自分に従来にも増して警戒心を持つようになったのを感じた。由雄は「議長には私としても充分に反省を求めるつもりでいます、皆さん方の憤りも理解できますから、しばらく時間を貸して下さいませんか」と述べて相手の気勢を殺いだのである。交渉がうまくいけば月子が正妻になるのを、由雄はあまり大きなこととは考えていなかった。籍が入ったからといって、家の中での状態が変る訳ではない。

「乱闘国会を起した責任を反省し、国民の皆さんに心よりお詫びを申し上げます」スクリーンのなかで深々と頭を下げる小田村大助の姿を見て、映画館にいる人々の間には失笑が起った。由雄は自分が笑われているのだと思った。そのような父親のために奔走した自分の偽善が裸で人々の目に曝されているのだった。

由雄は学生時代の友人達とは離れてしまっていた。かといって、国会に出入りしている新聞記者や議員秘書とは親しくなれなかった。そんな時、偶然かつての同志伊藤咲子に会った。深く「大変でしょう、小田村さん、よく頑張ってると思うわ」と慰められて彼は嬉しかった。深く内側に蔵われていた悔いの感情や、今なお運動を続けている者への嫌悪の混った賞賛の気持などを、誤解を気にしないで話し合える彼女は、彼にとって貴重な存在に見えた。約束して二度目に会った日、一緒に〝火山灰地〟という芝居を見た帰りに由雄は彼女を抱いた。

月子は二人の結婚に反対だった。伊藤咲子から貝塚市子を連想したのである。由雄の相手は源氏物語の世界に遊ぶような女であって欲しいと願っていたから、ゲシュタルト心理学だの、マックス・ウェーバーだのと、片仮名の名詞や名前を口にして、およそ優雅には思えない娘は柴山家の血筋を引く者の嫁にはふさわしくないと思った。由雄の言うように地方の素封家の娘で、人道的見地から、かつては〝わだつみ〟の運動に参加していたのかどうか知らないけれども、男のような物腰、やたらと手を振りあげる仕草を混えて喋る口のきき方は藤壺や若紫の印象を喚起する﨟たけた存在とはかけ離れていると思えたのである。

「結局はあなたが決めることだけど、私は反対よ」と月子は言明した。由雄の表情が暗く険しくなったのに彼女は驚いた。そんなにまで気持が進んでいるとは知らなかったし、久美子も同じだが一度意地になると後へ退こうとしないのは、自分の性格を受けているのだと知っていたから、もし思いとどまらせようとすれば懐柔策しかなかったのである。しかし、それは月子の一番苦手な方法であった。自ら父親の秘書を手伝うようになり、喋り方も温和になり、一度反芻してからでなければ意見を述べなくなった様子から、由雄も大人になったと判断したのは早計だったと悔んだが遅かった。

由雄の結婚には、むしろ小田村の方が寛容であった。「咲子はわしの見るところでは生娘だ」と彼は月子に言った。「ずっと小便の出ない病気で苦しんだ話をしてやって溲瓶を持ってこさせたが、あれは恥しがりもせずに傍に立っていたぞ。男を知っていたら恥しがるだろうに」

「鈍感なんですよ」と月子は冷然と言い放った。はじめ「年が近すぎる、わしと月子ぐらい離れていた方が飽きが来ないがな」と言っていた小田村は途中から態度を変えた。由雄には早く世帯を持たせた方がいい、世帯を持ってしまえば変な思想がぶり返すことはないと計算したのである。それに、結婚すれば、いずれいろいろな意味でわしのことも分るようになるだろう。

小田村大助が工事現場の視察に出かけた或る日、月子は珍しく弟の彰を誘って映画を見に出かけた。彼は帰還してから本州地所に勤めていた。一方、治は本州食品に入社し、柴山の兄弟達の生活は一応落着いていたのである。月子は年齢も一番由雄に近い彰から、議長秘書を辞めた後、何をさせたらいいか意見を聞きたかった。久しく音信の絶えていた姉の雪子や、電気関係の技師と結婚して幸せな日々を送っていた五女の華子との連絡が復活したのも、小田村大助が公職に就き、月子の籍が入った結果であった。身内の人間の一人の諒解もなしに小田村と一緒になった彼女は、やはりそれまで孤立していたのであった。小田村の姓を名乗るようになって、彼女は遅ればせにそのことに気付いた。自分自身がそれで変った訳ではないのにと思うと、兄弟姉妹も身近な世間に過ぎないのだと教えられた想いであった。そのなかで治と彰だけは世間臭の少ない兄弟だったから、月子は何事も安心して相談できるような気がしていた。

いつの間にか彼女は、心の煩悶はそのままに小田村家の内部を取仕切る立場に立っていた。子宮筋腫の手術をしてからは体重も増え、短歌の主題を思いついた時に見せる、遠くの風景へ神経を集中している際の人を寄せつけないような淋し気な表情とは別に、いくらか首を傾け、落着きを示してにこやかに微笑する小田村大助夫人の顔を持つようになった。

映画を見終って外に出ようとすると、烈しい雨が降っていた。彰を喫茶店に誘って小降りになるのを待ちながら、

「あの子の扱いはむずかしいわ」と、由雄の結婚問題で迷っている自分の心の裡を打明けた。

「言い出すと聞かないし、それでいて私の言葉に傷ついていくのは分るのよ。優しいところもあるんだけど、判断との間にバランスがとれてないから」

「月子さんに似たんじゃないですか」と彰は姉を揶揄した。月子は黙って彰を見たが、反駁したい気持を呑み込んで、

「あなた、私のこと言えて？」と逆襲した。

「まあね」そう姉に言われれば治ほどではなかったが、無茶な言動で彼も月子に迷惑をかけていた。目が合うと、結局、自分達は同質の血を引いているのだと確認できた。声にならない微笑が二人の頬に浮んだ。一緒に映画を見たのは始めてであったから、話している事柄は悩みの種でも、気分は弾んでいたのである。

「相手はどんな娘なんですか」と彰が聞く。

「大学で一緒だったんですって、美人じゃないのよ、貝塚市子の感じかしらね」

首をひねって伊藤咲子の印象を彰に説明しようとしていると、月子は小田村大助も、かつては体制の革新を説いて自分を惹きつけたのを思い出した。お互に小鳥や魚達のように婚姻色を纏って結婚したあとは、男は暴君に女は六条御息所になるのだ。（わたしはそうはならない）

と彼女は無言で自分に言いきかせていた。

「でも、貰うのは月子さんじゃないんだから、失敗した時のことでしょう、問題は」

他人の息子のことだから、気楽に言ってくれると思いながらも、彼女は頷かない訳にいかなかった。この結婚は、いずれ失敗するだろう。それが明らかになった時、どう助けてやるかだ、と彼女は考えを変えた。久美子の時がそうだった。しかも、今の夫の林田悟郎もたいした男ではないから、彼女がいつまで我慢出来るかも月子の不安のひとつであった。小田村大助の場合は事業家としては果断に振舞うのに、女のことになると大事なところで優柔不断になる。それは男の狡さだと月子は知っていた。由雄にはそんな態度は取らせたくない。

「由雄君は、どこかに勤めた方がいい」

「それも、あなたの意見を聞きたいと思って」彼女は、結婚は仕方がない、と胸中に区切りをつけながら、彰を呼び出したもうひとつの目的に話題を移した。

「治さんのところはどうかしらね」と月子が言い、彰には姉が治のことを心配しているのが分った。

「いいんじゃないですか、両方にとって」と彰は賛成した。「治も恰好つける性質だし、人が善いから、うまく乗せられると危いですよ」

それを言う彰の頭のなかには、本州食品の幹部と浅草に遊びに行った夜、床の間を背負って、「柴さま、柴さま」ともてはやされていた柴山治の姿があった。「由雄も、どうも文学をやりたいらしいのよ、近頃は詩を書いているし、仕事をすれば世間を見る目も広くなるし、いろいろな事を覚えるでしょう」と月子は母親の顔になった。雨はいぜん烈しく降っていた。窓からは上衣を頭に被って、あわてて店屋の軒先に馳け込む人の姿が見えたりした。

「その点も母親譲りですね、歌の方はどうなんですか、最近は」と彰が聞いた。

「そろそろ二冊目を出そうかと思っているの。この間、吉井先生にお会いしたわ、巻頭にお歌をいただこうと思って」と月子の表情は女子学生のように活潑に動きはじめた。「これ、これには内緒よ」と悪戯っぽく親指を彰に立ててみせた。

その年の二月、議長辞任後の選挙に小田村大助が立候補したのを見舞っての帰り、月子ははじめて京都の姉の家を訪ね、夫の柏崎の紹介で吉井勇に面会したのである。二十年以上ものあいだ、作品の添削などを通じて、その存在を知っていた女弟子の顔を、吉井勇はぼんぼり形の燭台を傾けるようにして注目した。

「あなたの作品は、ずっと、気をつけて読んでいます」と彼は言い、月子は無言のまま頭を下げた。七十歳に近かった吉井勇は、自分はもう老人だが、この年になると人生は夢のようなものだ、という意味のことを最近の体験や感想のなかで喋った。煩悩の渦中にあっても、それを夢のようなものと観ずることが出来た時、歌から不必要な重さが取れる、とも言い、月子はその言葉を、自分の作品に対する師の批評と理解した。介添役の柏崎素彦が同席していたことは、いくらか煩わしくもあったが、会合を気楽なものにしてくれた点では有難かった。間もなく自分の全歌集が出るから贈呈しようと吉井勇が月子に言った時、柏崎は「僕も欲しいね」と割込み、「分ってくれる人にしか贈らないよ」と友達の調子の会話が混ったりした。

この日の師との面会は、月子をいよいよ短歌へと熱中させる契機になった。由雄の結婚や久美子の二度目の家出などがあったので、第二歌集『明窓』が出版されたのは、なおしばらく経ってからであった。その後記で月子は、

——私の歌もまた、悲しき玩具であり、人生の踏みのこして来た心の道標でございます。あきらかに、拒否の眉をあげて、木枯の野を見つめつづけて来た私は、少しつよすぎたようです——と書いている。また、

——歌にゆきづまると絵を描き、絵につき当っては歌を詠み、そのわざが私の激しい日常のどこにあるか、ほんとうにそれは僅かな空間でございますが、なくてはならないものでございました——とも。

約束どおり、吉井勇から五首の序歌が贈られた。

秋に伊藤咲子と結婚した由雄は月子の薦めで本州食品に勤めるようになった。この際も由雄に迷いがなかった訳ではない。同じ勤めるなら、小田村大助の中心の事業でない方がいいと考えて、月子の薦めに従ったのだが、秘書になった時に較べれば気分は楽だった。彼はすでに対岸に上陸してしまっていたのである。その翌年の夏、林田悟郎との生活に耐えられなくなった久美子が家を出た時、小田村大助は今度は探そうともしなかったが、銀座の酒場で働いている

と聞いて焼け焦げが顔中に拡ったような表情になった。(あの子は何処まで愚かなのか)という憫れみの感情と同時に、娘のなかに自分と同じ淫奔な血が流れているのを、見せつけられているような気がしたのである。少くとも世間はそう見るだろう。家を治められない人間が国を治められる訳がないという批判は政治家にとっては打撃であったから、小田村大助は以前から由雄や久美子の叛乱が世間に洩れるのを恐れていたので、彼女が添島幡太郎に連れられてパリに渡ったのは、父親としての気持とは別に、ほっとする事柄であった。

久美子のパリ出発を見送った月子の胸中には、夫の計算とは関係なく愛惜と安堵の感情が錯綜していた。やっと久美子を自由な土地に放してやれたとの思いは、慣れないフランスで果してうまく生きていけるだろうか、という不安と一緒になって彼女を揺さぶった。また変な男に騙されるのではないかという母親らしい危惧の念は、私の子だから、どんなことがあっても生き抜いてゆけるはずだと思う誇らかな気分と絡まっていた。月子は、

苦しみて家を離《さか》りてゆきし子よことごとしげの墻《かき》をはらひて

遠き日のわが悲しみの灯は消えずいのちをつぎて子に伝はるか

と書いた。歌のノートに向っていると真情が溢れてくるようであった月子は、久美子を飛行

場に送った時は、「しっかり生きるのよ」と二度繰返しただけであった。出発を待つ空港ロビーには添島幡太郎を囲む画家や美術批評家の仲間と、久美子を取巻く月子と由雄、それに彼女が参加していた文芸同人誌の一群とがいた。編集長が久美子に「向うへ行ったら、紀行文でも短篇でも出来次第送って下さい」と註文しているのを小耳に挟みながら、月子は添島の群に近づき「娘がお世話になります」と挨拶した。「よく大将が許しましたね」と添島慶子が答える。

彼等はベレー帽をかぶったりジャンパーを着たり自由な恰好で、最近のピカソやミロの絵について気楽な話をしている。こういった人達を見るのははじめてのことで、少しだらしないように見えるけど闊達で羨しいと月子は観察した。フランスに行ったら、こういう人達ばかりが住んでいるのかもしれない。そう考えると、かつて父親が憧れていた外国が早くも空港のなかにその姿を見せているような気がした。

「アラゴンはどうして共産党になったのかな」

「あの、ドゥニーズのお内儀はまだいるかね」

「レジスタンスの経験というやつは、やっぱり大きいんだろうな」

「おや、今夜はあいつ来てないじゃないか」

「ピエ・ド・コーションの豚の脚はうまかったな」

雑多な会話があちこちに飛んでいるなかで添島幡太郎はパイプを銜えて悠然と立っていた。

彼等の雰囲気は、時々久美子を励ます言葉が出ても、息を詰めるようにして、それだけで会話が途切れがちになる一群とは対照的であった。

家に戻った時、彼女は、久美子をパリへ発たせた賭けが、はたして成功だったかどうか自信がないままに、しかしひとつの仕事が終ったという安堵を感じた。久美子が残していった生れたばかりの男の子と五歳になった娘を見た時、月子は、かつて自分を見舞ったのと同じ運命を、この子達が持ったのに気付いた。


母の居ぬ子よ愛《かな》しけれわらふとき泣くとき更らにいとしきわらべ

と詠んだのは彼女の実感であり感傷でもあった。月子は子供の頃、ひとりで碁石ヶ浦に出て、何時間も打ち寄せる波を見ていた日があったのを思い出した。少女の月子にとって海は未来だった。自分が無くなってしまいそうな広さと、どこまでも深い群青を湛えた太平洋が展けていた。振りむけば、なだらかに関東平野に収斂してゆく山ノ尾城跡の丘が見える。目をつぶって、月子は出来ることなら久美子と一緒に、自分もこの日本を逃げ出したいと思った。

由雄から、真空パックの技術を本州食品に導入するためにヨーロッパに出張したいと聞かされて、月子は彼も見送りの夜に自分が抱いたのと同じ脱出への想いに捉えられたのだと感じた。小田村大助が「わしはどうも気が進まんなあ」と渡航に反対したのは、一度戻って来たかに見える息子が、また掌から逃げていってしまうような不安を抱いたからであった。小田村は息子の精神状態を試すつもりで、自分は彦根の中学に入ったけれども、祖父が心配するので進学を諦めて家に残ったと話した。お前も義絶を解消してわしのところに戻ったのなら、今までずいぶん親に心配をかけたのを反省しているはずだ、よもや父親の不安を押切って外遊はしないだろうな、と暗黙に問いかけたのであった。彼は家を捨てた娘のところへ由雄を行かせたくなかった。それは家長としての統制の権威にかかわる問題でもあった。しかし、一度目標を立てると、熱中してそれ以外のことが見えなくなる由雄は、警告の合図を受け取りそこねて、「治支配人と一緒ですから」と、小田村大助の気持を逆撫でするような返答をした。柴山治も小田村にとっては要注意人物であることを忘れていたのである。久美子は、

——何処の国にも同じように男と女が住んでいて、パリでは毎日、鳩が陰欝な声で鳴いています——というような手紙を月子に送って来ていて、由雄もそれを読んでいた。パリに行ってからの久美子が書いてくることは、どんどん遠くに行きつつあることを報告しているような文面が多かった。

「久美子はね、もうフランス人みたいですって」月子は、パリから帰って来た添島幡太郎の友人から娘の様子を聞いて、誇らしげに由雄に報告した。私はまだ小田村大助に捕えられているが、娘は首尾よく自由な天地に逃してやれたと、その表情は語っていた。半年で添島が帰国し、久美子が一人だけパリに残ってから一年以上が経っていた。由雄はその頃、はじめての詩集『不確かな朝』に続いて二冊目の本の題名を「流謫の地」にしようか、「異邦人」にしようかと

迷い、旅行中に決めようなどと考えていた。その点では彼も、やはり自分ひとりの領域に入ろうとしていたのである。小田村大助の目に触れないように注意しながら、〃現代経営者の孤独〃というような文章も書いた。

この時期、かつて一緒に住んでいた月子と由雄と久美子は、小田村大助との確執はそのままに残しながら、各々、勝手な方角に向って歩き出したのであった。

由雄と柴山治は、予定通り羽田を出発して南廻りでヨーロッパに入った。彼等はパリを根拠地にして、ドイツに出かけたり、イタリアに飛んだりした。

旅行中、由雄は治叔父の博識ぶりに驚いてばかりいた。特にドイツに入る前の晩、彼は「煙草はゲルベゾルテに限る」と言い出し、写真機ならばライカ、ローライコード、お茶を飲むならマイセンの陶器で……という具合に知識を披露して、聞いている由雄と久美子を呆れさせた。その口ぶりには、自分は本来、食品製造会社の支配人などをやっているような男ではないのだ、今まで我慢してきたけれども、いよいよ身分を明らかにする時が来たのだ、といった烈しさがあった。

商品についてばかりでなく、治はベルリンの湖を見下す丘から見た風景や、ハーゲンベック動物園の広さ、起伏につれて配置されている建物について楽しそうに語るので、由雄はつい「治叔父さんは、何時ドイツに行ったんですか」と質問したほどだった。「いや、行かなくたって分ります」と治は平然と答えた。不本意な生涯を送った父親、柴山芳三の願望が、治に乗り移っているのかと思われた。久美子は、はじめてあけすけな姿を見せた治叔父を興味深く眺めていた。小田村の家にいた時は、なんと多くのことが見えていなかったのだろうと思った。不思議なことに、日本からやって来る人は、実業家でも絵描きでも、パリで会うと驚くほど卒直に本心を覗かせて郷里を批判し滞在日数が終ると前の日までの話は忘れたように、平気で日本製の上衣を着て帰ってゆくのであった。外国で見せるのが、日頃我慢している本当の姿だとすれば、何故いそいそと我慢の里に戻っていくのか、久美子には理解できなかった。上衣を着替えるように思想を変える今の日本の男達に較べれば、いまだに亡き父親の影響の下にあって外国への憬れの姿勢を変えない月子こそ原日本型だと言ったら、母は怒るだろうかと、彼女は由雄に聞いてみた。

「〝短歌的発想としての西欧への憧れ〟という奴だろう」と由雄は言った。二年ほど会わなかったうちに、彼が著しく皮肉屋になったのも、久美子にとって発見のひとつであった。

「時代と環境が許せば、柴山芳三さんも東京に出たあと日本を脱出したかったんだと思うよ。治叔父さんや彰叔父さんにとっての大陸と同じように、海外はこの世のものではない場所の総称だったんだなあ」

そう由雄が語るのを聞いて久美子は自分もどれくらいフランスに、そしてパリという名前に憧れていたかを思い出した。八重や充郎がアメリカやイギリスに行きたがったのはやはり時代が違うからか、と思ったが黙っていた。

「住んだことのない外国、失敗に終った革命、成就しなかった恋、清少納言なら〝美しきものは〟と題してこの三つをあげるだろうなあ」

「ふん」と久美子は鼻を鳴らした。添島幡太郎が帰国してからの年月、フランス語も充分に使えず、生活費も思うようにならないなかで、孤独などと呼ぶのも憚られるような日々を体験していない由雄が、もっともらしい口をきくのが、心外だったのである。

ドイツから再びパリに戻ってみると本州食品の部下から由雄宛に速達が届いていた。彼等の留守中に工員用の診療所を廃止しろ、との命令が小田村大助から出て、数名の医師と看護婦が反対して抗議ストに入ったという報せだった。翌日追いかけるようにして届いた手紙には、島月正二郎が、由雄が病院を建設しようと計画していると小田村大助に耳うちしたのが原因らしいと書いてあった。

島月正二郎は二人の海外出張を知って面白くなかったのである。本州地所系統の会社で最初に海外旅行をする資格がある者は、長年小田村大助の下で苦労して来た親会社の社長である自分を措いてはいないはずだ、と島月は自負していた。決算毎に赤字を出している子会社の支配人風情が、病みあがりの由雄を連れて、しかも小田村家に叛いた久美子を訪問するのは、どこからみても許し難い越権であるばかりでなく、会社にとっても危険な企みと見えた。たまたま風邪気味で工場視察の際に立寄った診療所の医師が従業員の健康と福祉を重視する由雄を褒め、この調子でいけばいずれは病院の建設も夢ではないと島月に話したのが、彼には天の啓示に思えたのである。訴えを聞いて小田村大助は顔を朱に染めて怒った。「すぐ閉めてしまえ」と指示し、その日工場が終った後に島月正二郎は本州地所の従業員をひそかに動員して診療所の窓や扉を釘付けにしてしまった。医師達が赤旗を立てたのを知って、島月正二郎は小田村大助の屋敷に車を飛ばした。「奴等はやりました」と報告した。「ストライキだそうです」「やっぱりな」「やっぱりです」

二人の男は少しの間、黙って目を見あっていた。側に坐った月子は島月を見ないようにして、庭に視線を放った。系統の違う娘の婿の島月が何を考えているかははっきりしていた。(共産党員だった由雄を信用なさってはいけません、大体、柴山の一族には危険な血が流れています)と島月の目は小田村大助に訴えていた。やがて小田村は相手の密告の意図を読もうとする表情になり、島月の方は、ここで心配そうな顔をしなければならないと自戒した。「あの医者は、どうも野心家のようですが」と首をふりながら小さい声で補足した。

「よし、ストは由雄に弾圧させろ、それまでは放っておけ」「それがいいと思います。そうされば由雄さんも面目が立つでしょう」と島月正二郎は丁寧に言った。予定を変更してすぐ帰国しようとはやる心を押えて、由雄は治叔父と一緒にしばらくパリにいることにした。自分がまたもや試されていることは分っていた。(我慢して挑撥に耐えなければならない)さいわい出張の目的であったドイツの交渉相手からの返事は一週間後に届くはずであった。電話がホテルに入って「私達で何とか話し合いをつけますから、予定どおり旅行をなさっていて下さい」

と、彼の部下が健気な意見を述べてくれたのが嬉しかった。「大将も一時は怒っておられましたが、由雄に心配はかけるな、と今朝言っておられましたので御安心下さい」とも彼は報告した。部下が、自分と小田村大助の仲がうまくいくように気を遣っている様子には暖かさが感じられた。

「これからも、こういうことはあると思うけど」と、由雄はオペラを見た帰り、治と久美子、その友人の中国人を両親に持つ女流画家麗英《リーイエン》の四人で近くの喫茶店に腰を下した時に言った。

「自分で選んだ場所なんだから仕方がない」

久美子は一人で過したパリでの最初の冬のことを回想していた。過ぎてみるとあの時踏張れたので、自分はもう由雄のように変な追手が迫って来れない場所に脱出できたのだと確めていた。残して来た子供の夢を時々見たが、それもフランスから逃げて帰ろうかと迷っていた頃に較べると間遠になった。かえって、小田村大助や月子への気持が、懐しさに染って流れはじめるようなのが、自分で考えても不思議な心境の変化であった。

「私ね、そのうちお金持になって、お母様でも誰でもフランスに住めるようにするわ、今、画商みたいなことはじめているの」

「画商？」「ええ、勿論、小説も書いているけど」由雄が微笑したのを見て、久美子はこの話を彼が信用していないのが分った。「久美子さんはいい眼を持っていますよ。ことに絵には」と神戸生れの麗英が流暢な日本語で弁護した。「他のことは駄目なみたいね」久美子がニヤニヤしながら麗英を責めた。二人の親密そうな様子を見ていて、気分は霽れないながらも、（会社のことはなるようにしかならないんだから、もしおかしな具合になったら一から出直せばいい）と由雄は度胸が坐って来た。

月子が第三歌集『道』を出版したのは、小田村大助の欧米首脳歴訪の旅に随行した翌年である。その旅行は彼がアイゼンハワー大統領に会ってアメリカにお詫びをしたいと言い出して計画されたのであった。およそ世間受けしない安全保障条約を政府が強引に改定存続させようとして惹起された大きな事件であったから、岸内閣が倒れ、所得倍増を掲げて登場した池田内閣の下で、政治家が誰もアメリカ行きを言い出さないのを見て、小田村大助は火中の栗を拾おうと思い立ったのだ。彼はすでに七十歳を超え、議長経験者であったから、改めて地位や名誉を求める立場にはなかった。そんな自分が一番大切なアメリカとの関係の改善に努力しなければ、天子様に申し訳がない、との使命感に導かれての計画に、若い頃、立憲同志会の創立に参画した稚気と俠気が作用しているのを見破った者は保守党の仲間にもひとりもいなかった。「それはそれは奇特なことで」とやや戸惑いを見せながら、人々は賛成して彼を送り出したのであった。

随行する月子にとっては、夫の政治的目的は二の次であった。彼女はパリに行って、まる四年ぶりに久美子に会うのを楽しみにしていた。彼女は後年発表した紀行文集『冬の旅』のなかで、

——愛がいかにはかなく、生命がいかにもろいか、重くて暗い冬のヨーロッパの霧の中で、

人々が多くの時を思索と瞑想に送っている時、一方では世界を見つめて自由諸国の安全の為に鋭い議論が繰返されている。はなやかな外交の宴では、夫人たちの腕を支えて上品に振舞っているジェントルマンたちの明日には、又厳しい会議と論争が控えている。そんな日を次々と身と心と目で感じながら、霧の海を飛んで霧の街へ降りる。フランス、オルリー飛行場である

——と書いている。

由雄は、この旅行にアメリカの日程だけ随行した。どんな党派や仲間にも入らず、じっと観察しておいてやろう、それが自分を傷めつけた外側の世界への自分の態度なのだ、という意識が彼の内部に蟠踞《ばんきよ》していた。

——その日の為に　僕はしるす　最後にひとり歌う為　僕は今なにもしていない——、また、

——あたりが　冬の姿になろうとしている時　僕は　今流竄の地で鮮やかだ——

というような表現が、由雄の二冊目の詩集には散見される。そのような由雄にとって、自分を打負かした一番の大本《おおもと》かもしれないホワイトハウスを見ておくことは必要だと思われた。勿論、彼の胸中にはただの好奇心や、自分がついていかなければ英語の挨拶も出来ない秘書連中は困るだろうという自惚れもあった。少くとも月子よりは不真面目な同行者だった。

それでいて、ヨーロッパへの同行を断ったのは、途中で恥しさに敗けたからである。二人のカメラマン、米俵を携行した料理番、二人の通訳、貢ぎ物の大きな箱を担ぐ現地採用の運搬人を従えた小田村大助の一行を、ワシントンの通行人達は立止って物珍しげに眺めた。月子は着

物を着て小田村に従っている。この調子で、アメリカ嫌いの指導者の多いヨーロッパに乗込んで、勝手に日米親善を説いたとしたら、フランスやイギリスでは当分食卓での笑い話の種にされるのではないか、僕は見る側の人間で、見られる側ではない、と由雄は尻込みしたのだ。それに、親善旅行が円滑にいかなかったら、責任をかぶせられそうだとも恐れた。外側からも、身内からも非難が自分に集中しかねない愛されない息子なのだという自覚が、その頃はもう由雄のうちに定着していて、出処進退を考えるようになっていたのである。

——ロンドンを発って上空の陽の中で朝食を終ったかと思うと、英語とフランス語の美しいアナウンスが、あと三十分で空港へ着くと知らせる。服装をととのえて下降の用意にかかる。心の中の目がきらきら輝いているように自分で思える。来ているだろうかという疑問と、どう面変りしているかということも期待のひとつ。苦しんで、その苦しみの中から自己を築き上げて来た事は、折々の消息で感じてはいるが、愛する者に再会の胸は落着かない——

月子のこのような文章は、そのまま当然のなりゆきのように娘を想う四首の短歌になって続く。——私はもう何も言う必要はなかった。同じ心をそこに見たのである——と書けた時、月子は母親として幸せを感じていた。彼女の心は昂揚し、すると短歌でしか表現できない場面に次々と遭遇することになった。ドゴール将軍に面会して、アルジェリア問題解決の苦労話を聞くと「ともすればさまたげられてひとすぢにゆかれぬものは道にぞありける」という明治天皇の御製を思い出したりした。

しかし、パリでの久美子との再会の部分を除けば、この旅行記は淡々と、むしろ必要以上に抑えた筆致で書かれていて、その原因は、この本に挟みこまれて知人に送られた断り書きのなかにあった。

——大伴月子という隠れ簑を着て歌集を出し文集を出していたことが、この頃発覚し、色々な意味で大変叱責を受けました——と、その挿入文で月子は書いた。——烈しい叱責の中で、私はこの名前に、ということは歌によって支えられて来た私の人生を回顧していました。そうまでして、矢張り捨てられない歌の道でありました——と綴った時、彼女はパリで会った久美子の姿に励まされて小田村大助からの独立宣言をしたのであった。

その日「大和歌人」の同人で一緒に「花影」という歌誌を出していた宮前真弓が、「すぐ来てちょうだい、面倒なことが起ったのよ」という電話を受けて麻布の屋敷に行ってみると、小田村大助と月子が無言のまま対座している部屋に通された。宮前が小田村と向い合うのははじめてだったし、二人の間に流れている険しい空気が彼女を緊張させた。

「宮前でございますが、何か？」と恐る恐る二人の顔を交互に見較べながら聞くと、

「大伴というのはどんな男だ」と、烈しい見幕の言葉が小田村から飛んで来た。眦《まなじり》を決するというのはこういう目のことかと思い知らされた表情で彼女を睨んだ小田村大助は、下手な言い逃れは許さんぞと言わんばかりに腕を組んで荒い息を吐いている。彼女が面喰って、質問の意味が呑み込めないままに「はあー？」と思わず頓狂な声をあげると、小田村は月子が持ってい

た「花影」を膝の上から引ったくるように取って、「これ、この、ここに、書いてある、大伴という男だ」と指差す手も震えて、昂奮のあまりに声も苦しげである。誤植でもあったのかと、宮前真弓は少し目を細めるようにして指差された箇所を見ると、〃一人静〃という詠題の下には大伴月子の名前が正確に印刷されている。宮前は、はたと思い当った。彼の異常な猜疑心については時おり聞かされていたから、月子にひそかに想いを寄せる大伴某という男がいて彼女がその名前を使ったのだと小田村は勘ぐり、そうなるともう嫉妬に目が眩むようになって自分を呼び寄せたのであろうと悟った。宮前真弓はおかしくなったのを一所懸命に押えて「ここにいらっしゃるのが大伴さんですが」と答えた。彼女の表情の変化で、小田村大助はふっと気勢を殺がれ、すると目の前が見えなくなっていた自分が見えて来た。月子は八年前から小田村姓になっていた。彼は坐り直して姿勢を楽にした。顔に血が通いはじめた。

「変名を使って歌を書くなどという、小田村の家の嫁として、何というはしたない真似をしてくれたんだ。わしに恥をかかす気か」と月子に向き直った。たまたま小田村の目にとまったのが、一人静という高山植物を題材にした作品でよかったと、宮前真弓は親友のために胸を撫で下した。月子は屢々、恋を主題にした歌を詠んでいたのであったから。

「歌を詠むのは、はしたない行いではありません」と、烈しい月子の言葉が響いて宮前は驚いた。歌の道を禁じられるなら、私は生きてはいけません、と宣告している気魄が小田村大助を圧していた。話が妙な具合に転り出せば、この人は本当に死ぬかもしれないと宮前真弓はあわてた。

「あのう、大伴さんの歌は美しいものでございます、気品があって、決して御一家を汚すような作品ではありません」と助太刀に出た彼女を、「言うな」と小田村大助は救われたように一喝した。

このような経緯があって出版された第三歌集『道』の後記に、彼女は、

――この歌集は、師の霊前にささげねばならない。思えば、人の世のうつろいも、飛花落葉のはかなさにひとしい――と書いた。世を去った吉井勇の名を敢えて明記したのは、夫に対する挑戦であった。

小田村大助は、月子が歌を創っているのをそれまで知らなかった訳ではないが、日記をつけたり習字をするのと同じように思っていた。ただ前の年に由雄が詩集を出版して新人賞を貰ってから、家のなかに拡りはじめた遊芸の風潮は、いつか注意しなければと考えていたのである。由雄の書いたものを読んでみたが何のことを言っているのかよく解らなかったので、「昔の人はな、詩を作るより田を作れと言った、仕事をおろそかにするな」とだけ注意しておいた。妻と息子が普通の人の理解できない楽しみを共有して、真剣に働いている父親を仲間はずれにするような傾向は、家長の権限を愚弄する行為であって、許すべきでないのは当然であった。そこへ、松子が月子の留守中に「花影」を引張り出して来て「奥さんが変な人の名前で歌を書いているのを御存知?」と告げたのである。

「何?」と聞き返した小田村に「おおともとかいう名前ですけど、あら」と、あわててみせた。そう聞かされれば、月子が何か隠し事をしている気配があった、と小田村は気になった。彼は年とともに自分の直感を信じるようになっていたから、彼女が異常に歌に打ち込みはじめた背後には男がいたか、と舌打ちした。宮前真弓の様子から、どうも自分の杞憂であったらしいと分ったが、気分は釈然としなかった。彼は大伴家持が最初に雪月花を歌に詠み込んだ万葉の歌人であったことを知らなかった。この時、月子は五十四歳であり、小田村は七十二になっていた。どんなに烈しく争っても、相手に致命的な傷を負わせるような言葉を吐くには年をとり過ぎていた。小田村は体力の衰えをひそかに自覚していて、以前とは較べ物にならないくらいに温和になっていたのである。

筆名事件以後、月子は歌を書く権利を承認させた結果になり、小田村は松子を連れてより頻繁に地方に出かけ、二人の間には冷い平和が続き、それもいつの間にか溶解して、もとの夫婦の姿に戻るような経過が繰返されるようになった。

その翌々年、由雄が離婚した。若いうちは衝突し涙を流し、苦しんで、別れたり一緒になったりする、と月子は思った。「いろいろ考えましたが別れることにしました」と会社にいる由雄から電話が掛った時、彼女は「それはよかったわ、あの子はどうするの」と孫のことを聞いた。「お手伝いさんが見ていてくれますが、咲子はもう三日、帰っていません」「私がすぐ連れて来ますから、あなたは心配しないでいいわ、仕事をしていてちょうだい」

月子は電話を切るとすぐ車を呼んで一刻を争うように、郊外の由雄の家に行った。これで由雄も階段をひとつ昇ったのだ、と彼女はひとりで頷いていた。二年前から、二人は麻布の屋敷からは遠い私鉄の沿線に住んでいたのである。其処は、かつての三鷹村を想わせる新開地であった。子供の頃の環境に似た自然のなかに住めば、咲子との不和にも転期が訪れるかもしれないと考えて由雄が選んだ土地である。しかし、会社に通うのに一時間半はかかる毎日は由雄にとって思いのほかの重労働であった。会議などで遅くなった夜は、翌日の出勤を考えて麻布の離れに泊る回数が増えた。新しく好きな女も出来た。一人で離れに帰り、レコードをかけながら受賞以来増えた依頼原稿を書いている由雄の耳には、広い海の波が静かに引いてゆく音が聞えた。それは国会を取囲み、結局は押し切られ、民主的な運動の無力さ加減を味いながら引上げていった、安保反対闘争のデモ隊の足音であった。由雄の後輩達の幾人かは国会に雪崩れ込み、機動隊に頭を割られて血を流し、逮捕された。少し前の軍事闘争の結末に懲りていた共産党は実力行使に動かず、革新団体のなかには絶望感が拡っているようであったが、由雄は、裏切られなかった革命などひとつもないのに、と思った。それを言うなら、自分達の幻想に裏切られたと言うべきなのだ。

安保条約の改定が成立した六月十九日の夜、由雄は取引先の大問屋を接待して料亭にいた。今帰っても、国会の周辺は交通止めになっていると報されて、宴席に麻雀卓が運び込まれた。「昔だったら軍隊が出動して簡単だったんですがね」と、客の一人がパイを掻きまぜながら述懐した。

「あの学生達は真面目に勉強しておるのかね」

と彼の仲間が応じた。

「死んだ女の子は何と言いましたっけね」

と誰かが由雄の隣の卓で聞いた。四日前に一人の女子学生が国会前の乱闘で命を落していた。死者が出たことで闘争の質が変り、尖鋭な様相を見せてきていたのだった。

「ポン」と誰かが声を掛けた。「ポン? ポン子じゃあないでしょう」と相手の男がまぜっ返し、笑い声が起った。麻雀が終ったのは夜半過ぎだった。自分には何の発言の資格もないのだ、自分のいる所はこういう場所なのだと、それまで昂ぶる気持を抑えていた由雄は、こっそり国会の周辺に廻ってみた。まだ催涙弾の臭いが漂っている広場に人影はなく、冷えて水色に見える夜の空気が沈み、雲の端から洩れてくる月の光が折れたプラカードや、そこここに散らばった、たくさんの千切れた靴を照し出していた。無言で立ち尽す由雄の耳に、その時波の引いてゆく音が聞え出したのだった。彼が立っている陸地はみるみる拡っていき、波は砂地に吸われ、ぶつぶつ呟いている泡の音が聞えるようであった。それは彼の時間が退いてゆく音でもあった。

咲子は、郊外に引越したのは由雄の予定の行動で「あなたは私の顔を見たくないんだ。こんなことになるんだったら学問を途中でやめるんじゃなかった」と泣いた。咲子には、思いつめたように相手の目を真直ぐに見て話す癖があり、大柄で動作は鈍く、身ぶりを混える喋り方は訥々としていた。そんな物腰や所作が、頑固な性格を柔らかく包んでいて、かつて学生の仲間からは信頼される結果にもなっていたのであったが。由雄は退いてゆく輝いている波のなかで、咲子が拳をふりあげて何か叫んでいる姿を見たような気がした。

由雄と離婚した咲子は、また研究所に戻り、月子はノートにただ一行――二月、由雄離婚す。咲子はこの家にふさわしくなかった――

と書いた。

久美子が残していった二人の子と由雄が引取った子の三人が、小田村の屋敷の周辺に住むようになった。林田悟郎は、小田村大助の孫を手許に置いて、久美子に逃げられた後の自分の地位を守ろうと身構えていた。幸い定年退職した五女の華子の夫婦が東京に戻ってきて、由雄の子の面倒を見ることになった。

「別れることにした」という電話での報せを受けて、咲子が戻って来ないうちに孫を連れて来てしまおうと、月子が郊外の由雄の家に勢い込んで乗り込んだ時、子供は顔に食べ物の跡をつけて眠っていた。長い間、風呂に入れてもらえなかったのが分り、月子は溢れて来た想いを抑えるように急いで彼を抱きあげた。「おばあちゃんと本当のお家へ行きましょうね、持っていくものはどれ?」と語りかけると「うん、ママのところ?」と尋ねた。彼女は部屋に散らばっていた絵本や玩具を手早く風呂敷に包み、孫に枕元に置いてあった怪獣を持たせた。男の子は車のなかで月子に抱かれたまま、また眠ってしまった。家に着いて目を覚したら、すぐ身体を

洗ってやろうと思った。足下には汚い風呂敷包みが転っている。月子はノートを取り出して、

運ばれし荷物ひとつに子の想ひしみつきてあればいとしきよごれ

と書いた。

そのようにして、母親と別れてしまったのに、孫は太陽の降り注ぐ家で無邪気な声をあげて蝶を追いかけたり、自分の世話をしてくれることになった華子にまとわりついたりしている。久美子の子供達が一緒になることもあった。彼等が物心ついて、自分達の境遇を考えるようになった時、どのような悲しみが胸を去来するだろうかと思うと、月子は身につまされて、またしても人の世の離合のはかなさを思った。

この子達をしっかり育てなければ、と家の中心に立っている姿勢で自らに言いきかせる月子の周囲には悩みを打ちあける仲間もいなかった。ひとりで耐えている自分の手許に不幸せな境遇の子達が集ってくるのは、彼女を吹き寄せられる落葉のただ中に佇まっている気分に誘った。心さえ清く持ち続けるなら必ず道は展けると思う心の底には、私はそのようにして生きて来たのだという自負心があった。安っぽい憐れみで甘やかしたり、人の顔色を窺うような卑しい態度を許してはならない、と彼女は今更のように自らに言いきかせた。そのような月子に較べれば「由雄、こんどは心の優しい月子のような嫁を貰え」と励ました小田村大助は、孫達にも手

放しの可愛がりかたを見せた。少し淋しい平和が訪れたようなこの春、一年後に小田村大助が倒れるとは、本人は勿論、月子も想像もしていなかったのである。

　小田村大助が死んだ日、月子は涙を見せなかった。医師が黙礼したのを受けて、彼女は確めるように夫の胸に耳をつけ、もう消えた心臓の鼓動を追う仕草を見せた。十数秒の後に顔をあげると、力なく垂れた小田村大助の両手を持上げて合掌の形を造り、のろのろと布団を掛けた。その作業を終えると、月子は部屋の隅に置いてある椅子まで歩いていって腰を下した。総ては無言で行われた。急を聞いて馳けつけた蓮見志乃は、恐いものを見るように病室の反対側の隅から小田村大助を眺めて、声を立てずに泣いていた。彼女と二人の男の子、松子、柴山治の妻の頼子達の泣き声とは無縁であるような静けさが、月子の周辺に漂っていった。由雄が注目していると、部屋のなかの何も見ていない月子の顔が次第に明るくなっていった。萎えていた風船に新しい空気が注入されてゆくように、五十七歳の彼女の顔から皺が消え、由雄がはじめて見るような若々しい表情が漲《みなぎ》ってきた。彼女は周囲には無頓着であった。

　小田村大助はいつものように箱根の工事現場に行こうとして、東京駅の改札口を通ったところで心臓発作を起した。それからの四日間、月子はほとんど眠らずに看病した。刻々に衰えて、前の日は水を飲む力もなくなったという経過はあっても、突然に樹木が倒れるように倒れた印象であった。その年は辰年で、龍は天に昇ると正月に彼女は小田村大助に話していたから、夫が一陣の風とともに雲を捲き龍に変身して遠ざかる姿を見ていたのかもしれないと、後になって由雄は思った。それにしても、母親の顔がにわかに輝きはじめたのは何故だったのだろう。どんなに力を持っていても、人間は死ぬのだという当然のことに心を奪われていた由雄は、母親の光り輝く顔に胸を衝かれた。狼狽して右往左往する島月正二郎や林田悟郎、本州地所、本州ゴムの幹部達の様子に気付いた時、由雄は十数年前に書いた小田村家への絶縁状を思い出した。自分は今日から完全に独立出来るのだと考えたのは、月子の表情の変化の連鎖反応であった。由雄はただ自由になっただけであったが、月子の解放感は深く喪失の感情に彩られていたのである。彼女が、

耐へて来し心いまひろびろし部屋にひとりを見据えて棲めり

という歌を書くのは、小田村の郷里の墓に分骨の壺を納めた後のことだ。

誰れよりも激しき歌をうたひ来しその筆いづへに置くべきものか

と書くようになってから、亡夫を想う月子の歌は、死の直後の妖しい光が拭い去られた美しさに満ちて来たのである。蓮見志乃は、通夜の晩、喪主を彼女の上の男の子に決めたあとで、

月子と二人だけになると「これからは何事もお義姉さまの御指図で良いようにお取計い下さいまし。私はぼんやりしていますし、子供もまだ大学を出たばかりですので由雄さんにも助けていただきませんと」と挨拶した。由雄が家督を相続するのを辞退したので、月子の養子になっていた蓮見志乃の上の子が嫡子になったのである。由雄の主張は月子にとっても、その方が潔い態度だと納得のいくことであった。翌日の親族会議で、島月正二郎と林田悟郎は戸惑いと安堵の混った複雑な表情を見せて由雄の意見を聞いた。遺産の分配に心を奪われていた彼等は、まず共同して由雄を押えようと相談していたのであったから。由雄の方は、かつて書いた——小田村の家は継がない、遺された財産は何も貰いたくない——という文章は、こういう時にこそ守らなければならない、それは若い頃の自分への証しだ、と心に決めていた。と同時にそれはまた父親に対する最後の抵抗だったのである。

小田村大助の墓は、生前、自分で計画して造った鎌倉の公園墓地に置かれた。残された者が、ピクニックに行く気分で墓詣りができるようにというのが、彼の発想であった。その一番高い場所に、黒の御影石を敷きつめ、人々はそれを〃土地持ちの帝王の墓〃と呼んだ。戒名は清浄院釈大信士、享年七十五歳であった。

四章

小田村大助の郷里での仏事が総て終った日の晩、月子は逃げるように京都に出た。夫の親戚がこんなに多かったのかと驚くほどの人が集ったなかには、小田村が貝塚市子と結婚する前に一緒だった人の係累も混っていた。祖父を敬愛してやまなかった彼は、折にふれて補修して来た生家を選挙の際に使っていたから、広間は拡張されて百人を超える人が坐れるようになっていた。「えらい急なことで奥様も驚かれたことでございましょう」と慰めてくれる声に混って、事業に成功したのだから、遺族は郷里にどのような感謝の施しをするつもりかと期待している目に出会うと、月子は苦しかった。小田村大助の節税対策は徹底していて、事業は遺したが相続の対象となるような個人財産は無一物に近かったのである。「後のことはどうなりますやろ。どなたか選挙にお出にならなければいけませんが」と、探りを入れてくる者もあった。「そりゃ由雄さんや。それしか考えられん。わしらこの年になって今更小田村姓以外の人を応援する訳にはいかん」と、県会議員のバッジを付けた仲間が主張する。そのような議論をしながら暗に彼女の答えを促している夫の長年の後援者の前で、彼女は「本当に長い間応援していただいて、故人も感謝していると思います」と頭を下げた。小学校の同級生だったという老人が近寄って来て、「この際は、何もおっしゃらんがええかと思いますが」と忠告してくれたりした。六十年以上の異った歳月の流れが、同年輩の男や女をこんなにも老けさせたのかと訝るほど陽に灼けた彼等の顔には深い皺が刻まれ、腰が曲っている者も多かった。月子は郷里の同輩縁者に対する小田村大助の愛着と嫌悪の混った感情を思い出した。彼は同郷人のことを屢々悪く言ったが、家族の者、ことに月子がそれに同調すると目に見えて不機嫌になった。小田村大助の愛憎の濃い性格は、やはり同郷人の特性かと思うと、この際、一言の言い違いが、長年の間溜っていた村出身の成功者への反感や嫉妬を吹き出させかねないと慎重になった。三日間夫の郷里で過して、出張先からわざわざ京都に戻っていた柏崎素彦、雪子の夫婦に料亭に迎えられた時、彼女は全身の毛穴から疲労が浸み出すような安堵を覚えた。

「月子さん、お疲れでしょう」と姉に声をかけられた時、思わず涙が出そうに気弱になっているのを知って我ながら不甲斐なく思った。夫の死は、圧倒されまいと必死になって対抗していた壁が急になくなってしまったみたいで、重心を失って宙を泳いでいるような感じが強かった。「今日は何も考えないで、ぼーっとしていられたらいい」と言うと、柏崎は「やあ、しばらく」と入って来た妓に会釈を送った。自分は楽しくやるから、姉妹で何でも勝手に話したらいいと心得ている様子が有難かった。しばらく会わなかった間に、柏崎の頭髪はいよいよ白一色になって艶のいい陽灼けした頬には、いつも笑っているような弛みが現れていた。

「久美子さんが帰っていてよかったわ」と雪子が言い、彼女は娘の渡仏の際、柏崎の義兄の添島幡太郎に世話になったのを思い出し、「その節は御世話になって」と頭を下げた。「厭ね、他人行儀ですよ」「でも、あの娘が何だか一番あの人に似ていて、理解し合っていたように思うわ」「そこへいくと由雄さんはあなた似ね」「こんな時、吉井勇がいたらよかったな」と柏崎が口を挟んだ。「いいから、あなたは××ちゃんのお相手をしてらっしゃい」「へえ」と彼は頭に手をやっておどけてみせた。吉井勇が他界して、もう四年になると月子は改めて思った。長い間捕えられていて急に自由になった囚人のように、月子には過去にあった事が総て事新しく思い返されるのだった。小田村大助が死んでから僅かの時が過ぎただけなのに、それ以前の生活は遠い国での出来事のようである。

表通りに停めた車に乗ろうと、思いのほか遅くなった夜の、お茶屋に挟まれた路地を出ると、水の面にネオンの影が映って揺れていた。気付かなかったせせらぎの音が高くなった。その囁きにつられるように、小田村大助との四十年近い生活が、はじめて懐しい匂いとともに近付いてくるようであった。「お疲れですやろ」と案内役の舞妓が裾を片手で上げて、上手に道を拾いながら振返った。「いいえ、とても楽しかったわ、また会いましょうね」

そう親しげに言って相手を見、「あなた、いくつ」と聞いた。「十九です」と素直に答えて「いくつに見えます」などと科を作って見せたりしないのを月子はいい感じで受取った。「私ね、来月やめてしまうんです、ですからもうお会い出来ないかもしれません」「やめるって、結婚?」「ええ、まあ」そして彼女は急に明るく輝いた顔になって、「でも、とてもいい人なんです、優しくって」と言った。

「おねえさんを見た時」と月子を人懐こく呼ぶと、「あの人に会ってもらいたいと思いました。まだ若いんですけど、きっとあの人を気に入ってもらえそうに思えたんです」

そう話すところをみると、彼女の相談相手になってくれるような大人はひとりもいなくて、男はいろいろと評判のある人物なのかもしれない。十九歳といえば、彼女が小田村大助と一緒になったくらいの年である。

小田村も毀誉褒貶《きよほうへん》の多い人だった、と振返る月子の記憶に、「私はあの人と結婚します」と叫んでいる自分の姿が、幻燈のなかの光景のように見えた。長女の静子と三女の理加が府中の隠れ家を探し出して連れ戻しに来た時のことである。必ずしも一緒になるつもりだった訳ではないのに、事のなりゆきとして、そう言い切らない訳にはいかなくなってしまったのだ。夢中で、なんとかして自分をばらばらにしまいとすれば、居直ってみせる方法しか考えつかなかった。

「そう、それはよかったわね」

そして少し考えてから、「幸せになるのはあなた次第、自分の責任なのよ」と言った。「はい」と、その妓が頷いて立止った。言葉を探すふうであったが、やがてはっきり顔をあげて

「私、もう幸せですわ」

その表情に、月子はまたしてもその頃の自分を見た。問いかけが、彼女をそう言い切る立場に追い込んだのを知った。

「じゃあね、さよなら」

月子は若かった自分に別れを告げ、会釈して舞妓に微笑を投げかけた。揺れる車のなかで、彼女は、私は本当に夫を大事にして来たろうかと自問してみた。家のなかのことや、秘書のような仕事は、手際よく、また整然と片付けてきたが、「これは私の役割だからキチンとしますよ」と主張しているような姿勢があったことは否定できない。一緒になって長い年月が経ち、月子の生活の仕組みも動きも小田村大助抜きでは考えられない習慣に染った頃になって、夫は忽然と姿を消してしまったのであった。死に方まで身勝手で一方的だったと思った。

蓮見志乃が生んだ二人の男の子は小田村姓を名乗っていて本州地所や多摩電気鉄道に入社していた。母親の性格を受け継いでいて温和であったから、月子も入籍を認めたのだけれども、小田村大助の血が入っているのも事実である。世間では小田村が死ねば、本州系の会社はたちまち混乱すると予想する者が多く、またそうなるのを期待する人間も多いのを月子は知っていた。そうさせてはいけない責任があると、彼女は家長の気分になりきっていた。そのために一番いい方法は由雄が欲を出さないことであった。その点で由雄の判断と月子の意見は一致していた。親族会議に林田悟郎は小田村大助の孫の父親という資格で出席していたが、話されている内容が重要なわりには、由雄が愉快そうで「不真面目な感じだった」と後日、島月正二郎に感想を洩した。「とても自分は後を継げないと知って、自棄っぱちだったんじゃないの」と、島月も由雄の態度に批判的だった。彼のお蔭で、自分達も遺産の分配を要求することが出来なくなり、結果として何も貰えないことになってしまったのが面白くなかったばかりでなく、由雄は何処か彼等を冷く見下しているような印象を島月と林田に与えていたのである。その点では月子の場合も同じだった。浮世離れした態度は、真面目な島月や林田にとって、どうしても背徳と見えるのであったから。

小田村大助が死んだ時、本州食品は晩年の彼の指示で作ったアメリカの工場の失敗から大きな赤字を抱えていた。復興を助けてくれたアメリカへの感謝の気持を表すために、健康にいい日本風の食品の製造装置を、まずカリフォルニアに作って、民間レベルでの交流を促進したいというのが、政治家としては必ずしも成功者であったとは言えない小田村大助の希望だった。時期尚早と反対する由雄の主張は「わしの命令だ」との一言で斥けられた。昔も幕府は、油断のならない大名に日光の東照宮の造営を命じたりして、力を弱める政策をとった、アメリカへの進出は、独裁者のそうした意図があるのかもしれないと由雄は思ったが、従わない訳にはいかなかった。

倒産の危険があると見た島月正二郎は、本州地所から食品会社を切り放して由雄に委せ、本体を安全にする作戦を立てた。小田村大助が残した事業を守ってゆくのが残された者の任務だと考え、蓮見志乃を説得して二人の子供を自分が支配する会社に入れた。そうすることで年来の宿願であった正当な後継者の地歩を固めると、ほっと安心して家の改修にかかった。本州地所系の企業群の代表者の住まいとしては手狭であり、見かけも貧弱に思えたからである。

由雄も本州食品の経営状態を調べ直して、普通の方法では再建は覚束ないと判断していた。幸い国内の部門は黒字になっているが、アメリカでの赤字を埋めるのには二十年以上の年月が必要であった。その間に競争会社が技術革新を進め営業力を強化すれば、本州食品の将来はない。しかし、そうした心配は心配として、彼にとっては自分の思うように経営できることの方が嬉しかった。商売に学歴は無用だと言われて、大学卒を採用する許可も得られなかったが、これからは外部から有能な幹部を招くことも可能なのだ。猜疑心にわずらわされて、みすみす機会を逃すこともなくなるだろう。由雄は大胆に新しい事業を展開して困難を克服する方策を立て、これを中央突破作戦と名づけた。まず、倉庫や工場の敷地などの手持ちの土地をいろいろに活用しようと考え、ホテルと小売店のチェーンを組織し、レストラン部門を拡充することを考えた。勿論、失敗すれば本州食品はない。彼は社用車を全廃し、月子の反対を押し切って、自分は小型車を運転して通勤することにした。社外の友人を口説いて会社に参加してもらい、銀行からも幹部を派遣してもらって背水の陣を敷いた。

「本州食品は中小企業だから」と言うのが口癖になったが、中小企業であることを楽しんでいるふうでもあった。

月子は、彼のそうした動きかたを見て、若い頃の夫を思い出していた。一見、無謀に思える計画を立て、失敗しながらも何とか立直って、結果として事業を拡大するのは、戦争が烈しくなるまでの小田村大助のやり方であった。仕事の面ばかりでなく、伊藤咲子のような女と一緒になったのも、貝塚市子と結婚した父親そっくりであった。

半年ほど経って、月子は由雄の依頼に従って、本州食品が東京の下町に作ることになったホテルの事前の宣伝のために、パリに旅行した。

「由雄さんはだんだん大将に似てくるみたいよ」久し振りに会った久美子に、月子は夫の死後の彼の近況をそう報告した。寡婦になった母親を迎えて、慰め、彼女の長い年月の忍耐を労り、元気づけようと久美子は滞仏中の日程を組んだ。すでに、日本に駐在していたことのある新聞記者のアンドレと結婚していた久美子は、夫の紹介で実業界の有力者やジャーナリストを月子に引合せ、ホテルの宣伝の場を作ると同時に、友達を家に招いて、自由なヨーロッパ風の生活を見せることにした。パリ六街区にある久美子の家には女流画家の麗英や、フランスの映画監督と結婚した日本の女優、オートクチュールの世界で頭角を現している日本人のデザイナーなどが集ってきた。思うように生きている人達のなかに月子を置いて、自分をよく理解してもらおうとも考えたのである。

「失礼ですけど、本当にあなたのお母様？」

と彼女達は半分は驚いて、半分はお世辞もあって聞いた。

「そうなの、若いでしょう。今年の春に父を失くしたので、パリに新しい旦那さんを探しに来たのよ」

「ハッハッハ」と月子はおかしそうに笑った。もう、こうした会話のなかにいてもいいのだと思うと夢を見ているような感じがした。久美子がパリに発つ時、飛行場へ送っていって、芸術家の一群を少しだらしないと感じたのを思い出したが、今は楽しいだけであった。

「日本の男っていうのは、威張るわりに乳離れしていないから、内実はだらしなくて御しやすいんじゃない。そこへいくとここの人はこすっからいから、お母様にはどっちがいいかしらね」と女優が言った。「さあ、ここもいろいろよ」とデザイナーが反論する。

「あなた、ずい分経験が多いみたいね」と久美子がまぜっ返す。

「もう結構ですよ、私はひとりがいいわ」と月子も仲間に入った。

「それは分ります。でも、そう思ってもやめられない。そうでしょう久美子さん」とデザイナーが切り返した。久美子はにやにやしながら「まあね、それは時と場合で」

それで女達は一様に賑やかな笑い声を立てた。月子は内心感歎していた。急に水に飛込んだ水泳の初心者みたいに、どう手足を動かしたらいいのか分らないから、女がこんなにあけすけに話してもいいのかしらという気がした。昼間月子はシャンゼリゼを歩いた時、人々がテラスに出て通りを眺めながらお茶を飲んでいるのを見て、娘にねだって、自分もフランス人の真似をしたのだった。あちこちで男達が「パ・マール」と言うのを聞きとがめて、「あれは、なんて言ってるの」と聞いた。「歩いている女を見て品定めしているのよ。あれはちょっといいじゃないか、って言ってるの」と解説されて驚いたのであった。「まあ、人買いみたい」と言ったので久美子は笑い出した。「だって女の方でも同じなのよ」と教えた。

「お母様はどんなタイプがお好みなのかしら」

女優が月子と久美子を半々に見較べて質問した。

「母の理想はね、お父様なのよ、私の祖父」

それを聞いて月子は活気を取り戻し、「それはちょっとないような人でしたよ」と柴山芳三がいかに優しく、感じやすい心を持っていて、その上美男子であったかを説明しはじめた。宙を見る彼女の目は輝き、声は歌っているように滑らかになった。

「結局、男前でなきゃあ駄目なんだわ」デザイナーが熱気に打たれて、ほっと溜息をついて感想を述べた。

「顔形ばかりじゃありませんよ」と月子が訂正した。

「それはそうですね、見かけはよくても、それを意識しちゃって、女は皆僕に惚れるって顔してるのなんか最低ね、やっぱり内容よ」と女優が同調した。「だから、私、同業者はお呼びじゃないの。目標を持って生きている男よ、こっちが魅かれるのは」「なんだかおのろけを聞かされているみたいね」と久美子が半畳を入れてから、「ちょっとでも機会を見つけて出世してやろうとキョロキョロしている男がサラリーマンには多いでしょう」とゆっくりした口調で「石垣の蛍みたいに金壺眼を光らせて」「ああ、それは駄目」とデザイナーが相槌を打った。

「ここにいる日本の男達って、どうしてみんなああなんでしょう、本社の意向ばかり気にして、フランスを理解しようって姿勢持っていないもの」「学者もいいけど」と女優が何か別のことを考えている目付で、「でも、関心領域が狭くて、心が開いていないのは考えものよ、辛気臭いだけですもの」

「ねえ、あなたのお兄さんてどんな男？　ちょっと会ってみたいわね」とデザイナーが言い、「兄ですか」と久美子は母親を促すように見て、「純情だから、あなただったら簡単よ」

「おやおや」と月子はおどけてみせた。「風向きがおかしくなって来たわ」

たしかに、パリには珍しく風が出て来たようで、七階の部屋の窓が鳴り、ぱらぱらと雨が打ちつける音が混った。

「由雄も苦労しましたよ、最初の結婚がうまくいかなくて」

「あら、今、独身なの」と女達が聞いた。

「誰か好きな人がいると思うんだけど、母は相手が気に入ればお姑さん根性は出さないわ」と、久美子が解説してみせた。

「それはそうですよ、小田村にもずい分相手がいましたけど、納得のいく女の場合は黙っていたの」

彼女はその自分の言葉を証明するために、久美子もよく知らなかった筑前琵琶の名手、山川水映と小田村大助の事を説明しはじめた。

「小田村が彼女のところに通っていたのは」と月子は記憶を呼び戻す目付になって「私と一緒になる以前のことでしたけど」と言葉を継いだ。「演説の発声の訓練になるから、と言っていましたが、それは口実でしょう。もし水映さんが気品のある、たおやかな女の人でなかったら、この話も私にとって、厭な記憶のひとつになったと思うわ」

そう話していると、貝塚市子や栄子、松子のことが噯気《おくび》のように喉元にまで上ってきた。そのなかには蓮見志乃の顔もあった。「でも、水映さんは立派な人で、敗戦の後は姿を隠してしまったんです。もともと筑前琵琶の発祥は古いもので戦後は衰微の一途をたどっていました。私が主宰している短歌の会の会員から、ふと消息を聞いて探しあてた時は、郊外の豊島園の裏の陋屋《ろうおく》に、明日の食糧にもこと欠くような毎日を送っていたんです」そこで月子は平家が滅びた後、後白河法皇が建礼門院を侘び住まいに訪ねた平家物語の大原御幸のくだりを想起した。感情移入が深くなって声が少し上ずった。「私はひとめで病気なのが分りましたから一緒に病院に行きましょう、とお誘いしました。『いえ、私は好きな人を戦争で失くし、国も敗れた今となっては、もうこうしてひっそりと死んでいきたいのです』水映さんはそうおっしゃるんです。目はうるんでいて熱があるようでしたが、物腰はゆったりして、そう、着ているものには香が焚き籠められていました。それでも無理にお連れして診断を受けると、やはり栄養失調もあって肺炎をおこしていました。私は若い頃、彼女が小田村と伊豆の修善寺で一夜を過したことを知っていましたが、こういう人との関係なら、それはそれでいいと思っていますよ。由雄の場合も同じです」

そう語り終えて、月子は自分だけの物想いに沈んでいった。戦争は敗けたのだ、とつくづく思った。あの時、死ななかった者は余生を建礼門院のように生きなければならない。それに、小田村も死んでしまったのだ……。

部屋のなかは静かになって、また窓を打つ雨の音が戻って来た。燭台に揺れる蠟燭の芯が小さな音を立てた。幾分呆れた気持も混っていたが、女達はとにかく感心してしまって、ふと自分達がいるのが一九六四年のパリの住宅街ではなく、八百年ほど遡った京都のように思えたのである。久美子は、母が小田村大助との生活に耐えられたのは、自らの幻想のなかの男のみを愛していたからだと知った。お母さんをその中から引張り出すのは、こりゃ容易なことではないわ、と思うなかから、最初の男であったダンス教師、そして二人の子供を儲けた林田悟郎の貧相な顔が浮んで来たので、首をふって彼等の体臭や話し方や動作を打ち消そうとした。

「父は暴君でしたけど、ここに住むようになってから、やっぱり魅力的だったという気がしてきたわ」久美子がそう言い、その発言で呪縛を解かれたように女達はいっせいに身じろぎをしたり、坐り変えたりした。女優が「とにかく、大変だわ、こりゃ」と呟いた。皆は救われたように笑った。

「あら、ごめんなさい」月子は憑きものが落ちて華やいだ声を出した。「でも私達の男との付合い方って、あんまりぱっとしないわねえ」と麗英が言った。年少の彼女は、それまでほとんど発言していなかった。「それは仕方のないことでしょう。時代が違うんだし、皆さんこれからですよ」

「立場が逆になっちゃった」とデザイナーがおどけて述懐した。「頑張らなくちゃ」

皆はもう一度賑やかな笑い声を立てた。

翌日、久美子は母親をノートル・ダム寺院に案内した。八十年以上の歳月をかけて完成したと言われる建物の高窓のステンドグラスを透して、彩色された光が薄暗い礼拝堂に落ちていた。祭壇の上で黒衣の尼僧が蠟燭を捧げて祈る姿を見て、月子は足音を忍ばせて後の方の席に腰を下した。目が慣れてくると、そこここに蹲って動かない人の姿があった。年老いた人が多く、彼等は浄化された心で自らの罪を懺悔しているのだと思った。陽光が躍る街のテラスで異性の品定めをしている浮かれた人々の流れの底に、このように薄明に沈んだ世界があるのだと月子には納得がいった。ゴシック建築の天井は高く、聖母や使徒達の姿を表した焼絵が聖書の物語を眩いばかりに遠い距離に映し出している。祭壇の上を、暗い河を渡る生命の火のような燭台を持った影が動き、十字架上に項垂れるキリストの足下から、祈り続ける人々の頭上にぼんやりした光を投げかけている。月子は溜息をつき、

――主よ、正しきものの上に道を拓きたまえ――という言葉を思い出していた。あるかなきかの風が動いて、彼女の想念に現実のざわめきが訪れた。俗界を遮断するために設けられた厚い扉の外で、街の雑踏が与えるのとは異った心のゆらぎであった。

彼女は久美子の前夫の林田悟郎と組んだ島月正二郎の計略のために、由雄の会社が苦況に陥っているのを知っていたが、女である自分に息子を助ける術はなかった。小田村大助に死なれてみて、彼女は家の中ではただ加害者として見えていた夫が、現実社会での秩序を作り守っていたのを知った。その彼がいなくなった後には無慈悲な闘いの場が待っていたのである。実業の世界に熟達した人々を相手に廻して、由雄が成功をおさめるのは困難と思われた。その上、手強い競争者が本州食品を取巻いている。

月子は小田村大助が由雄に心を許していなかったのを知っていた。子供であっても一人前になれば、時として父親の批判者になり競争相手にもなるのだ。小田村大助のような独裁者の場合には、家族も身内もないのである。それでいて肉親の情は濃いのであったから、由雄との関係はいつも緊張をはらんだ情愛のなかに秤のように懸っていたのだ。しかし、母親の目から見れば、由雄には何といっても若さから来る危うさがある。その上、まだ大学を出たばかりの子と二歳年下の異腹の二人が、真直ぐに成長するように努力しなければならない。上の子はついこの間までオートバイに凝っていて、四年生の時自動車にぶつかって危いところを助かったが、脚を折った。月子は蓮見志乃と口裏を合せて大学の運動部の合宿で怪我をしたように言いつくろったのであった。下の子には僧正という渾名があって、人を惹きつける性格を備えているのが楽しみであった。二人とも島月正二郎の会社に入ってしまったので、悪い影響を受けないように注意していなければならない。歌を詠む大伴月子と小田村月子とを使い分ける必要が、以前にもまして強くなったのを知ると、彼女は淋しく、気分は重くなった。

小田村大助は後のことを心配して、アメリカとの戦争がはじまった翌年と、敗戦後十数年が経ち、七十二歳になった昭和三十六年の二回にわたって遺書および家憲を書いていた。晩年のものには、
一、物事に軽重の判断を誤らぬこと。二、傘下各会社はそれぞれ独立の体制で進み、保証あるいは株式担保等により禍を他の会社に及ぼさぬこと。三、傘下の各社は堅実を旨とし、増資による放漫政策を慎むこと。四、感謝奉仕の精神を以て自己の会社の株式を所有せぬこと。
と書かれ、各項目についていくつかの他社の成功と失敗の具体例が記述されていた。なかでも繰返し兄弟親族が仲良く共通の精神で事を運ぶようにと書いているのは、小田村が自らの不身持の結果に心を痛めていたことを示している。また別の、昭和三十四年に作られた書類には
——麻布の現住所は妻月子の永住の地と定め、広間は会社の会議に用いるべし。これは淋しくしない為なり。子供や孫が集る場所とせよ。妻、月子他界の後は記念館として永久に保存すべし——と記されていた。
ノートル・ダム寺院で、神の前に額ずく老人達を眺める彼女の胸中に、思いがけない烈しさで小田村大助を追慕する感情がこみ上げて来た。遺骸を安置した部屋で、通夜の弔問客が引きあげてしまってから、遺品を整理してこれらの書類に目を通した時は夢中といってもいい状態であったのだが、パリに来て、隣に久美子がいるのも忘れて回想に耽った時、彼女は自分の運

命が、どれほど深く小田村大助に結びつけられていたかを覚ったのであった。

突然、一条の光が内陣を照し出して消えた。黒い衣の波を打たせてひれふしている人の数は意外に多くて、入った時目に映ったのは上半身を立てている数人に過ぎなかったのが分った。彼等の姿は、踏台になりながらも、なお自分を虐げてやまない男を愛さずにはいられなかった女達の亡霊のように思われた。月子は空襲が烈しくなった頃、長兄の昌から預かった系図を見て、祖先達の必死の息遣いを仄明りのなかに望見したのを覚えていた。

——元ハ構浪人ニテ、当新右ヨリ四代以前、明和五子年構放レ所付浪人ニ成リ、文化九申年御取調ノ上、蜂須賀賢之丞譜代家来ニ被ロ仰付以系図引合立ガタキ所ハ猶可加、追考者也——

というくだりもあった。このように何度も再確認を要求され、その都度懸命に申し立て、書き直され加筆されて出来あがった系図の裏には、ひれふしている黒衣の波のような女達の姿が想像された。明るい光は、高い空を飛ぶ航空機の翼が旋回して太陽を反射し、偶然、焼絵の透明な部分から内陣を照したのであったろう。それは遠い文明の光であった。私はもう煩悩の世界からは自由になったのだ、と月子は思った。この発見は彼女にあてどのない解放感をもたらすようであった。フランスの人なら、こうした私の心の揺らぎを理解してくれるのではないかという気がした。すると月子は、晩年の柴山芳三が、しきりに洋行に憧れていたのを思い出した。彼は一度も望みを果さずに急死してしまったのだが、私はその父親に代っていろいろな国を見てあげようと思った。

「これから私、ちょいちょい旅行するわ」

ノートル・ダム寺院を出た時、月子は一瞬目くるめく明るさに打たれて歩けなくなり、久美子の腕に縋って話しかけた。小田村大助の血を分けた娘の方が、彼女よりは骨格がしっかりしていて丈も高かった。

「それがいいわ、今度の旅行は成功でした。船上パーティも大盛会だったし、お母さんはまだ若いからフランス人にもてるわよ」

由雄が日本の下町に作るホテルの宣伝のためにパリに来た月子は、久美子の発案でセーヌ河に浮ぶ観光船で披露発表会を持ったのであった。女優やデザイナー、画家の麗英、旅行中案内役を務めた留学生も、着物や羽織袴で応援してくれ、五百人を超える客が集った。ひっきりなしにシャンパンを抜く音、繰返されるボートルサンテ、客室を満した談笑のなかで彼女はその日幸せであった。

「日本でも私まだ、ほとんど何処へも行っていないの、隠岐島《おきのしま》も吉野も那智の滝も見たことないから」

「誰か一緒に行く人が要るんじゃない」

月子は日本を出る時、庭先に送りに出た由雄が同じことを言ったのを思い出した。

「もうたくさんよ、それは。ひとりの方が気楽でいい、男はこりごり」そう冗談めかして言うと「いいわねえ」と久美子がゆっくり言い、彼女は久美子がフランス人の新聞記者の夫とうまくいっていないのではないかと気になった。「アンドレさんはいい人よ、そりゃあ、大将と較べれば線は細いかもしれないけど」と彼女は若いのに著しく頭髪の後退している、恰幅のいいアンドレの姿を思い出しながら久美子を励ました。彼は久美子が台所に立っていって月子と二人きりになった時、「クミコ淋しいね、僕愛しています」と片言の日本語で親しげに語っていたのであったが。

翌日は帰国する日だった。ホテルに戻ってから彼女は、

国離《さか》りはるけき旅をつづけ来ぬさびしさをひとりたしかめむため

とノートに書いた。

東京に戻る長い空の旅の座席で、月子は次の歌集の構想を練っていた。出来れば一周忌までに本にして追悼の気持を表現したかった。今までにずい分大切な人を送ってしまった、と彼女は北極を覆う、どこまでも白く輝いて続く雲海を見ていた。「花影」を一緒に出していた数少ない男の同人が、突然脳出血で死んだのは四年前であった。それ以後、宮前真弓が編集を一手に引受けてくれていたが、自分も手伝う時間が出来てみると、才能のある者にありがちな独断が目立って、月子は必ずしも満足できなかった。ペンネーム事件の後も、彼女は毎月十数首をその同人誌に発表していたから、第三歌集『道』以後の作品だけでもかなりの数になっていた。

第一部を折りに触れての心情を吐露した作品、第二部を花鳥諷詠、第三部を小田村大助への挽歌、と構成も考えた。あるいは、全篇を挽歌だけで埋めようかとも迷った。すぐ上の姉の理加が死んだ晩のことは「道」に収録してあったのを思い出した。終生、月子を許そうとしなかった理加の通夜の晩、治や彰は小まめに遺族の世話をし、姪を慰めたりしていたが、月子は部屋の隅に坐って、誤解を解く機会を与えずに去ってしまった姉のことを、半ば恨めしく追想していた。自分は姉や兄や身近の者にさえ理解されず、嫉妬され、蔑まれているのを知っていながら、ただ耐えて来なければならなかったと思った。しかし、理解されていなかった点では夫も同じなのだ。表向きは口をひらけば「大将の遺志を継いで」と言っているが、島月や林田に夫の大きさや志が分っているはずはない、と月子は知っていた。小田村大助は自分を理解する能力のない男ばかりを相手に仕事をしていたのだ。指示されるままに動く男以外は使おうとしなかったのだから、当然の結果なのかもしれないが、月子は小田村大助が可哀相になった。彼が備えていた暖かさや、ひとりよがりでおかしな所と一つになっていた魅力は、決して幹部には伝っていない。むしろ末端の社員の方が、権力の拡大や財産問題に目がくらんでいないだけに小田村を素直に見ていたと言えるだろう。月子は箱根の工事現場で土砂崩れが起き、七名の社員が死亡した事故があった時の夫の狼狽ぶりを覚えていた。生き埋めになった者のなかに、目をかけていた郷里の青年もいたと聞くと、そのまま家を飛出し、まだ雨が降り続いている事故現場に馳けつけた。土砂崩れが再発する危険があるという消防団の警告を無視して、スコップを持って、埋った社員を掘り出そうとした。遺体が発見された時、ずぶ濡れになった小田村大助は、作業帽の庇から滴を垂らしながら声をあげて泣いた。アメリカとの戦争がはじまる少し前のことだったから、彼が五十歳ぐらいの頃である。月子は、女が彼に魅かれるのは、こうした開けっ拡げの部分なのを体験から知っていた。同時に、この性格が一緒に住めば相手を苦しめるものになるのだが、小田村大助が鬼籍に入ってしまった今では、夫と争う自分の姿までが、もう過ぎ去った時間に嵌め込まれている光景として他人事のように見えてくるのであった。

彼女は少し目を細めるようにして、膝の上にノートを置き、ペンを持ったまま追憶の中に入っていった。臨終の床で、しきりに水を飲みたがった夫の姿が浮んで来た。すでに混濁がはじまった意識のなかで、小田村大助は彼女が吸飲みから与える水を美味そうに飲み、幼い子のような満足の表情を浮べた。夜中の床の上に起き上ろうとして、もうその力もなく「家へ帰ろう」と言ったのが最後の言葉だった。あの時、小田村大助の心は郷里に還っていて、母親のいる家に帰ろうとしたのだと分った。とすれば、母親が実家に帰ってしまう以前の五歳ぐらいの記憶のなかにいたのだ。こと切れたのは四月の終りで、遅咲きの八重桜も散りはじめていたから、彼女は夫を送る歌を〝花散る朝〟という題でまとめることにした。日本に着けば、これがお前の生きている現実なのだと言い立てるような勢いで、いろいろな用件が彼女を取囲むはずであった。久美子が置いていった二人の子供、そして由雄の子はどうしているだろうと、旅行中孫達のことを忘れていた後めたさで、月子はパリで買ったお土産はどの荷物に入れたかと考えたが、想いはすぐ、由雄の子を連れに郊外の家に急いだ時のことに移っていった。

男泣きわれが知りたる哀憐の子と父と二人の家の暗がり

ひしひしと骨身に痛きかなしみか母もつことを拒む家系図

その日の夜、ノートに書いた歌を月子は覚えていた。次々に母親のいない子供が出来てしまうのは、小田村の家にどのような前世からの宿命があるからなのかと、月子は彼女の腕に来て、はじめて安心したように寝息を立てはじめた孫を見て思った。ある人の書いた評伝によれば小田村大助は筆者に、

「親のなかったことが、私の今日あることの生みの親だ。両親が生んでくれたのではなく、不幸が生んでくれたんだ」

と語ったとのことであった。義母の晩年は、小田村大助が東京に呼び寄せて、多摩電気鉄道の沿線に住まわせていたから、数回、顔を合せていたが、おそらく彼女にも、胸に蔵って口には出さなかったいくつもの想いがあったのであろうと、月子は我が身を振返って、同情の心が動くのであった。もしかしたら小田村大助は、生涯をかけて探し続けていたものを、とうとうこの地上では探しあてることが出来ないままに、事業だけを残して逝ったのかもしれなかった。

自分を振返ることが不得手だった夫は、何かを探し続けているという自覚のないままに、いろいろな女との交渉を持ったのかもしれない。それは白く乾いた埃の道を煩悩に迷った過程であった。しかし、生ま身の私は烈しく夫に抗議の声を発しない訳にはいかなかったのだ。それはそれで当然だと考えられるのは、パリの雰囲気が少し私を変えたのかもしれない。そう思って月子はひとりで静かな微笑を浮べた。彼女の目に、放射線状に走る並木道のマロニエの黄葉の色が浮んで来た。久美子や、彼女が頼んでくれた留学生に案内されて歩いていると風が吹いてきて、大きな葉が思いついたように枝を離れ、身を翻して落ちていった。銀杏が言いあわせたようにあちこちで黄色の葉を降らせる光景にも出会った。そのような自然の変化のなかに古い寺院や数多くの記念碑が建ち、人々は間近に迫っている冬の支度に余念がないように見えた。女達が秋の装いをこらして街を歩いていた。今年の流行は長目のスカートで色はモスグリーンだとデザイナーが話していて、月子も一着買って来た。街角で熱烈なラヴシーンや別れの愁歎場も何度か見た。この国は自由なのだという久美子の説明には頷ける点もあるが、月子にはやはり日本と違うという感じの方が強かった。どちらが幸せかは分らない。日本に戻ったら久美子が作っているのよりも、もっと落着いて短歌や絵について話し合える集りを持ちたいと考えて、吉井勇が京都に終生の棲家を作る前に住んでいた土佐猪野々《いのの》の渓鬼荘《けいきそう》に行ってみたくなった。妻と別れ、放蕩の夢から醒めた後の、哀感を湛えたこの頃の吉井勇の心境に彼女は惹かれた。

月子は自分も放蕩して帰って来たように感じていた。目を窓外に放つと、数え切れないほどの金色の葉が、かすかに身を震わせながら雲海に吸い込まれてゆくのが見えた。驚いて飛行機の小さな丸窓をハンカチで拭き目を凝したが、もう落葉は忽然と消えていた。しかし、麻布の庭に植っている欅のように細かい葉が、光の糸になって遠くへ落ちてゆく様は、あまりに鮮明に映像として残っていて、彼女の心の中に降り続けた。上空は虚しいほどに紺碧であった。月子は何処かずっと奥の方で見えない庭が壊れたのだと思った。思い直してペンを執ると、

何にすがりこころ重たきわが身をば支へんものか落葉はしきり

と書いた。今の心境というよりも、夫と暮していた時の欝屈を詠んだのであったが、その夫ももういないのだと改めて思うと、この歌を契機に堰を切ったように言葉が溢れて来て、月子はアンカレッジに着くまでに十数首を書きとめた。

帰京してから一月ほど経って月子は高知に出かけた。十一月の中旬であった。韮生《にらお》の山峡を物部《ものべ》川に沿って上ってゆくと、しばらくして吉井勇が住んでいたという家が見えて来た。鉱泉宿が数軒散在している。午後の陽を受けて、猪野山は険しく聳えていた。欝蒼と茂る樹々が人間の近づくのを拒否しているようだ。彼女はひとりで師の小さな萱葺の家に近づいた。胸の動悸が高くなった。まんなかに囲炉裏を切った居間があり、彼女は書斎に使われていたと思われ

る四畳半の奥の間を窺った。悪いことをしているような緊張が彼女を捉えた。晩年の一時期、吉井勇がこの山峡に庵を結んだのは、死に親しむ心境を育てたかったのだと分る周囲の佇まいであった。その頃の歌に「寂しければ——」と歌い出している作品がいくつもあるのを彼女は知っていた。その寂しさは、過ぎて来た時間のなかに鳴っている煩悩の音であったろうと思った。彼女は、今も吉井勇の心が四畳半の書斎に留まっていて川の流れを聞いているように思い、師の裸形を盗み見ているような気持であった。渓鬼荘を出て、さっき登ってきた坂道を眺めると、いつか平野に傾いた陽に染って、烏瓜《からすうり》の赤い実が一つ近くの高い梢に輝いていた。足下には野生の菊が、早くも枯れはじめた草に混って、白い花をつけている。彼女は路傍の石に腰を下して渓鬼荘に向いあい、時おり上体をひねって空に浮んでいる赤い実を眺めた。出来ることならまだ暖かみの残っている石に顔をあてて遠い渓流の音を聞きたかった。そうすれば、何かが蘇ってくるに違いなかった。

人が立っている気配に驚いて目を開けると、寸足らずの着物に大きな運動靴を履いた少年がじっと彼女を観察している。彼女はハンドバッグの中に飛行機が着陸する際に配られた飴が入っていたのを思い出し、立上って男の子に差出した。「さあ、いいのよ、遠慮しないで」と言うと、かえって出しかけた手をあわてて身体の後に隠した。彼は喋ろうとしたが、苦し気な音が押し出されただけだった。まじまじと月子を見る強い光を湛えた黒目が何かを訴えて来て、彼女は少年が喋れないのだと漸く覚り、頷くと近寄って彼の掌に無理に飴を握らせた。

「私だって、ずっと言葉をなくしていたのよ。でも、今もこうして生きているんだから、しっかり自分を守っていくことだわ」

近くに立った少年は不思議そうに彼女を見上げ、しかし急に表情を固くすると、やにわに身を躱《かわ》して逃げていった。

翌日の朝、月子は本州食品の高知駐在の社員に案内してもらって足摺《あしずり》岬に行った。車を降りると地響きのような波の音が近くなった。風が海から吹いてきて逆らって飛ぶ鶏が二羽、高く舞い上げられたり低く頭を下げたりしながら陸を離れていった。海は黒と見まがうほどの濃い藍で、八十米の断崖から覗くと、岩に砕ける波が白い飛沫をあげ、浅い所で渦を巻き揺蕩《たゆた》う水は透明で、それが一層周囲の海の深さを際立たせていた。月子の耳には怒り吼える波に混って、岩の間を吹き上げるのか鋭い悲鳴のような音、さらさらと流れて止まない音、たぶたぶと巡回して、ふっと消える音などが聞えた。こうした波の響き交わしは彼女に潮のように押し寄せる軍勢に囲まれた城の光景を思い起させた。崖に向って馳けて来るのは敵の主力だった。ぶつかって喚声をあげ、飛び散り砕ける岩と波の主戦場の下で、あるいは傍で、意外に静かな日常がはじまり、暮れてゆく。戦争末期の小田村の家がそうだった。空襲警報が鳴り焼夷弾が降っても、朝になると陽が昇った。囁くような水の音は、耐えて生き続ける女や子供達の語らいであり日常の営みであった。呟いたり、悲鳴をあげたり、歌ったりするのは、戦争のさなかにも育ち、恋をし、憎み合ったり愛撫したりする人間の声に聞えた。彼女は自分が生きてきたいくつもの場面が重なり合い、音に変って眼前に拡っているのを感じた。海はこんなに広いのに、私は夢中で狭い地上だけを歩こうとして跪き、何も見ていなかったと思うと、悲しさとも歎きともつかぬ感情に捉えられ、心が昂まってくるのを覚えた。「潮風は冷いですから、お身体にさわっては」と、近寄って来た社員が話しかけ、彼女はさきほどから人間の低い声が遠くに聞えていたのに気付いた。汚れた白装束を纏った数名の巡礼が、交互に杖を立てて街道を御札所へと歩いてゆく姿が眼の隅に入った。彼等は何とかして倒されまいと気を張って生きてきた月子の代りに、地上を歩いているのだと眺められた。怒濤の響きに震え、飛沫の霧に濡れて、わずかに崖に咲いている一輪の椿は、由雄と久美子を庇っている自分のようであった。足下に渓鬼荘で見たのとは違う白い菊が咲いていた。「これは何という種類かしら」と聞くと、「足摺野路菊と地元では呼んでいます」と社員が答えた。「東京では育たないかしら、少し持って帰りたいけど」と月子は頼んだ。社員が踞んで菊を掘り起している間、彼女はもう一度海を眺めた。

月子が東京に帰るのを待っていたように、珍しく島月正二郎が「至急、御相談したいことがありますので」と言って来た。

「困ったことが起りました。まず、これを御覧下さい」

そう言って彼が集金人が使うような小型の鞄から取り出したのは巻紙に書かれていたと思われる書類の写しであった。

――××子は、わしが愛した女であるから、家族の者は他人事と思わず、社宅を与え、生活に困らぬよう配慮すべし。このことは月子にも申しつけておく——と、まぎれもない小田村大助の筆蹟であった。彼女には覚えのない事柄であったが、名前から、やっと数年前まで家にいた女中だと分った。

「私も、まさかこうした書付があるとは知りませんでしたので、当時大将の御指示で本州地所の社宅に住まわせておきましたのを、もう亡くなった事でもありますし、立退くように申し渡しましたところ、兄という者がやって来まして、妹は大将のために一生を棒に振ったのだから、あくまで立退かせるつもりなら、これを公表すると言い出しまして」と説明した。聞いているうちに月子はおかしくなった。小田村大助の死後に、このような難問が出てくるのは、あたり前と言えば言えた。むしろ予想より少なかったのである。死んだはずの夫が、「わしはまだ生きているぞ」と冥土から請求書を送って来たような気がした。島月正二郎は本当に困惑しているらしかった。鼻翼がわずかに開きすぎているために、整った目鼻立ちがひどく凡庸なものに見えてしまう顔を月子は丁寧に観察した。××子宛の書付をわざわざ持参したのは、月子への厭がらせの意図もあったのであろう。小田村大助の在世中、私はこうした界隈に暮していたのだと、彼女は精神の張りつめていた高知の旅と比較して味気なく過去を省みた。

「それで、どうしたらいいんです」

「はあ、それで私は手紙を買取ろうと思いまして」と言いかけてから、「実はその兄というのが交通関係の業界誌の記者だものですから、どうも相手が悪くて」と、重々しく首を振った。

大の大人が、そんなに深刻に悩むほどのことかと軽蔑したくなったが、月子は黙って更に島月に注目した。小田村大助より十歳若い彼は、六十半ばになっているはずである。彼女とは違う意味でひたすら耐え、小田村大助に命令されるままに忠実に競争相手と闘い、訴えたり脅かしたりしてずい分損な役割も演じて来た。「はじめは三百万ぐらいでまとまるはずだったんですが、だんだん値上りして二千万円出せと言うものですから、そんな支出は税務上も認められませんし」と歎息した。

「それはお困りですね」と言ってみたが、我ながら実のない応答だと思った。

「私はね、秀吉がねね宛に書いた、こうした手紙を見たことがありますが、ああ、秀吉も人の子だったんだなと悪い感じではありませんでしたよ。公表したいのならさせたらいいじゃありませんか。かえって小田村の人間味が伝って結構だわ」

「そんな無茶な、会社の信用にもかかわります」

「おや、そうかしら。そんな信用なら、とっくになくなっているのじゃなくて？」

「参ったな、こりゃあ、私は何もそういう意味でお邪魔したのではありませんので」

島月は額に手を当てて、また首を振った。月子は気分を変えて、

「分りました。じゃあこの件は由雄に解決させましょう。あの子も少し苦労した方がいいから」

月子は、小田村議長が正妻ではない女を宮中に連れていったと、婦人解放団体が問題にした際の由雄の暗い目を想起した。もし由雄が今度の問題をうまく解決すれば、島月正二郎は感謝

はせず、やはり由雄への警戒心を従来より、さらに強く持つに違いなかった。それは由雄の持って生れた星なのであろう、と月子は息子の行末を慮った。母親に呼ばれて一部始終を聞いた由雄は「そりゃあ××子が可哀相だ」と呟き、彼女は由雄に好きな女がいるのだと直感した。噂は弟の彰からうすうす聞いていたのである。「いいじゃないですか、置屋の娘だろうと何だろうと」と、その時彰は訳知り顔に言い「まあね、でも人物テストをしてみなければいけないわ」と彼女は答えたのだ。

「分りました、僕がその兄貴に会ってみましょう」と由雄は会社にいる時の声を出した。

息子が帰っていってから、彼女は由雄が付合っているのはどんな娘だろうと、その事の方が気になりだした。小田村大助の女遍歴の際も同じだったが、由雄が伊藤咲子を連れて来た時、女の厭らしさは女の自分の方が良く知っていると思う月子にとって、男は頭で描いた姿に酔ってしまって、相手を冷静に見れなくなるらしいのがもどかしかった。もうあのような女を連れてくることはないだろう、と彼女は不安に封印を貼るように思った。妹の江上華子に預けてある孫は小学校に通うようになっていた。久美子の子供達は再婚した林田が育てていたが、小田村大助が死んでからは粗末に扱われているらしかった。いろいろ気になっても、どうしようもない事が多く、亡夫があの世から廻してくるつけを捌《さば》いていく仕事がまだ残されていたのだと思うと、月子はやはり歌の世界をしっかりと再構築していかなければと思った。気をとり直して彼女は夫の死後、書斎にしている部屋に戻った。小田村大助が寝室に使っていたところで、彼女の寝室とは仏間を間に挾んでいた。寝台はそのままにして大きい机を運び込んだ部屋で、月子は夜遅くまで筆を執るようになっていた。発想が途切れたり疲れを覚えると、ベッドカバーを掛けたままになっている小田村大助の寝台に眼を遣った。その上で演じられた痴態の数々が妄想となって記憶に戻ってくる。すると彼女は歌が書けた。栄子、松子、××、△△と小田村大助と交渉を持った女たちの名前が蝙蝠《こうもり》のように部屋を飛びまわりはじめ、自分にあてつけているのではないと分っていても、眠られなかった長い夜の記憶が手を伸ばせば届くところにあった。彼女はその部屋で〝花散る朝〟、〝伊吹の空〟、〝幻〟、〝無常〟、〝東京駅にて〟等の、夫を追想する真情に溢れた歌を創った。一周忌に追悼歌集を出版するには、あと一月ぐらいの余裕しかなかったのである。書きあげた傍から出版社に渡すために原稿用紙に向って清書をすめていくと、夫の先輩であった長池龍三郎夫人を軽井沢に訪ねた時のことを詠んだ歌もあって、月子は懐しさに捉えられ、久し振りに浄化された過去が戻ってくるのを覚えた。彼の影響で政治活動をはじめた頃の小田村大助は、やはり輝かしい青年時代にいたのであり、柴山芳三の思い出と共に自分の少女時代もその時期に結びつけられているように今は思えた。月子は夫が長池夫人に憧れの気持を抱いていたのを知っていた。

彼女が軽井沢に隠棲している長池夫人を訪ねたのは、もう秋の気配にあたりが染っている雨もよいの日だった。すっかり白い髪になって、濃い藍の紬を着た小柄な彼女は「最近、足下が覚束なくなりましてね」と意外に若い声で、玄関まで立って月子を出迎えた。その日、月子は小田村の形見の香炉を夫人に持参したのである。

「安倍子爵のお屋敷から出たもので、江戸の中期ぐらいの作品かと思いますが、由来は詳《つまび》らかではございません。生前、故人が好んで眺めておりましたもので」と口上を述べた。

「確かそのお屋敷はホテルになさってらしたと思いますが、あれはその後どうなって？」

と夫人が質問した。旧華族の広大な家を買っては整地し分譲してゆくのを戦争直後、夫人が「桜の園を伐り倒してしまうロパーヒンみたいですね」と批評していたのを月子は思い出した。夫人に言われたのでは小田村大助も怒る訳にもいかず、「いや、これが民主化です」と澄ましていた。

「講和になってアメリカ軍が使わなくなりましてから分譲して、今では銀行か電気会社の社員寮になっていると思います」と答えながら、なるほどこれは民主化だと思った。

「名園がまたひとつ消えた訳ね」と夫人は昔と変らない、はっきりした口調になった。

「あなたも、よく尽されたわ、本当に傍から拝見していて感心しておりましたよ、はらはらもしましたけど」「………」「でも、後のことは一応落着かれて？」夫人は年長者の労りを見せて月子を眺めた。頭の回転が早く、それにつれて表情がよく動く風貌は若い頃と同じで、これでは同志達の憧れを集めていたのも無理はない、と月子は思った。

「ええ、由雄がああいう性格ですから、どちらもあまり権利を言い立てられる方がなくて、どうやら無事に」と月子は答えた。夫人は首を傾けてじっと彼女を覗き込むようにしていたが、

やがて得心がいったようにひとつ頷くと目が少し悪戯っぽく動いて、

「どういう訳か私のところに小田村さんの着物が預ってあるのがありましてね」と立上った。

「きっと選挙の遊説の時かなんかに私が一緒に引取ったまま忘れてしまったのでしょうけど」と、三枚ほどの着物を手にして戻って来た。月子は胸中に湧いた疑念を打消しながら渡された着物をあらためた。薩摩絣が二枚、大島紬が一着だった。夫人の言ったように三十代の頃、民権拡張運動が盛んだった時代のものと見えた。撫でていて、月子の手は固い物に触れた。襟の縫目に爪楊枝が三本挿んだままになっているのだった。

「あら、そんなものが入ってましたの、厭ねえ、私、そのまま洗濯に出したんだわ」と長池夫人が言い、月子の心にまた疑念が動いた。夫の政治活動を支えるために、結婚後もキリスト教系の学校で教鞭を取っていたし、熱心なカソリック教徒でもあったから、夫人の若い頃は寸暇も惜しい毎日であったのだろうと、彼女は長い間の小田村大助との生活から、つい下世話に心が動くのが習い性になった自分を恥じた。

「もう何年になりますでしょう」と彼女は夫人に長池龍三郎が他界してからの年を尋ねた。

「かれこれ二十年よ」

「でもお子様が立派におなりになって」

「あれもアメリカでいい勉強をして来ました、学問ばかりではなくね」「……」

「月子さん、近頃の女の人は駄目ね、身体にまで締りがなくなってしまって」と、夫人はそれほど歎く口ぶりでもなく話題を変えた。「もっとも政治家もそうだけど」

「昔の方は立派でございました」と月子は溜息をついた。「理想がありましたし、いつでも生命を捨てる覚悟をお持ちの方が多うございました」

「近頃は自分を押し出そう、目立たせようとする人ばかりね。民主主義っていうけど我利我利主義ですよ。これでは本当の民権の拡張は無理だわ、また、何処かで崩れますよ」

「いい、立派な方が、だんだん減ってしまうような気がします。短歌の方でも」彼女は吉井勇のことを思い出していた。月子は最近、「大和歌人」の集りにも失望していたのである。

「何事もお金で、お坊ちゃまのような方に政治を直していただかないと。今でも地元からは勧誘もございますでしょう」

月子は夫の死後、小田村の家から誰か選挙に出てほしいとすすめられたのを思い出して聞いてみた。

「さすがに、もうなくなりましたよ。でも、あの子は長池の子ですね。政治にも無関心ではいられないらしくて、たまたま選んだのが教育学だったからでしょうけど」

「子供達を見ていると、親の影が透いて見えて来て恐しいことがございます」と月子は本音を吐いた。「世の中は、堕落してゆくばかりですし、子供の行末を考えると覚束ない気持になってしまいます」

落葉松《からまつ》の林に音がして、しばらく止んでいた時雨が落ちて来た。庭先に散った枯葉が雨を受けて驚いたように跳ねたりしている。芒も葉の先が茶色くすがれて、濡れたなかまどの実だけが艶々と光って見えた。霧が林の梢の方から躊躇《ためら》っているように降りて来た。

四冊目の歌集が『鈴鏡』と名付けられたのは、夫の死後郷里を訪ねた折に村雲尼《むらくもに》門跡の尼僧から古墳時代の珍しい鈴鏡を見せてもらった時の歌が中心になっているからであった。青銅で出来ていて、八箇の小さい鈴が付けられ、手に取るたびに鳴るように出来ている。

遠世びとの愛でし鈴の音《ね》いまの世の女人は何の音にか慰む

というのはそのなかの一首だが、この歌には、今の女達が精神的な鏡も、心の鈴も失ってしまったと長池夫人と共に歎いた記憶が重なっているのであった。その頃月子もまた慰むべき鈴の音を失っていたのである。彼女がこの太田垣蓮月尼《れんげつに》にゆかりのある尼寺を訪ねたのは、小田村大助が戦後すっかり廃れてしまった寺院の再興を約束していたからであった。彼はこの寺を観光の名所に出来るのではないかと考え、周囲の土地の買収を進めていたのである。彼女自身も幕末の京都に生きて政治変革の波に洗われながら歌の道に精進し、陶芸にも情熱を燃やして自らの生き方を貫いた蓮月尼を尊敬していたので、夫の死後、どうしても一度訪ねて、尼僧達と話してみたかったのだった。彼女達は月子の訪問を喜んで経をあげ茶会を用意してくれた。

「いろいろな事がございました。私は凡俗の身でございますから、その都度、夫を恨んだりしたこともありましたが、こうして先立たれてみると、さてどのように故人をとむらったらいいのかと、教えていただきたくてお邪魔しました」月子は尼僧達の労りの言葉に答えて謙虚な挨拶を返した。「奥様は御立派でございました」と、何度か麻布の家を訪れたことのある、〝主事さん〟と仲間から呼ばれている尼僧が言った。

「仏門におります私共よりも、あなた様はみ仏の心を会得しておられると、私共でお噂申し上げておりました」

「あのような御方に仕えて少しも乱れをお見せにならなかったのは、なかなかのことでございましたでしょうに」と、傍に坐っているもう一人の尼僧が口を添えた。そう正面から言われてしまうと、月子はかえって窮屈を感じ、これから先、どう話を続けたものかと迷った。その様子を察したのか、〝主事さん〟が文箱の中から寺に伝わるという鈴鏡を出してきて「お手に取って御覧下さいまし」と薦めたのである。その時のことを月子は歌集のあとがきに——この鈴の音のごとく、かすかに私のうちふる心の歌声が、亡きひとの霊にひびくものであれと願って、このたびのこの集の名とした——と書いた。この音は何処かで聞いたと思い、向島小梅町に住んでいた頃、おせいさんに編んでもらったお下げ髪に付けて遊んだ鈴を思い出した。捕えようとすると消えてしまうくらいにかすかな音であった。月子は、ふと自分はその時代から真直ぐに今に移って来たので、その後の、家の倒産から小田村大助との暮しは夢で、本当はそのなかに月子という女はいなかったのではないかという気がした。

やがて主事さんは「私達は悟りをひらいたから尼になったのではないのです」と意外な言葉を口にした。「なかには家が思わしくなくなったり、出生がはっきりしなくて、口減らしの目的で寺に預けられたまま生涯を送るようになった者もいます」と続けた。先程、読経の際に集っていた尼僧達は身体も小さく、健康で幸福に笑みがこぼれるような顔の人は少なかったと月子はあらためて思い返した。主事さんだけが恰幅が良く豊かな頬を持っていた。

「それこそ、一人一人がいろいろな経緯で集って来ておりますが、むしろ煩悩は世俗の方達より強いかもしれません」彼女がそう言うと、従っている恰好の二人の尼僧は、主事さんの言葉を肯定するように頷いた。月子は、小田村大助が尼寺の復興を約束したのは、自分を残して実家に帰ってしまった母親の菩提を弔うつもりもあったのだとあらためて思った。

月子は、小田村大助の母親がいつも数珠を放さず、話しはじめる前には必ず「なむあみだぶつ、なむあみだぶつ」と数回唱えるのを奇異なものを見る思いで眺めた経験があった。先入観があるせいか、彼女には母親なる人が小田村大助に気兼ばかりしているように見えた。彼女はよく西方浄土のお釈迦様の話をし、由雄や久美子を見ると「おお、おう、立派に成人なされてのう」と声を掛けて、二人の子供を尻込みさせた。小田村大助が前立腺肥大になった時、「前から言おうと思っとったが、立小便だけはおやめなされいの、仏様は何処にでもおいでなさるによっての、どんな失礼になっているかもしらん。ひょっとすると、その罰が当ったのではなかろうかのう」と言い、これが月子が憶えている唯一の息子への訓戒であった。その時、夫がどんな弁明をしたかを、彼女はもうすっかり忘れている。その義母の印象が、驚くほど村雲尼門跡の尼僧達に似ているのだった。月子は、自分が育って来たのとは全く違う村のなかから小田村大助が出て来たのだと今更のように感じた。月子は原稿を清書する手を休めて、夫と共に何度か旅行した滋賀の風景を心に浮べてみた。今は、懐しく思い描くことが出来た。比叡、比良、伊吹、鈴鹿の山の連なりが、あるいは険しく、あるいはなだらかに下っていった先に琵琶湖がある。山は北に行くほど渚に迫り、水は次第に澄んでゆくから、月子は湖東よりも、深い静けさを湛えた湖北の方が好きだった。山襞には村落が風を避けるようにして屯《たむろ》し、四季おりおりに花をつける田舎道を上って行くと、森に隠れて古い寺があったりした。水車が廻り、小鳥が鳴き、細い渠水《きよすい》が草叢を縫って流れていた。彼女は多くの場合、小田村大助の選挙についていってこうした風景に接していたのである。寺は京都や奈良のように集落を作って学問の都という姿を見せていない。むしろ人々の生活に寄り添って散在していたから、小田村の母親のような考えの人が出るのも頷けるのであった。旅人の目には美しく映る風景も住んでみると厳しい。人々はそのなかでかつて都があったことなど、すっかり忘れてしまったかのように千年を超える年月を黙々と耐えて来たのだ。その郷里から離れなければ成功できないと小田村大助が言っていたのは、耐えているだけに、また嫉妬も強いからなのであろう。とすれば、それはパリに居る久美子が非難する日本の縮図そのものではないか。あるいは、人間の作る世の中は何処の国でもそういうものなのかもしれない。月子は鈴鏡を見て帰ってから、ずっと尼僧が話してくれたことの意味を考えていた。「煩悩が強いから出家できる」と主事さんは言ったが、それは逆説に思われた。もともと月子は逆説とか諧謔とか皮肉は苦手であった。正邪曲直をはっきりさせないのは柴山の血筋の人間らしくないと思っていた。もし尼僧の言葉が正しければ、自分は小田村大助と一緒だった時に尼であったことになる。夫が死んでしまった以上、還俗するのが自然なのなら、どうしたらいいか分らなくなると恐れた。郷里を持っていれば還ることも出来るだろう。自分の郷里は何処と定めたらいいのかと月子は迷った。彼女は鈴の音に誘われて想起した向島小梅町や、暮方の鐘の淋しかった市谷を思い浮べ、家の間取りや使っていた部屋の佇まいを描いてみようとして何も思い出せないのを知った。曖昧になっているのではなく、全く記憶から失われているのである。今、行ってみても分らないだろうが、それは町並が変ってしまったからばかりではなさそうだった。男谷下総守の後継ぎがいた下町の様子も、ハイカラな香りを漂わせて後年本で知った鹿鳴館を連想させた、柴山芳三の部屋も消えているのである。小田村大助にとっては、変ったといっても琵琶湖があり、比叡も伊吹の山容も残っていた。どんなに変っても、決して失われない光景があれば政治上の思想などは切り替えやすいのかもしれない。月子は柴山芳三や母親の節の立居振舞は覚えていたが、そうと気がついてみると、彼等は舞台装置のない登場人物のように彼女の想念のなかにだけいるのであった。月子は、いつの間にか自分が空白ななかに落込んでしまっているように感じてあわてた。

——生前は、そのひとの厳しい家訓の中で、私個人の生活は一切放擲《ほうてき》しなければならない事情にあり、ひそかに続ける以外に方法のなかった私の短歌の仕事も、今となっては、亡きひとへ献げる私のたった一つの贈りものとなった——と彼女が『鈴鏡』のあとがきに書いたのは、このような思い惑いのなかにあってのことだったのである。

清書がひと区切りついたのは夜半過ぎだった。カーテンをあけて外を覗くと、初冬の月が冴え冴えと葉を落した植込みの上に懸っていた。物音ひとつしない。月子はコートを羽織ると足音を忍ばせて庭に出た。空襲が烈しかった頃をのぞけば、夜、戸外に出るのははじめてだった。まして一人のことは今までにない。もう彼女が思い通りに行動しても制止する者はいないのであった。水色の夜気のなかで芝生は露に濡れて拡っている。夏の間、水面を覆っていた睡蓮もまばらに残っているだけで、谷の底のように見える池には月が映っていた。周囲の常緑樹の木立は黒い壁に似た塊になって影を作り、一本だけ離れた欅は地中の霊が手を拡げて天に救いを求めているように細い枝を伸ばしていた。星は月の光に消えて、木々の間にわずかに瞬《また》いていた。「海には真珠、空には星、我が胸、我が胸には恋」と口誦んでいた若い頃の記憶が、突然、数十年ぶりに戻って来た。すると、それに誘われたように「来年の川開きには月子も連れていってやろう」と言う柴山芳三の声が聞えた。突然、遠くの空に光の噴水が昇り、弾けて弧を描いた。続いて二つ、三つと花火が大輪を咲かせる。どよめきが川風に乗って下流の方から近寄って来る。一度だけ、彼女は父親に連れられて両国の川開きを見にいっていた。見ている自分も、柴山芳三に従っている銀行員も幻燈のなかの人物のように鮮やかであって侘しい。かめやが毛布を持ってきて月子の膝を巻いてくれた。その拍子に草履が脱げて彼女は一所懸命に足の先で履き物を探したのを覚えている。

場面が暗転し、今度はおせいさんの声が「旦那様、お食事でございます」と報せている。家長である柴山芳三が正面に坐り、横に母が控えて子供達が長男の昌、二男の治と並び、向いあって長女静子、二女雪子、三女理加そして自分が一人一人の据膳を前にして正座している。月子が父親にまとわりついて甘えられるのは、彼女が柴山芳三の部屋に入った二人きりの時に限られていた。家族が集る時、彼女は男の子よりは一格下の姉妹の四番目に坐ることになっていた。

「これはね、イタリア製の文鎮だ、ムラノと言う」ふたたび柴山芳三の声が聞えた。月子は坐っている父親の背に手をかけて肩越しに大きなガラス玉のなかに赤や青の花模様を散らした文鎮を覗き込んでいた。彼がガラス玉を動かすと、内側に蔵われた花は角度によって大きくなったり小さくなったりした。

「お父様、いい匂い、男の人みたい」その時柴山芳三は振向いて月子を見たようだった。先刻、いくら思い出そうとしても現れて来なかった光景や父親の顔が、月の光のなかだと鮮明に見えてくるのを、彼女は幾分不思議に感じながらも安心した。

何処か遠くで細い笛の音が聞えていた。気が付いてみると少し前から奏でられていたようだ。嫋々《じょうじょう》と響いて消えたかと思うとまた意外にはっきりと戻って来た。悲しげだけれども明るい音色に、月の光が緩やかな波に乗るかと思われた。彼女は深い池の上の小さな盆地になった空間で誰かが踊っているのを見付けた。おどけているように、或いはわざとのように必要のない部分に力を入れ、どうかすると操り人形に似たぎくしゃくした歩行を繰返し、くるりと向きを変えると、まるで月を捕ろうとするかのように腕をあげ、失敗したと覚るや急に動きをとめて彼女の方を振返った。瞳を凝らすと、その踊り手に従って、たくさんの小さな鬼が左に駆けより右に走って騒いでいたが、彼等の足音は少しも聞えない。あのピエロは（小田村大助ではない）、と自分に向って言いきかせた。また笛の音がゆるやかに流れ出した。月は中天に達し、夜の空が高くなった。彼女は踊り続けるピエロの傍を、紗の衣を纏って影のように歩いてゆく女を見た。その女は笛の旋律の上をゆっくり歩いて、決してピエロに注目しなかった。距離がないようで、女がピエロと同じ軌道を動いているのか、その前を通り過ぎているのか分らなかったが、首を真直ぐにあげて何も見ていないように足を運んでゆく。翻る紗を胸元で押えているところを見ると風が立っているのであったが、それは彼女の身体のなかから吹いているのだと思われた。（あれは私ではない）と、月子はふたたび無言で言い張った。池のなかで大きな水音がした。鯉が月を見て跳ねたのであった。ピエロも女の姿も消え、静まりかえった夜の寒さが戻ってきた。芝生の上に夜露が増え、そのひとつひとつに月の影が輝いていた。

幻影に現れた女のような足取りで部屋に戻ると、月子は、

――ひとりになってみると、私は漸く、私のしなければならない仕事として、短歌に取組む

運命をそこに自覚した。そして、私の短歌は私でなければ出来ない仕事でもあることを、強く知った。残された生命の日々を、私は短歌に打込む心組みである――

と書いて、夫を追悼する歌集『鈴鏡』のあとがきの結びにした。

五　章

追悼歌集を一周忌に集った人々に配ってしまうと、月子の心は長い間背負ってきた荷物をおろしたように軽くなった。かねて欲しいと思っていた植物図鑑や漢和大辞典を買い、今は空き部屋になった小田村大助の執務室を改造して自分の机や本棚を運び入れ、はじめて書斎らしい部屋を作った。

彼女はよく軽井沢に出かけるようになった。何処に行ってもよかったのだが、新しい土地への旅行の仕方がよく分らなかったのである。それに目に入る草花や風にそよぐ樹々、聞えてくる小鳥の囀りと、何もかもが新しく思えたから、軽井沢に行くだけでも楽しくて仕方がなかった。頂に雪を被った浅間山も珍しく、ヴェランダに椅子を出して眺めていると太陽が沈んでゆくにつれて山の色が変化するのにも感動した。彼女の気懸りのひとつは長い間、一緒に同人誌「花影」を作って来た宮前真弓と袂《たもと》を分ってしまったことであった。それまで、作品を送るのがやっとで、編集は宮前真弓に事実上委せきりになっていたのであったが、自由な時間が出来た月子は会議にも出席して意見を言うようになった。いきおい二人の編集長が出来た形になり、同人の作品のどれを掲載するのかについても議論が分れた。同門であったから二人の対立は前島佐太郎が出席する「大和歌人」の席上に持込まれ、女学生のような議論の末に、月子は「花影」を辞め、自分が思うように作れる新しい雑誌「紫珠」を出すことにした。世の中の事ならいざしらず、短歌についてでは小田村大助でさえ指一本触れられなかったのにと思うと、月子は宮前真弓の強硬な態度が口惜しくてならなかった。彼女に裏切られたと思い、宮前真弓の方では、それまでの他人の苦労は無視して、急に我儘を言い出した大伴月子は許せない、本州食品が援助してくれているからといって、それをカサに着るような人とは思わなかったと、二人の仲は離れるばかりであった。

二度と耐える生活は送るまい、と決めた月子にとって、もうひとつの不安は由雄の再婚話であった。はじめて上村和子に紹介された時、よく考えればそんなはずはないのだったが、彼女に何処かで会ったことがあると思った。表情の動きから、頭の働きは鈍い方ではないらしいと思われたが印象が暗かった。何かがふっ切れれば面白くなるかもしれないという気もしたが、伊藤咲子との顚末を想起すれば、由雄に女を磨く力があるかどうかは疑わしかった。いずれにしても、やがて還暦をむかえようとしている月子にとって、和子はいかにも若い小娘に過ぎなかった。かといって、彼女を観察する月子の目が姑の疑い深い眼差しになっていた訳ではない。小田村大助の死後、彼女は子供のように無邪気な心を取り戻していた。山川水映の十三回忌に寄せて月子は〝筑前琵琶の恋〟という題で、パリで女達に語った内容を文章にまとめたばかりであった。相手が自分から見ても気品のある心の持主であれば許せるのだと、読者に報せたい気持が筆を執らせる動機になっていた。それは同時に、認められない女は、あくまでも認めない態度の表明でもあり、今は他界に住む小田村大助への手紙だったのである。月子は思いたって花柳界に詳しい柏崎素彦に頼んで上村和子の評判を聞いてもらった。「それがね、悪い噂がないんですよ。いろいろな方角から調べてみたんですがね」人の善い柏崎は充分役割を果せなかったのかもしれないという心配を素直に顔に出して、「叔母という人が立派な女で、僕も彼女は昔から知っていますが、その養女になっていたから変なことが起るはずはないと言うし。本人も大変きちんとしていましてね、しかしまあ、小田村家のお嫁さんとなると家柄もあるからなあ」「家柄はいいんですけどね、本人さえしっかりしていれば」と月子は答え、小田村と一緒になった時、「平民の、何処から来たのかも分らない男と駆落ちするなんて」と長姉の静子に言われたのを思い出した。「気立ての問題よ」と雪子が口を挟んだ。

思いあまって、月子は彰にも意見を聞いた。「由雄さんにつく社員がうちにもいるんで、島月正二郎が狙っていますからねえ」と本州地所に勤めている彰は独りごちた。それは月子が考えてもみなかった事柄だった。「由雄はそうと分れば余計前に進みますよ、だって、これは個人のことでしょう、島月が口をさし挟む権利はないわ」と、思わず誰にあてたのでもない抗議の口調になったのに我ながら気付いて「まあいいわ、由雄も求めて苦労する運命かもしれないんだから」

「直接、月子さんがテストしてみたらどうですか」「テストって？」と聞き返して、彼女は、「私ね、一年ぐらい外国で勉強させてみたらと思うのよ」と、頭に浮んで来た計画を打明けた。「ああ、久美子さんがパリにいますね。でもどうかな」と、彰が言葉を切ったので、月子には弟が久美子をどう見ているかが分った。彰は上村和子が久美子の影響を受けて奔放な女になるのを心配したのである。

「それも、本人次第だわ」と答える彼女に、小田村大助と一緒になってからの四十年近い時間の重さが、長い道程の記憶として戻って来た。

結婚の段取りが少しずつ進むにつれて、由雄の胸中にもいろいろな感慨が湧いて来るのだった。咲子との場合は、家庭を持つことで早く一人前に扱われたいという気持が強かったと振返った。学生時代の記憶と結びついた最初の結婚の失敗から由雄が学んだのは、男と女の暮しは、思想や趣味の一致とは別のものだという、至極平凡な、それだけに否定しにくい教訓であった。上村和子と世帯を持ってしまえば、自分は最終的に体制側の人間になるのだと由雄は考えた。口うるさい人達の批判を封じるために由雄の発案で、和子は著名な財界人の養女として結婚するのであったから、島月正二郎の妨害や中傷と闘っている経営者としての由雄の立場は護られるはずであった。「それでいいのか」と意地悪く問いかける内心の声は、「何を今更、お前はもうとっくに体制内にいるではないか」というもうひとつの声と混って彼をたじろがせた。式はこっそりパリあたりで挙げるにしても、披露パーティは日本でしないでは済まされないだろうと分っていたから、その際は柏崎素彦の縁で、介添役に同じ財閥系の銀行の頭取に頼もうと、そうした点では容易に経営者としての知恵が働くのだ。それでいて由雄はそのような自分に抵抗を覚えてしまう。お前のような人間は家庭を持つべきではない、と、何処かで誰かが呟いているような気もした。離婚後、気楽に続けてきた独身生活に終止符を打つことは、自由を失ってしまうような虫のいい躊躇も、その声に混った。

和子がパリにいる間に、由雄はかつての自分にはっきり決着をつけておかなかったために内側から湧出してくる迷いを扱いかねて、出来ることなら逃げ出したい気分に捉えられたりした。取消そうと思えば、まだ取消してもいいのだ、と考えた次の瞬間には、慣れないパリで月子に与えられた課題である、フランス語と料理の講習を受けている和子のことを想った。自分の逃亡を助けてくれる相棒を探す気持のなかで、由雄は美術雑誌の女性編集長の米本《よねもと》ひとみと親しくなった。由雄より十ほど若い彼女は、話に聞くと林田悟郎と似たところの多い商社マンの夫とかなり前に別れて、好きな美術批評で生計を立てているうちに、次第に頭角を現してきた編集者だった。由雄は、誰に気兼することもなく、自分に納得のいく生活を送ってきた彼女に、はじめてインタビューを受けた時から魅かれた。思想とか主義というものを、彼女は自分の皮膚感覚でだけ受け止めて、世間の通念に義理立てするということがなかったから、その意味では恐いもののない毎日を送っていた。どうしたら、彼女のように自らの感性を信頼できるのかと、由雄は会うたびに彼を見詰める相手の大きな瞳を見返すのを常とした。

彼女の目立つ容貌と、編集者としての能力は注目されていたから、二人の付合いはたちまち週刊誌の取材の対象になった。

彼等のことが記事になった時、ひとみは「私がこういう商売をしていて、それにあなたが美術館を作ったりしているでしょう。仕事が絡んでいると思われるの私も不愉快だし、あなたも厭でしょう、ごめん」と、由雄が言おうとしていることを先に口に出して謝った。「事実がそうじゃないんだから構わないよ」と彼は言い、ひとみは「君もだんだん私に似てきたね」と男のような口調で言った。週刊誌を読んだのらしく、和子の養父役を引受けてくれた財界人は「わしに義理立てすることはないぞ」と由雄の顔を見て、彼の胸中を見透しているとしか思えない口調で言った。彼はその先輩に返す言葉がなかった。戦争前に共産党の幹部でもあったその財界人は、今では新聞社の会長も兼務していた。そんな彼の経歴も由雄に親近感を抱かせたのであったが。

人間には二種類あって、どうしても打算の枠から食み出してしまう人種と、島月正二郎や林田悟郎のように、現実社会に張りついて生きる人とがある、と由雄はその先輩に接するたびに思った。そうした目で見ると、披露パーティの際には介添役を頼もうと心積りしている銀行の頭取も、食み出した部分を持っている人種のようであった。世間的に名誉ある地位にいても、彼等には心ならずも役目を果しているという風情があって、それが競争相手や島月正二郎のような人達からは謗《そし》りを受ける原因になっているのであった。都合の悪いことに、彼等は、目的のために手を握る習慣がない。一人一人孤立しているから、どうしても押され気味になる。善良で危げな要素のない市民や指導者も、どちらかといえば島月達の方を愛するのだ。食み出した部分を、憧れる心とか好き心と呼ぶなら月子も仲間であった。柴山家の血筋は柴山芳三にしても治や彰にしても、どこか世間から見れば危険な要素を持っているようであった。

二年ほど前から開かれるようになった〝わだつみの会〟の同窓会に出席した晩、今では共産党の幹部になっている当時の仲間に、由雄は「どうも僕は経営者の間では変った人間と思われているらしい。別に革新派と見られている訳でもないけど」と打明けた。卒業して十五年以上経っていたから、仲間は思い思いの方向に進んで、学問の分野で存在を知られるようになっている者も映画監督として活躍している者もいて職業は多彩であった。なかには、相変らず喧嘩っ早い性格が災いして、「お前、また失業したのか」などと言われている者もいた。弁護士や学校の教師が比較的多いのは、大企業や官庁に入ることを忌避する心情で彼等が共通していたからだと思われた。学生時代の夢が忘れられず、酒がまわると革新運動の現状を批判したり、共産党の変貌を攻撃して議論が沸騰するのは、あながち同窓会の気安さばかりではなかった。関西出身の友人で、今は郷里の大学で文学部の教授になっている男が「僕等、浪曼の残党や」と叫んだのは、毎年会場に使われる民芸店風の和食レストランに集った者達の雰囲気を表現しているようでもあった。そんな空気のなかにいたからか、共産党の幹部は、

「それは、君が一番大事なものを奥に蔵いこんでいるからだろう。隠しているっていうか、抑

えているっていうか、何処かで我慢しているからだよ」と、分析した。「まあ、そういうことになるかな」と半ば諾いながら、由雄は闘う相手が父親だったことは、自分の場合不幸であり、かつ幸せであったのかもしれないと考えていた。だから、世間全体に背を向けることなく、しかしそのために日常の暮しのなかで孤立しているのだ。だが、本当に僕は何かを隠しているのだろうか、もし隠しているとすれば、ありのままの気持を自分にも見せないでいるということか、と由雄は廻ってきた酔いに身を委ねて部屋のなかを見廻した。

その晩、彼はひとみと会う予定があった。記事になってから、人目を避けて彼女の家へ行くことにしていたから、由雄はそっと車を拾うために、まだ雑踏している夜の町に出た。パチンコ屋からは勇ましい行進曲が、盛んに弾ける玉の音と共に流れ出ていた。女達が屯している店の前には、そこここに客引が立っていて通りすがりの男に声を掛けていた。蛸焼きの屋台からは、メリケン粉と油の臭いが立昇った。学生時代に、同窓生が共通して夢みていた国は、ずっと前に歴史の波に没してしまっていた。それを知っていながら、なお何かを求めずにいられない点で、由雄はその晩集った大部分の仲間と共通していた。渇いた心を抱きながら、信仰にも栄達にも酔えないのだとすれば、醒めながら酔うしかないではないかと、由雄はどういう訳か、彼に向って流れてくる群衆に逆らいながら大通りの方に進んでいった。五、六人でかたまって散策している者もいたが、恋人同士らしく腕を組んだり手を繋ぎあったりしてすれ違う男女は、気のせいか一所懸命に、私達は幸せなのだと思い込もうとしているように見えた。彼は「男の人と人ごみの中を連れ立って歩いたことなんかないわ」といつか話していた母親のことを思い出した。その彼女が、まだ理想を追っているのは、たとえそれが短歌のなかだけのことであっても月子の若さの証しであった。本州食品の仕事に入ったから自分は変ったというのはどうも正確ではないようだ、と由雄は自分の内側に目をむけながらゆっくり歩いていった。経営者の座にいてもいなくても、僕は僕でしか在りようがなかったと考えて、ずっと昔、そんな詩を書いた記憶を呼び戻した。島月正二郎達に敗けまいという意地につき動かされ、同業者に〝惣菜屋〟と侮られまいと努力しているが、どこまでが本気で、どこからがゲームをしている気分かと質問されれば、回答を整えるのには時間がかかりそうであった。

由雄は、美術雑誌の編集を続けているひとみも、やはり同じような生き方をしているのだと思った。ひとみの取材旅行に便乗して、一緒にアメリカにまで行ったりしながら、二人とも結婚を口にしたことがないのは、自分達の関係を区役所に登録するような行為が不自然でふさわしくないと感じているからであった。それは、いい気なものと見做されるに違いなく、週刊誌の記事もそのような調子で書かれていた。「私も編集者だけど、厭らしく書くね」とこの前会った時、ひとみは言っていた。しかし、由雄は、パリに婚約者がいて、再婚話が進んでいることを、まだ彼女に話していなかった。それが今夜、由雄を、果しにくい宿題を抱えている者の重い気分にしていた。

五冊目の歌集の名を『浅間に近く』と決め、原稿を出版社に渡した月子が、由雄の結婚式に出席するためにパリに発ったのは翌年の秋であった。三鷹に住んでいた頃は、親子三人がパリで落合えるなどとは想像も出来なかったと、月子はむしろその事の方に感慨が深かった。一年ぶりに帰国して麻布の家を訪れた和子が見違えるように明るくなっていたのも彼女を喜ばせた。小柄なこの娘も、自分の与えた課題を無事にこなして自信をつけたのだと思った。パリは夫の死の直後に訪れたのと同じ落葉の季節になっていた。大使館で知人の公使に仲人を頼んで宣誓を済ませ、由雄と和子は指輪を交換した。和子の養父になった財界人の依頼もあったので、外務大臣からの祝電なども届き、式には大使も顔を出した。そんな手順を踏む必要はないのではないかとの感想はまだ月子の胸中に燻っていた。世間態を慮る由雄のなかに小田村大助の血が混っている気がしたが、それも許せるほど月子の心は自由になっていた。彼等は久美子が危かしい手付で運転する車に乗ってブローニュの森の中にあるレストランの二階の披露宴に出かけた。この町に住んで十一年になる久美子の交遊関係の広さを見せて、会場にはフランス人の植物学者や麗英のような絵描き、彫刻家やジャーナリストが大勢集っていた。日本人は、かつて久美子の部屋で雨夜の品定めをした時の女優とデザイナー、それに大使館員の数名だけで、久美子はほとんどフランス人の社会に入ってしまったのだと月子は思った。

総ての行事が終って、由雄達は久美子の家に集った。式から披露宴、そして日本の風呂敷の引出物まで、久美子は兄のために気を遣って綿密に、しかしそれほど派手にならないように計画を立てて上手に切りまわしたのであった。

母親の躊躇を押し切った自覚があるせいか、由雄も優しかった。「『紫珠』という雑誌はよくなりそうですね」などと言った。

「近頃のお母さんの歌は自由になったというのか、辛い感じなしに読める」

「解放されたって感じはあるのよ」

由雄は電話帳の横に置いてあった紙片に鉛筆を走らせて「たとえばこんな」と久美子にまわした。短歌に好意的ではなかった由雄が、ひそかに自分の歌を読んで覚えていてくれたらしいのが月子には嬉しかった。久美子が大きなハンドバッグから眼鏡を取り出したのを見咎めて、

「それ老眼?」と聞くと「そうなの、厭になってしまうけど、この方が楽なのよ」と答え、仕送りも充分出来なかった時期に苦労したのだ、と月子は思った。

「食事はちゃんとバランスを取って食べなきゃ駄目よ、それに、煙草を吸い過ぎるわ」

そう注意する月子には無言で、彼女は由雄の読みにくい筆蹟を追った。

さきがけて白木蓮の花咲けりこの春日なか何にかなしき

水色の蛇の目をさせば雨たのしかばかりのことに和めるあはれ

と書いてあった。夫を亡くして自らを愛しむ気持に浸っている母親の歌のなかに、久美子は淋しさの影が揺蕩っているのを見た。

「お母さん、やっぱり恋をする必要があるわ」

「私はもうお婆さんですよ」

「そんなことないわよ、人間、いくつになっても恋はするわ」

「あら、あら、自分のこと言ってる」と月子がまぜっ返すと、由雄が我が意を得たというふうな笑い声を立てた。そのなかには自由な久美子を羨しく思う気持も含まれているように月子は感じた。

新婚の二人がマジョルカ島に発った晩、月子は「ホテルの方が気楽だから」と断って久美子の家の近くに宿を取った。なかなか寝つかれないままに起き出して窓から外を見ると、半分雲に隠れた月が、短い暖炉の煙突が続いているスレート葺の屋根の波を青く照し出していた。端を輝かせて動いてゆく黒い雲の様子も、月の佇まいも日本と同じであった。(私もマニキュアをしてみようか)と思いつくと、月子は大きな鏡の前の化粧台に戻って、久美子から贈られた包みを開けてみた。爪切りや鑢《やすり》の他にいろいろな色の液が出てきた。披露宴の時、フランスの女達が思い思いの大胆な色に爪を塗っているのを彼女は見ていたのである。着ている洋服の色や耳環などとの調和に気をつけて化粧し、快活に感情をこめて男達と話し合っている女達のなかに自分も仲間入りしてみたいと月子は思った。蓋を取って彼女はまず紅の色を塗ってみた。

爪は独立した意志を持った部分のように光った。少し私には強すぎるかな、と思い、今度は真珠色をつけてみた。電燈にかざすと、二本の爪は互に響き合って音楽を奏でているように見えた。月子の心は弾んできて、三本目の爪を少し淡い赤にしてみた。指を交互に動かしてみると爪の交響楽はいよいよ賑やかになって、自分が中心の披露宴がひらかれているような気分になった。いつの間にか彼女は低い声で鼻唄を歌っていた。爪の色が変るだけで自分が変ってゆくようであった。しばらく楽しんでもう寝ようと思った時、マニキュアを落す方法が分らないのに気付いて狼狽した。由雄と和子はもうマジョルカ島に着いている頃である。急に夜の静けさが迫って来た。スイスに行って一人でゆっくり遊んでこようと思いながら月子は深い眠りに入っていった。彼女は府中の近くで花嫁衣裳を着て写真を撮っている夢を見た。古い体育館のような写場で、おそらく小田村大助と写真だけは撮っておこうと出かけた時の記憶が現れたのであったが、夢は正確ではなかった。

「あなたは羊飼いの花嫁なのです」と誰かが厳かに言った。

「羊は風を食べますが、あなたは花を食べなければいけません」と、今度は牧師の声だ。羊が食べるのは紙だったはずなのにと、夢のなかで不審に思う月子は幼女になっている。地平線に大きな翼を拡げた始祖鳥のような鳥が休んでいるのが見えた。何か恐いことが起りそうで、彼女は「お父様、月子をしっかり抱いていて」と頼んだ。いつの間にか、後に立ってくれていたはずの柴山芳三がいない。肩に置かれていた掌を探った月子の手が空を切って、彼女自身が宙に泳ぎ出してしまった。それは合せ鏡の無限空間のようでもあり、子供の頃覗いた万華鏡の世界のようでもあった。それにしては視野が暗いのは変だと、彼女は意識の奥の方で訝り、深い海の底なのだと思った。胎児の形に縮こまって落ちてゆく裸の自分が見えた。真白なマリン・スノーがしきりにあたりに浮遊し、やがて次第にそれもぼけて、暗い無意識が彼女の眠りを支配していった。

ジュネーヴはパリの天気が始終時雨もよいであったのが信じられないように晴れていた。「この時期には本当に珍しいんです」と久美子が廻してくれた通訳兼案内役の女子学生が言った。「おば様は運がいいんですわ」

その言葉で、月子は四年前、ホテルの宣伝のためにヨーロッパに来た時、レマン湖の上で一人の青年と親しくなったのを思い出した。あの時、彼に偶然出会ったのも、運がいいということになるのだろうか。この年の終りに出版された随筆集のなかに、月子は小説とも紀行文ともつかぬ〝黒い瞳〟と題した掌篇を発表している。それによると彼女と青年は映画で見るようなきっかけで船上で言葉をかわすようになるのである。

彼等の乗った船が湖に臨んでいるサボイ侯の城の前を過ぎた時、観光地らしく船長が拡声器で説明をはじめ、甲板に出て同じように風景を見ていた青年が写真を撮ろうと立上って、湖に影を落している古い建物に向ってシャッターを押した。その時、風が吹いてきて、彼が椅子に置いたノートが月子の足下に落ち、彼女はそこに短歌がぎっしり書き込まれてあるのを見るのだ。青年が礼を言い、月子はイギリスで勉強していた彼が大学を終えて、今はパリで哲学を専攻していることを知る。時おり言葉をかわし、レマン湖を一巡した船が桟橋に戻ると、月子はうつむき加減に古い停車場の方に歩いてゆく青年の後姿を見送って――船が着くと、人々はそこから永久に会うことのない方向へそれぞれ歩き出す――という、何処かで読んだ文章を思い出す。

月子の書いたものを丹念に読んでいなかった由雄がずっと後になってこの作品を見て、その青年を探し出そうと久美子に頼み、当時月子を案内した女子留学生に問合せてみたが、それらしい青年に会ったとは思えないという答えが返ってきた。しかし〝黒い瞳〟では、彼等は次の晩、月子の泊ったホテルの近くの公園で偶然再会するのだ。

青年は身の上話をはじめ、彼が十二歳の時、一冊の歌のノートを残して母親は鎌倉の別荘で病死した、と語る。青年の父親は乱脈な事業家で家を顧みなかったから、彼は外交官であった叔父の家に預けられ、やがてロンドンに留学したのだという。彼は父親を憎んでいた。青年から見た父親は多くの訳の分らない女を囲い、わがままで思いやりがなく、政治家に金を与えては権勢を誇示する、感情の起伏の烈しい男であった。父親の留守の時だけ、母と息子の会話が許された、と彼が幼い頃の記憶を語るのを聞いて、月子は――私は、その青年の中に息子を見た。青年は、私の中に母をえがいているようであった――と書いている。二人が公園のベンチで若い恋人達のように遅くまで語り合ったのは、爽やかな六月の風に何処からともなく菩提樹の花が薫ってくる晩であった。

翌日は日曜日であったので、月子は朝九時に出発して、サン・ピエール寺院に行った。そこへ、彼女をホテルに訪ねて行先を知った青年が追ってくる。礼拝を済ませた二人は、歩きながらとりとめのない話をし、午前の陽を受けて咲き乱れている花のある屋敷の前を通ると、言い合せたように立止って感歎の声をあげ、坂を曲って湖が見えてくると、その水の色の深さについて感想を述べた。時々、少女の頃の西片町の記憶に蔵われている懐しい藤の花も匂ってきた。青年が差し出した腕を、月子は大胆に取ったりした。

〝黒い瞳〟によれば、彼女がイタリアに発つ前の晩、二人は遅い夕食をとった。青年がお別れの晩餐会をひらいたのだ。彼は「あなたに会って、母がどういう気持で歌を書いていたのかが分ったような気がしました」と礼を述べた。「死ぬのだけが、残されている最後の自由だと思うような場合が、昔の女にはあったのよ」と、作品のなかの月子は解説し、はじめて船の上で彼を見た時、何か気になって仕方がなかったのは、青年があの日死ぬことを考えていたからだと覚った。その晩、青年は「記念にお受け下さい」と小さなブローチを贈った。それは、パリに来た最初の年に久美子が「お父様には内緒にして下さい」と月子に送った置物と同じエジプトのスカラベをあしらってあった。この虫は幸福の象徴と言われているのである。

別れ際に彼は西洋人流の接吻を月子の手の甲にした。銀色のレースの胸に青年の髪の匂いが移ったのを、部屋に戻った彼女は長く楽しんでいた。

四年後の今も、彼はこのヨーロッパの何処かにいて、同じように暗い目をしているかもしれない、と月子は思った。作品上の出来事と現実とが入り混った状態で、彼女は同じホテルのヴェランダに腰を下して追憶に耽った。初夏と秋の終りという季節の相違はあったが、そこここに群生している柔らかな刷毛のようなポプラも、湖に迫って枝を拡げている木立の気配も、あの日と同じだった。小さな飛行場が近くにあるらしく、プロペラ機が森かげに降りていった後は、あたりはまた静かな湖畔にかえって、釣糸を垂れている豆粒のような人の姿は動かなかった。あるいは青年は、好きな女の子が出来て、告白したことなど忘れてしまったように、明るい、少し気障な男になっているだろうか——。

よく眠ったはずなのに、翌朝の月子はなんとなく疲れていた。ゆっくり朝食を済ますと、かつて青年と話し込んだ、と書いた、近くの公園まで歩いていって同じベンチに腰を下した。栗鼠《りす》が足下に来て、餌をくれるのかなという目で顔を傾げて彼女を見たが、すぐ諦めて近くの樹に長い尾を振りながら登っていった。離れたベンチに老人が坐っていて、草の中に置いてある小さな空缶をじっと見つめている。やがて小鳥が二、三羽近づいて、その中に首を入れて啄《ついば》みはじめた。彼等は歓んでいるような、警戒しているような鳴き声を様々に立てながら、忙しく缶の周辺に集り、餌を啄んだかと思うと、ぱっと飛立って枝からまだ眺めている。月子はアポロニウスが雀の言葉を理解し、彼等が「近くに驢馬《ろば》が倒れていて袋が破れ、地面に黍《きび》がこぼれているよ」と話していたと従者に教えたという故事を思い出し、自分も小鳥達の言葉が分るような気がした。貧しげな身なりの老人は、満面に喜びの笑みを湛えて彼等を眺めている。彼女は、その顔こそブッダだ、と思った。

東京に帰った月子の周辺を、以前と異った静かな時間が流れていった。あわただしい人の出入りや電話のベルは由雄の周辺に移っていき、彼女には歌誌「紫珠」の例会と編集の他に、本州食品がはじめたホテルの相談役の仕事があるだけになった。時間も居る場所も自由になったのを喜んだ彼女は、かえって歌が創れなくなったのに困惑し、内心焦燥を感じた。小田村大助がいた頃は、彼の目を盗んでノートを取り、寝る時間をつめて推敲し、夢中で歌集をまとめたのであったが、自分ひとりになってしまうと、何処に腕を突出しても弾ね返ってくるものがないのであった。

彼女は時々、由雄の友人達の集りを傍聴するようになった。彼の知人には、気鋭の評論家や詩人、編集者、そして前衛歌人と呼ばれている、彼女のそれまで知らなかった人達がいた。学校に行けなかったので、欠落している基礎的な知識を補おうと思い立って、市民講座の日本古典文学鑑賞を聞きに行ってみたりしたが、学者の話には情感や体験の裏付けがなくてつまらなく、やはり勉強は自分流にするしかないと思った。国歌大観や折口信夫全集を取寄せて、記紀、万葉から古今集、新古今集へと年代を追って読みはじめた。由雄達の集りに出ていて分らなかった言葉を苦労して辞書を引いてノートにとったりもした。海外に行くたびによく出会う芸術上の用語や史実についてのメモもだんだん溜っていった。月子にとって勉強は楽しかった。特にギリシャ神話は昔から人間がどれだけ嫉妬や所有欲、征服欲、自己顕示欲などの欲に苦しみ悩んできたかを教えてくれるので、思わず手を拍《う》ちたくなるようなことがあった。しかし昔の人は我執を国のためとか家のためなどと理由づけて装おうとする醜さだけは持っていなかったと考え出すと、つい自分の過去を振返ってしまって、気がつくと本を開いたままぼんやりと考えているような日々が過ぎた。

由雄が自伝的な小説を発表したことは、小田村大助が他界したあとの月子の毎日に波紋を投げかけた。

久美子のはじめての本が出たのは十二年ほど前で、その時は小田村大助の手前、薄氷を踏む思いをしたのであったが、小田村は淋しそうに俯いた著者の写真入りの新聞広告が出ても知らん顔をしていてくれたので助かった。

——ゆうべは独りでしたので、夜中の一時まであなたの本を読み続けました。読み終って、ひとりしみじみと過ぎし日の思い出に涙しました。普通の事では涙は見せない私ですけれど。記憶の武蔵野の家の、あの紅葉の樹の下に、あなたが埋めて来たという、幼い者の悲しみをこめた宝物、そのなかからこの作品は生れたのでしょう。本はとりあえず柏崎夫妻、添島幡太郎、慶子夫妻にお礼状を添えてお送りしました。勿論、身近な人たちは待ちきれずに本屋に行ったようです。処女出版としては成功、それだけでもよい勉強になったことと喜んでいます——

その時、月子はこの手紙と一緒に新聞に載った批評の切抜きを久美子に送ったのであった。この小説『流浪の人』のなかで、主人公の遥子は裕福な家に育ったが八歳の時に交通事故で両親を失い、父方の祖父母が財産を管理してくれていたので、生活には困らず、しかし親の愛情には恵まれずに育った、という設定になっていた。月子は文章の節々に自分の感情を移入して読んだ。パリに行ってから、どんなに肉親の愛情に飢えていたか、二人の子を置いてフランスに渡ったのが、気丈で表面に出さないだけにどれほど深い傷痕として残っていたのかが、行間から滲み出ているようで辛い想いで読んだのでもあった。

それに較べると今度の由雄の作品はかなり事実に沿って書かれていた。どうして今頃、何の不足もないはずの経営者が、わざわざ名誉にならない小説などを発表したのか、何か小田村の家のなかに暗闘があるのではないか、そういえば小田村由雄は父親の後を継げなかった、異腹の姉の婿の島月正二郎に牛耳られてしまった腹いせだろう、等といった、内幕物を得意とする人々のしたり顔の解説が由雄と月子を取巻いた。そうした反響が起るのを由雄はどうも計算に入れていなかったらしいのが月子には分った。母親にどんな迷惑がかかるかも意識の外のことであったらしかった。「紫珠」の会員のなかにも、「でも、あんなに思い切って書かれて大丈夫でしょうか」と月子の立場を気遣う意見も出た。

昂奮したのは島月正二郎であった。「大将の名誉を汚すような行為は、私としては我慢できません」

と、彼は月子の住まいに乗り込んで来て宣言した。林田悟郎は「草葉の蔭で大将が何といって歎いておられるかと思うと、補佐をすべき私の責任でもあると申し訳なくなります」と言い、月子が驚いたことに、二の腕を顔にあてて泣きはじめた。「よく読んでみれば、主人公の父親はなかなか魅力的に書かれていますよ。あなた、御覧になったの？」と月子が言うと、林田は呆気にとられて要領を得ないままに帰ってしまった。彼等の反応がかえって彼女を勇敢にした。「許せない、ああいう小説を書いているようでは、真面目に経営をしているとは思えない。今度の株主総会までに、はっきりした態度を取らなければ、我々としても考えがある」と本州食品の事務所に凄んで来る経済誌の記者もいた。彼等が島月正二郎達と打合せて動いているのは間違いなかった。彼女は「私は大丈夫ですよ、あれは文学作品なんだから、人間の値打っていうのは時間が経ってみなければ分らないんですから、今後もしっかりおやりなさい」と由雄を励ました。「済みません。まだ筆力がたりなかったんだと思います」

「いいえ、どんなに上手く書いても、文学に縁のない人には分らないんですから、題材だけ見て騒ぐし、それに便乗する男もいるから、あなたも大変ね」と慰めると、由雄はべそをかいたような顔になった。子供達にとっては、いくつになっても母親は必要なのだと彼女は思い、由雄も久美子も自分の血を引いているので、これからも物を書き続けるだろうと考えると、小説の題材に使われたことは忘れて満足を覚えた。彼の小説が話題になったもうひとつの理由は、女性編集長である米本ひとみのことを作品に登場させたからであった。彼が和子の存在をひとみに打明けた晩、彼女は「そんなことだろうと思ったわ、あなたがひとりでいる訳はないもの」と、言葉とはうらはらに表情は暗くなった。少し受け口の、それを見るとどうしても吸い寄せられるような気分になってしまう唇が薄く結ばれて、ひとみは横を向いた。「言いそびれていたんだ」と弁解する由雄に「いいのよ、気にしなくて」と低い声で呟いてから、急に顔を輝かせて、はっきり彼を見詰めると、

「私は結婚しようと思ってあなたと付合って来たんじゃないんだ」と、自分に言い聞かせる口調に変って「楽しい時間を持てたことで有難いと思っているのよ。少し無理してるかな、ひとみ君、少し無理しているな」

と普段の表情を取戻した。

「でも、やっぱり会わない方がいいね。あなた真面目だし、気持の上で負担になるでしょう。パリのお嬢さんに悪いから、私もいい男見付けるわ。早く見付けてあげるね」

そして彼女は打って変って、両手を彼の首に掛けて来た。

その晩の光景を再現してみると、由雄には自分の不様な虫のいい姿が見えてくるようであった。しかし作品のなかでは一切和子との結婚には触れず、最後まで彼女との交渉が続いているように書いた。独身の中年になった経営者を一人称で登場させて、久美子の残した甥の充郎の精神の変調と、それを巡る林田悟郎や彼の後妻の動きを追う話の展開にしてあった。主題を明らかにするためには、自由に生きているひとみをモデルに使って、私の不自由な立場や、世間

的な常識にとつおいつする姿を描く必要があったからである。

活字になった自作を読み直している時、由雄は不意に自分が父親を加害者としてばかり見てきたのに気付いた。作中で私は立派に加害者なのである。誠実そうに振舞っているだけ、小田村大助より始末が悪いかもしれない。そう思いながらも、由雄は、そんな感想が浮ぶのは、雑音に神経が傷ついているからだと、しいて自分を客観視しようとした。戸惑いのなかから、相手の女性の方から小田村大助に近づいた場合もあっただろう、という考えさえ浮んで来た。これは、由雄も全く予期しない心の動きだった。衆議院議長であった時離婚した貝塚市子との結婚は、少くとも二人が愛し合った結果なのだ。山川水映の場合もそうだ。晩年まで付合いがあった数人の女性のなかには、かつて交渉があったと推測できる者もいて、彼女達と話している小田村大助の様子に加害者の雰囲気はなかったことも想起された。小田村大助の行動が一方的になっていった道程は、政治の上での立場の変化と密接に結びついていると言えそうであった。特に年老いて、地位や財産を手にしてからがひどかった。いや、しかし、晩年といえども、小田村大助に切実な想いがなかったと断定は出来ない。むしろ老いていれば、それだけ若い女への愛着は強くなっていったとも考えられる……。そのように辿っていくと、由雄は、もう一度父親を、冷静に見直してみなければいけないという気持になった。それは由雄にとって、小説に書いた観察を組立て直すことを意味していたし、やりそこなえば俗論に席を譲ることになりかねない危険な作業だとも直ちに理解できた。だからといってそのまま放っておく訳にはいかない。

幸い小説は作品として評価されたけれども、世間の関心は本州系企業の内部の問題とモデルである米本ひとみに集中した。花柳界に育って、いろいろな男女関係を幼い頃から見て来ているので、かえって潔癖なところのある妻の和子は、由雄の作品を巡って起った雑音に無言で耐えている様子だった。物書きの身内になることの煩わしさを、早くも妻に味わせる結果になったのは、月子の理解のある態度と共に由雄の負担になった。道徳家が出てきて「そんなに周囲に迷惑をかけて書くのは、たとえ作家であっても勝手すぎるだろう」と声高に非難されれば、誤解だと言い張っても、その声は弱々しいものになってしまうはずであった。由雄の住んでいるのは、その誤解が正解になる場所であり、学生時代に身を置いていた組織も、その意味では同じであったことを、彼はスパイの嫌疑を受けた体験で知っていた。

由雄の小説が惹起した波紋は、回復期にあった月子の精神に刺激を与えた。『浅間に近く』のなかで月子は、

修羅なりし日どのやうな顔をせしわれか索漠として秋窓に醒む

と歌ったが、由雄の小説を読んで改めてその頃の自分の顔を思うと、慚愧《ざんき》の念としか言いようのない気持が動いた。それは自分自身への、そして自分と小田村大助との関係の浅ましさへ

の恥しさであった。主人公の私が、両親の結婚の経緯に悩む描写があり、それを読むと、月子はさすがに胸が詰った。しかし当時「どうしてあんな奴と一緒になったの？」と詰《なじ》る少年の由雄には「掠奪」とでも説明するしか方法がなかったのであった。曖昧な答えでは子供達の気持が自分からも離れてゆくような切迫した状態に小田村の家はいつもあったのである。だが小田村大助が死に、由雄や久美子が作品を発表するようになってみると、彼女もまた夫との関係は何だったのだろうと思い巡らさないではいられなかった。愛したのは確かだった。また憎んでいたのも事実であった。修羅であったのなら、どんな修羅であったのか、落着いてその顔をよく見てみなければいけないと思った。と同時に、彼女は小田村大助と作ってきた家の、今は残された女主人なのだ。由雄は会社の計画などは結構緻密に作っているようなのに、どこか抜けている部分があって、暮し向きの苦労をしていない人間特有の幼さを見せたり、思わぬ批判を受けたりする、それを守ってやるのも月子の役割なのである。

和子が、由雄と暮しはじめると、それまで妹夫婦に預ってもらっていた孫が翌日から枕を持って新世帯に入ってしまった。幼くてもやはり男の子だから、若いママの方がいいのだろうと月子は笑った。自分の子供以上に可愛がっていた江上敏と華子には、それがいささか心外で、ことに華子は失恋したみたいにしょげているのがまたおかしかった。春になると煙ったような紅い花をつける庭木の名をとって、月子が檉柳《ぎょりゅう》庵と命名した麻布の家には久し振りに笑いが戻った。

家長としての彼女のもうひとつの気がかりは、林田の後妻が、追い立てるようにして外国に留学させた久美子の二人の子供のことであった。長女の方はロンドンにいて、久美子も時々顔を合せているようであったが、弟の充郎は少し変った子で、姉にも懐かず、林田が僅かの縁故を辿ってニューヨークの日系アメリカ人で児童心理学の教授だという人の家に預けてから二年ほど経っていた。子供の頃、兄弟がいろいろな所に貰われていったのを見ていた月子は、最初あまり気にしていなかったが、小田村大助の死後、林田悟郎が公然と島月正二郎と組んで月子や由雄を敵視するようになってくると、二人の子供はどうしているだろうと心配になったのである。社員の間では林田悟郎のことを、ひそかに〝子捨て重役〟と呼んでいる、というような話も、彼女の耳に聞えてきた。

由雄と一緒に彼の友人達の集りに顔を出したり、彼等と著書の交換をしたりするようになった影響もあって、月子は歌を三行や四行に分けて書いてみたり、詩を創ったりしてみた。それは、今までの調子の短歌が出来なくなっていたからであった。生れてはじめての自由を手にしたのと引き替えに何か大事なものを失った侘しさが胸を塞いだ。由雄の仲間の詩人達の話を聞いていて月子が驚くのは、彼等が肉体の欲望を恥しいことと思わず、匂いや音や触覚の充足が齎らす喜びを何の抵抗もなく求め楽しんでいる様子であった。彼等のなかにいると、彼女は自分だけが不必要に厚い防禦のための表皮を纏った穿山甲《せんざんこう》か甲虫類のように思えた。

そんな迷いのなかで、ある日ふと詩画集を作ってみようと考えつくと、楽しい悪戯を思いついた子供のように月子の目はキラキラ光ってきた。それまで思ってもみなかった企画だった。やがて題名も『野葡萄の紅』と決った。前の年、チロルを旅行した時訪れたフェルナンド大公の城の野葡萄が夕陽を受けて城壁いちめん燃えたつように紅く染っていたのが忘れられなかったのである。原稿を出版社に渡してしまうと、月子はニューヨーク廻りでパリに出かける旅に出た。原稿をまとめた後は心に空白が出来たようになるから、しきりに旅がしたくなるのであったが、今度はずっと気にかかっていた孫の充郎に会って、場合によっては久美子に引取らせるか、日本に連れて帰ろうという考えがあった。

ニューヨークについて月子は手はじめに充郎をホテルに呼んで一緒に食事をした。生れて間もなく久美子と生別した彼は十四歳になっていて、アメリカ人ばかりの中学校に通っていた。丈はもう彼女よりも大きい。月子は孫の目の焦点がぼんやり遠くを見ているように拡散していることにまず驚かされた。

「充郎ちゃん、ひとりでよく頑張っているのね、淋しいことはないの」と声をかけると、時間が経ってから「今日は、はるばるとよくいらっしゃいました」と少し見当違いの言葉が戻って来た。表情が動かない、というよりは無いにひとしいので、日本語の意味が通じなかったからなのか、わざと答えをはぐらかしたのかを確められない。「私が御馳走してあげるんだから、好きなものを言ってちょうだい」と言うと、充郎は額に人差指をあてて考えはじめた。眉根を寄せて苦しそうである。黒い服を着た給仕が、妙な顔をして月子と充郎を観察している。「どうしたの」と聞こうとした言葉を呑み込んで充郎を見ると、丹念にメニューを読んでいる恰好はしているが、目は相変らずぼんやり遠くに開かれていて返事が返ってくる気配がない。答えを促すと、どうしていいのか分らないような怯えた表情がわずかに動いた。与えられた物を毎日黙って食べているので、自分でメニューを選んだことがないのではないかと充郎を不憫に思う気持を、月子は持とうと思った。それで、

「充郎ちゃん、ここでうまくいっているの？　お家の人とは仲良しになれて？」と聞いてみた。間があって「いいと思います、いい人達ですから」と、はじめて答えがあったが、その言葉は、月子が心のなかに入って来るのを拒否しようとしているようにも取れる。話しているうちに、月子は自分の心が失望とも不快ともつかぬ感情に波立ってくるのを感じ、しいて優し気な微笑を浮べて充郎を見た。ふたたび彼は沈黙に入りこんでしまった。

「私はね、あなたの本当のママの久美子のお母さん、つまりあなたのお祖母ちゃんなのよ」と彼女は再度説明しないではいられなかった。「久美子ママのお母さんですね」とはじめて彼女の話をなぞる言葉が出た。「私は一週間ほどここにいて、それからフランスに行きますけど、ママに会いに行く？」と聞くと「あの人は忙しいから、パリに行くのは無理でしょう」と続ける声も、あらかじめ命令を与えられていたロボットが喋っているみたいに感情が籠っていない。

月子は、林田の後妻が二人の子供を久美子に会わせまいと、徹底した訓育を施したのだと思わない訳にはいかなかった。

四日ほど経ってから彼女は充郎を連れて郊外のニュージャージーに出かけた。由雄が頼んでくれたニューヨークに住む彫刻家の奥さんに弁当を用意してもらってピクニックをしながら孫の意見をもう一度はっきり聞いておくつもりであった。

「じゃあ、充郎ちゃんはずっとここにいるのね、それでいいのね」と月子は念を押した。

「アメリカは僕にあっていますから」

「そうでしょうね、林田はちゃんと面倒を見ているの？　父親としての役割を果しているのかしら」

「パパはいい人です」「ママは？」という質問には返事がなかった。彼女は林田の後妻が好きではなかったから、返事がないのは無理もないと頷いた。二日前に充郎を預っていてくれる日系アメリカ人の児童心理学の教授夫妻に、小田村の家を代表して感謝の気持を表すための夕食会を開いた際の会話を、月子は思い出した。翌日、学校があるからと夫人が充郎と一緒に帰っていってから、彼女は孫をニューヨークに置いておいていいかどうかを判断するために、単刀直入に教授の意見を聞いた。

「充郎君はとてもいい子ですよ。頭も決して悪い方ではありません。むしろ同い年の子供達と較べれば進んでいるぐらいです」

「林田の家内は知恵遅れだと言っていましたが」「それは充郎君のことを心配するあまりの発言だと思います。自閉症のテストも受けましたが、何等否定的なデータは出ませんでした」と、教授は淀みなく、教室で心理学の講義をする際の口調で述べた。「たしかに若干の心理的拘束は認められますが、これはおそらく言語その他の条件がもたらしたものであって、環境に慣れれば漸次解消に向うものと思われます」

「それでは、まだ、ずっと置いていただいても差支えないでしょうか」「ええ、林田君との契約はあと二年ありますから、私はその期間お預りするつもりです」「いえね、充郎の精神形成にとって、どうかということなんですけど」「精神は生活環境と社会条件の二つの要素によって形成されます。その点、我が国の民主的教育環境は外国人に対しても同じ人類であるという視点に立っています。日系人の私が、こちらの大学の教授に任命されたのも、その証明になります」それならばヴェトナムでの戦争はどういう事だったのでしょう、と質問しようとして月子はやめた。うっかりそんな質問をすれば教授は立板に水のように滔々と話しはじめそうに思えたのである。

「充郎は、何か、動物を愛するとか、植物を育てるとか、あの年頃の子供にふさわしい趣味を持っているでしょうか」

「情緒が満されない場合に代位満足を求めるという意味での偏執的な性癖は見られません。自由な精神はすべての物象に万遍なく注がれますから」

「場合によっては連れて帰ってもいいと思って参りましたが、それでは諦めることにしましょう」

「いえ、それはいけません。教育とは忍耐ですから、もっと屢々来ていただく必要があると思います」

月子は昔からインテリは好きでなかったと想い出していた。人間の生命を救うお医者さんは別だけれども、心理学者とか、解放運動のリーダーなどというのは、したり顔に理屈を述べるばかりで何も知らないと思った。充郎が「哲学を勉強したい」と何度目かに会った時唐突に話したのは、俗世間を離れたいからか養家の教授の影響からかと考えてみた。しかし、充郎と哲学は、いかにも無理な取り合せだと、相変らず焦点の合わない視線を、ぼんやり前方に放ちながら横坐りに坐ってコーラを飲んでいる孫の横顔を彼女は盗み見た。たしかに、この四、五日の接触で、充郎は時おり驚くほどの論理的な頭の働きを見せて月子を驚かしていた。現在の中学を出てから西海岸の高校に入る計画を話した時がそうだった。夏休みのアルバイトで出来る貯金、ヒッチハイクでアメリカを横断する日数と費用、カリフォルニアの高校の分析などは、中学生とは思えない緻密さであった。ただ、頭の働きは自分の関心事にだけ集中して、世話になった養家のことや、果して西海岸の学校が自分を受容れてくれるかどうかは全く考えていないのを月子は不気味に思った。この様子では久美子のところに連れていくのも、麻布の狸柳庵に引取るのも無理かもしれなかった。林田悟郎の〝子捨て〟は成功したのだ。久美子にしても、子供を置いて出てしまったのだから、林田を責められない。

孫ばかりでなく、養家の教授も心を開いてくれなかったと、月子は味気なくサンドイッチを噛み、ジュースを飲んだ。見渡すと緯度の高いニュージャージーの年輪を経た樹木が、よく刈り込まれた芝の庭や街路に立ち並び緑のアーチを作り落着いた木蔭を見せていた。時々犬を連れた婦人が通り過ぎたり、上気した頰に木洩日を斑に映して子供が二人、三人と自転車で走り過ぎたりした。言葉少なになった月子達は食事の道具や拡げていた敷物を車に蔵って、少しあたりを散歩することにした。木々の間から原色の物体が覗いていた。そちらに曲ってみると、中古車や壊れた洗濯機などが山積された空地にゆき当った。充郎が立止り、中学生のものとは思えない獣のような唸り声をあげた。苦しくなったのかと足を早めた月子は、歓喜に似た昂揚が充郎の顔を彩っているのを見た。久美子に似た、いくらか下ぶくれの顔が紅潮している。何を発見したのかと、彼女は充郎の珍しく焦点の合った視線の行方を追った。そこには車輪がはずれ、エンジンもなくなった赤いスポーツカーの残骸があった。前面が潰れたキャデラックの豪華な後部座席が斜めに積みあげられていた。塗装がすっかり剝げて、錆びたシャーシーだけになったたくさんの鉄屑に混って白い冷蔵庫の扉が光っていた。点々と青や赤や白の原色が散らばっている廃棄物の山のそこここが太陽を反射して眩しく光り、思わぬ隙間から、瘦せた草が伸びていて、よけい大都市の、もう過去のものになった猛々しさを強調していた。ふたたび充郎が声をあげた。涎が垂れかかったのをすするように舌なめずりをした彼は、ゆっくり両手を上げた。「ビューティフル、オオ、ビューティフル」と低い感極まった言葉が洩れた。その声を打消すかのように、轟音をあげて青年達の乗ったオートバイが、五台、六台と彼の前面を通り過ぎ、猛禽類に似た鋭い叫びを残した。それも目に入らなかったかのように、充郎は両手を肩の上にかざしたまま廃棄物の山に向って歩きはじめた。もしかすると、充郎も病んだ都市の剝き出しの部分なのかもしれないと月子は思った。

「充郎ちゃん、危いわ、戻りなさい」と叫ぶと、俄に、憑き物が落ちたように彼の手が下り、肩の線が丸くなった。

彼女は帰りには地下鉄に乗ってみたい、と案内役の夫人に頼んだ。車の捨て場は街のここかしこに在ったから、充郎と一緒にその前を通りたくなかったのである。ホテルのすぐ近くに駅のある線を選んで、彼等は地下のホームへの階段を降りていった。やがて、入って来た車輛を見て、月子はもう少しで声をあげるところだった。車体いっぱいに極彩色の線が乱暴に描かれ、悪戯書きにしては念の入った絵が夢のように乱れて電車全体に絡んでいるのであった。「ニューヨークの地下鉄は、最近急にこんな車輛が増えました。路線と時間を選んで乗らないと治安も悪くなっていますから危険ですわ」と、案内役の夫人が説明した。色彩の氾濫は蔦が家を覆い隠すように車内にも拡っていた。月子は怪獣の内臓のなかにいるような気分になった。不覚にも呑み込まれてしまったのだ。充郎はどうしたろうと見ると、慣れているのかかえって気分が鎮まったように吊革に摑っている。だらしない服装をした中年の男が、向いの少し離れた席から立上ったのが、なんとなく月子の目の隅に入った。電車の振動に足下をふらつかせながら、充郎と彼女の間に割り込むようにして立ち、月子は何となく気味が悪く緊張した。彼は首を振って充郎に話しかける。識り合いにしては変だ。充郎が男を避けるように反対側の吊革に移った。案内役の夫人が気付いて二言、三言、声を掛けると、彼は温順しく、もとの席に戻った。電車を降りて駅の階段を昇りはじめた時、彼女が「さっきのはホモです、心配はいりませんが」と報告した。「ホモって?」「同性愛者です、ニューヨークには多いんです」と聞いて、月子はあらためて鳥肌が立つようであった。これは不正な戦争をはじめた酬いだと月子は思った。彼女のこの考えは由雄が烈しくアメリカを批判していた影響を受けていたからである。

由雄は経営者の大部分がアメリカの行動に賛成なのが不可解でもあり呪わしくもあった。かといって、新しく計画したホテルが島月達によって妨害されているのを、経済団体の応援で乗切ろうとしている彼にとって、あえてひとりだけ異を唱えて孤立する訳にはいかなかった。それだけに、誰にも言えない不満を母親にぶちまけていたのである。こうした問題についての由雄の態度は、多くの場合、月子の理解を超えていた。由雄ならこう考えるだろうという予測が出来ないのである。気まぐれと言えないこともないが、どうもそればかりではないらしい。古典に憬れたりする心と経営者としての合理的な判断とが錯綜しているのだった。この矛盾は年と共に強くなって、やがて彼自身が分裂してしまうのではないかと思われた。ヴェトナム戦争が一番烈しかった頃、経済専門の新聞の正月号に詩の寄稿を依頼された由雄は、――違大なる社会の姿は見えず/聞えてくるのは爆音ばかりだ――というフレーズを持った作品を書いた。門外漢それは〝偉大なる社会の建設〟を唱え出したアメリカの大統領を諷刺した詩であった。

が見ても反戦詩と読めた。当然、その作品は論議の対象になり、由雄に原稿を依頼した記者は、社内で注意を受けたという。そんな時の由雄は、月子に国際連盟脱退阻止に動いた若い頃の小田村大助を彷彿とさせた。経営者としては明らかに損な行動であったが、長男の昌のように縮こまっていたり、林田悟郎のように栄利を求めて金壺眼を光らせて生きるよりも月子には好ましく思われた。

それでいて由雄は今尚、矛盾した立場を繕いながら本州食品の経営に精を出している。和子との結婚の場合も繕いの要素が感じられた。月子は彼に親しい女友達がいることを知っていた。ただ、この面ではどうも小田村大助のようには振舞えないらしく、屡々失敗していた。育った時代が違うからでもあったろう、女に対する態度は月子から見ても臆病で、ぐずぐずしているうちに世間の人の口の端にのぼって困惑したりしていた。そのことがパリで久美子と会う時、よく母と娘の話題になった。由雄を揶揄の対象にするその会話は、小田村大助に代って当主になった由雄への、女の側からの欝憤晴らしの色彩を帯びてもいた。母と娘で彼を俎上に載せているうちに、いつの間にか小田村大助を偲んでいることに二人は気付いたりした。懐しさは恨みと表裏一体になっているようで、おそらくこんな心の動きは男の由雄には理解できないに違いなかった。月子が屡々久美子に会いにパリを訪れたのは、フランスが好きだったばかりでなく、娘に会って歎きとか怨念に彩られた自分の過去を、回想の枠に入れこんで確めたいからでもあった。

充郎と別れて、ようやくパリに着き、久美子が予約しておいてくれたホテルに入った時、彼女は一時に疲れが出たのを覚えた。「ニューヨークって恐いところよ」月子は久美子と向い合って食卓に腰を下すと、早く厭な記憶を拭い去りたくて、見聞した一部始終を娘に報告した。「下水道にはね、大きな鰐が住みついているんですって。皆がペットで飼っていたのをトイレから捨てるので、そのなかの何匹かが生き残って繁殖しているって言うの。栄養がいいから巨大になって、そのうち人間に向って暴動を起すんじゃないかと大勢の人が信じているらしいのよ。セントラルパークの下あたりだそうよ」

久美子は笑った。「そんなことじゃないかと思ったわ、鰐の話は雑誌にも出ていたから、よほど拡っているみたい」

「どういうことでしょうねえ」と月子は歎息した。

全くそれまで知らなかったし、理解も出来ない不気味な未来が、遠くの地平線で蠢いているような感じがした。

「あの町は恐いわ、充郎流に言えば、ニューヨークは私には合わないわ」月子は出来れば孫を榧柳庵に引取ろうかと思っていたと久美子に打明け、「でもね、あの子は駄目ですよ、何か手を打たなければと思うんだけど、私、一週間いるあいだにおかしくなってしまった」

「済みません」と久美子は丁寧に頭を下げて母親に謝った。

「本当は、私が面倒みなけりゃいけないのに」

「それはよした方がいいわ、子供のために親が犠牲になるっていうの嘘ですよ、私もそんな考えに近かった時があったけど、それは子供のためにもならないのよ」

そうして二人は各々の回想を追って、少し会話が途切れた。月子は、潮が満ちて来た浜辺を「由雄、久美子!」と呼びながら走った鎌倉の日を、思い出していた。久美子はそんな月子と向い合っていて、母親との間がひどく離れてしまったのを感じた。自分がもうすっかり年とってしまったと思った。彼女はフランス人の記者と別れていた。彼が若いパリ娘に心を移したのが直接の原因であったが、久美子の方からそうなるように仕向けもしたのである。今はユーゴ生れの画家と付合っていた。カンヴァスに白の微妙な色調の変化だけを追っている彼の絵は売れなかったが、久美子は東欧の人に時おり見られる鬱屈した感情の起伏を愛していた。それに彼もパリに亡命してきたのだ。幾人もの男が自分の上を通り過ぎていったと思った。それなのに月子は小田村大助しか識らず、誰も彼女の心の内部に入り込んだ者はいない。恋を恋している状態は無邪気と言えるが、人間としての普通の体験が欠落しているように思える。

久美子は、まだ学校に通っていた戦争の頃、父親の先輩格の長池龍三郎が夫人を連れて突然西郷山の小田村の家を訪れたのを覚えていた。彼等が自分達の息子の嫁にどうかと久美子を観察に来たのは明らかであった。彼女は秀才の評判の高かったその息子に、ひそかな憧れを抱いていた。その気持は、小田村の家とは違って、彼等の家庭が持っていた自由な空気への憧れなのかもしれなかった。長池夫妻の方にも躊躇があったし、すでに陸軍に協力する姿勢に転向してしまっていた小田村大助が、長池の家と親戚になるのを好まなかったので、この話は切り出されないままに流れてしまったのであったが。

久美子は最近、小説を書くのもやめてしまった。最初の小説『流浪の人』が〝小田村家の令嬢が書いた内幕物〟という好奇の目でのみ扱われたことに絶望したからである。それに拒否しているはずの日本の言葉を使って小説を書いていると、情緒が絡みついてきて自分がとてもパリで生きていけなくなりそうな恐れを感じたのだ。そのため今では、兄を助けるための、〝パリの食生活、レストラン通信〟のような短い文章だけを日本の業界誌に送っていた。

そんな彼女の状態には関係なく、月子は娘のことを自慢に思っていた。パリから帰国すると、由雄に、

「結婚していても、気に入った相手がいれば、別の男と一緒に芝居を見たり、踊りにも行くのよ。お互に自由を認めあっているっていうのかしら」と感心してみせたり、「花を眺めたいと思うと、両手にいっぱい買ってきて、西洋流にどさっと花瓶に活けたりしているわ」などと楽しそうに語った。月子にとって娘は、与謝野晶子のように奔放に生きている女であり、柳原白蓮《びゃくれん》のように恋を貫く情熱の人であった。久美子は、強い願望を抱きながらも月子には実行不可能な生き方を通している身近な存在だったのである。

やがて久美子は顔をあげて、「ニューヨークではお疲れになっただろうと思ったわ」と月子

を労った。

「そうね、フランスの方が夢があるし、人間的ね」と微笑した母親を、久美子はちらっと見返したが反駁はせず、かわりに「八重を呼んでおいたわ。カンヌからずっとエーゲ海を通ってイスタンブールまで、一週間ぐらい船で行く地中海グランドヴァカンスツアーの切符を予約しておいたの」と報告した。孫の八重に会うのも月子の希望だったのである。「あの娘は充郎と違ってまともだから、お母さんも疲れないと思うのよ。面倒臭くなったら放っておいても大丈夫」それを聞いて、月子は嬉しそうな顔になった。「船の旅って、一度してみたいと思っていたの」「ルネッサンス号っていう船だけど、今だったらほとんど揺れないはずよ」「昔はね、ヨーロッパに来るのはみんな船だったんですよ」そう言って月子は、

「私がまだ十五、六の頃、知っている人が北野丸という船でパリに来たわ」と話しはじめた。「騎兵中尉だった。どうしてお父さんと知り合ったのか分らないんだけど、私もまだ子供だったでしょう。でも可愛がってくれた。ウラジオストックから絵葉書をくれたわ」

月子の口調は歌うような抑揚を帯び、目は斜め上の空間に焦点を据えて動かなくなった。久美子は、家を出る時、こっそり文箱から盗み出したのが、その絵葉書だったのかと思い当ったが、その時はなんとなく言い出せなくて黙って頷いた。やがて「由雄兄さんはどう、和子さんは元気かしら」と久美子が聞き、二人の会話はいつものように小田村の家の人達の話になった。和子はパリにいた一年間、久美子の世話になっていた。「あの娘はね、なかなか芯が強そう

よ」と月子は嫁が気に入っている様子を顔に表した。「そうでしょう、和子さんはお母さんにとても感じが似ているところがあるから、由雄兄さんが好きになった理由が分るわ」月子は、久美子が二人がうまくいくように心を配っているのを感じ、それだけこの子は深いところで傷ついているのかもしれない、と娘を見た。「でも、強い者同士は、少し離れて暮した方がいいでしょう」久美子は月子に姉のような口をきいた。「私もそう思うわ」と月子は受けて、「由雄さんにはね、他にも好きな人がいたらしいのよ」「あれで、彼は結構もてるから」と、久美子は頷いた。パリに取材に来た時、米本ひとみは由雄の紹介状を持って久美子を訪ねていた。何回目かに会って、二人で夜のサンジェルマンに出た晩、彼女は「由雄さんが好きなんです」と白状していたのだった。「いいわねえ」と久美子は言い、「しっかりおやりなさい」とひとみを励ましたのである。和子が、自分の周辺のパリの女達のように、男と女の関係をうまく捌いていけるとは思えない、そんな技術を身につけずに済めば、その方が幸せなのかもしれないと久美子は母親を見た。この人も夫との間であんなに苦労しながら、ついに大人になりきらずに自分の世界を守り通したのだ。

ルネッサンス号の食堂兼ホールでは、室内楽団が古風なメヌエットを演奏していた。上陸して寄航先のホテルに泊らない夜は、船内で舞踏会やトランプの大会が開かれ、いろいろな国や地方から集った旅行者達は、一週間のあいだに友達になり、時の経つのを忘れるように催しが工夫されていた。乗客のなかに日本人がいなかったことも月子には気楽だった。

照明が暗くなり演奏が賑やかなルンバに変った。月子は先程から次々に相手を替えて早い曲やゆっくりした曲を上手に踊っている八重の姿を人混みのなかに時おり見かけながら、フランス映画で、いつかこんな光景を見たことがあると回想していた。寡婦になった女が、はじめて社交舞踏会に出た時の手帖を頼りに、その夜好意を持った男達を次々に訪ねてまわる話である。自分の短歌も、その〝舞踏会の手帖〟のようなものかもしれないと思うと、小田村大助を診てもらっていた医師を招いて感謝の宴を開いた時の光景が見えて来た。その時の主賓だった高山重信博士は、数年前に小田村大助の後を追うようにして他界していた。父親を亡くしてから、どれくらい男の人の優しい言葉を欲していたろうと、彼女の想いは次第に過去を遡っていった。由雄と久美子が通っていた小学校の校医から恋文を貰ったこともあった。——暮れてゆく谷間に咲いている百合のような女人——という文章を月子は覚えていた。その手紙を小田村大助に見せたのは、身持の治まらない夫への復讐の気持からであった。怒った小田村は校長に強談判して、彼は学校を去った。ずっと後になって、捕鯨船の船医になって南氷洋に行っていると風の便りに聞いたが、その後の消息はない。彼もおそらく生きてはいないだろう。少し前に出版した随筆集のなかで——人生の序章しかまだ生きて来ていないような、長い閉ざされた時間——と月子は書き——一年を一日で生きるに似た充溢感が旅にはある——と述べたのであったが、今は、序章のまま終るかもしれないという感じが胸のうちに溢れて来た。

月子の胸中には、この日、昼食後のサロンでの会話のなかで、船中で識り合ったプロヴァンスの葡萄園主から「あなたはスコルピオンではありませんか」と突然尋ねられたことが引掛かっていた。日本を発つ前も、月子はある婦人経営者から「あなたは蝎座でしょう。蝎座の人は親子の縁が薄いのよ」と、スコルピオンという名前について教えられたばかりであった。その時は「薄いというよりも、別の意味で子供や孫と離れて住むことが多いので、最近は年に一度は娘にも会いにパリに行ってますよ」と、反撥するような弁明するような口調で答えたのであったが。船の中でフランス人から又ずばりと言い当てられてみると、やはり私はそう見えるのかと、心中は穏やかでなかった。そういえば、由雄と一緒に外国に来たのは、和子との結婚の時と、蓮見志乃が生んだ下の男の子がシアトルでアメリカの少女と結婚した時の二度だけであった。彼は大きくなるにつれて、次第に瞑想的な性格を見せるようになり、一時期、卒業後もアメリカの大学に残って宗教史を専攻したいと希望していた。小田村大助の急死に遭わなかったら、学者になっていたかもしれず、月子はゆっくりした口調で話す柔らかい性格の彼に好い感じを持っていた。すでに五十代の半ばになっていた蓮見志乃は「私は飛行機が駄目ですし、外国は恐くて仕方がありませんから、お義姉様にお願いします」とひたすら辞退して、月子は由雄と二人でシアトルに出かけたのであった。

この結婚にも、島月正二郎は烈しく反対し、「小田村の家に毛唐の血が入ってもいいんですか」と月子を嗾《そそのか》して、子供達の間に対立を作り出そうと努めた。その結果、かえって二人の男の子は月子を頼るようになり、島月と林田は、いよいよ互に欲得を絡ませながら連携を強めるようになった。

八重が楽しそうに踊っているのを垣間見ながら、月子の胸中には日本での現実が戻って来て、由雄、久美子、蓮見志乃の二人の子供、そして片親を失った孫達の行末が慮られ、（あなたは私に負担を預けて行ってしまったわ）と、小田村大助を憾《うら》みに思う心が動いた。それにしても、パリの久美子が、いつもより元気がなかったと、彼女は気になりだした。もっと久美子の傍にいてやらなければいけないのではないか、あの娘もずい分長い間、一人でパリの生活に耐えたのだからと、月子の気持はまた蝸座と言われた屈託に戻っていった。

「御免なさい、遅くなってしまって」と八重の声がした。ポシェットからガーゼのハンカチを出して、大人びた様子で額を抑えている彼女の後に、背の高いブロンドの青年が立っていた。

「楽しかったでしょう、うまく踊れた？」

「ええ、とっても。彼が御挨拶したいんですって」と八重が言い「ヴェラーさんです」と紹介した。ロンドンの大学生だという彼は月子の薦めるままに八重の隣に腰を下して、あなたが文学をやっておられると聞いて御紹介をお願いしたんです。私の父やその友人達で東洋の文学に関心を持っている仲間が数人います。もしよかったら明日、私達のサロンで日本の文学のお話を伺いたいのです、と八重を介して頼んだ。「私のは短歌ですし、それにうまく話せるかどうか」と月子が躊躇すると、ヴェラーが、古典的な形式ほど、その民族の性質がよく現れるものです、と言うので月子の心は動いた。

翌日の晩、彼女は短歌が千年を超える歴史を持っていること、日本の詩で音韻律を持っているのは短歌と近世になって生れた俳句だけで、あとの形式は滅びてしまったこと、花鳥風月に託して想いを述べるところに美意識の特徴があると、集った人達に手短に話した。そんな経験ははじめてであった。サロンには、三年前に自動車事故で左脚を怪我して以来、松葉杖を使っている四十歳ぐらいのツールーズから来た男とその妻、八重と息子が友達になったロンドンの植物学者ヴェラー博士、プロヴァンスの葡萄園主、それにドイツのニットメーカーの社長夫妻などがいた。乗船する時書込む旅客名簿の職業欄に、月子は詩人と記入したので、文学や芸術に関心を持っている者が集ったようであった。

一緒に旅行してみて、彼女は孫の八重が、日本の文学やヨーロッパの歴史について何も勉強していないのが分って落胆した。選ばれた家の係累は教養が豊かでなければいけないのに、月子の話す日本語の意味が分らないので、通訳の仕様がない様子がもどかしかった。こんなふうに知的な好奇心がないとすると、若いうちにいい人を見付けて、一生生活に困らないようにしてやるしかない。月子には、十四、五年もすれば、たくさん子供を作って中年ぶとりになった八重の姿が見えるようで味気なかった。

その晩、自分の部屋に戻ってから、月子は由雄に長い手紙を書いた。外国の人にうまく説明できなかった心残りを吐き出したかったのである。

――日本を発ってから、もう二週間が経ちました。カンヌを出航してからでも五日になります。空も海も青い朝夕です。夜毎の夜会や会食は私の神経には少しばかり負担ですが、元気で旅行を続けていますから御休心下さい。船のなかで足の悪いツールーズの夫妻と友達になりました。彼等は京都よりも奈良が好きだと言っていました。怪我をする前にアジア旅行をしたようです。東京はニューヨークのようだとの批評も出ましたが、これは決して良い意味ではありません。二万二千噸のルネッサンス号には甲板にプールが二つあります。私達が話し合っている間に、夫人が泳いできたいと許可を求めましたら、その松葉杖の人は彼女に水着の帽子の被りかたを、もう少し前に下げるようにと手を貸しました。その方が夫人の美しさが一層引立つのです。心暖まる光景でした。

八重を見ていると、日本人も変ったとつくづく思います。頭のなかは空っぽなのに、パリで買った水着を着て泳ぐ少女はやはり美しい。若さとは、人間の美しさとは何なのだろうと旅行中考えています。それとも八重は、久美子がそうなりつつあるように日本人ではないのかしら。

ノーベル賞を受けたせいでしょう、文学好きの英国の植物学者ヴェラー博士が英訳の『雪国』を持っていました。今夜、私はその博士を中心にした小さな集りで短歌の話をしました。彼等の関心事は川端と三島は何故死んだのか、ということでした。私はあなたが詩を書いていて三島さんと親しかったことを告げ、通夜の晩の三島邸の様子などを説明して、お二人とも日本の美が滅んでゆくのに耐えられなかったのだと言いました。しかし、彼等の死を日本の人は本当に心の底から考えたのでしょうか。説明しているうちに私の方が考え込んでしまったのです。彼等の死を、小さい感情や偏見、低俗な興味で捉える人が多いのを見た時、私は瞋《いか》りにおののいたのを覚えています。お二人が秀れた人であっただけに、彼等の死は世界の人の疑問になっています。

丸窓から見える海はすっかり暗黒に閉ざされています。明後日のイスタンブールは、かつて私が公的な立場で訪問したイスタンブールとどう違うか、今から愉しみにしています――

月子は小田村大助が欧米首脳を歴訪しての帰途、ローマからその町に降りていたのである。手紙を書いていると、彼女の記憶には夫と各国を訪れた時のこと、とうとう一度も外国に来れなかった柴山芳三のこと、それらにつられて、生きてきたいくつもの場面が想起されるのであった。船客は寝静まり、持続的なエンジンの音に混って時おり波が舷側にぶつかるのが聞えた。夜光虫が光っている暗い海の光景が想われ、すると自分はそうした時間のなかを、誰にも理解されずに一人で過してきたのだと思った。日本が敗れ、夫に死別し、由雄も再婚した今、父親が希望したように外国を永住の地と定めたっていいのだと考えた。しかしこの年齢での外国での生活は可能だろうか。月子は、老いさらばえて訪れる人とてない自分の姿が見えるような気がした。パリの路地裏で、人知れず朽ち果てるのも、蝎座の歌人にふさわしい一生かもしれない。――四女月子、しきりに歌を詠みしが、パリに渡りて後、知れずなりぬ――と系図に書かれる想像は、かえって彼女に陶酔をもたらすようであった。

月子はパリに戻ると、本気になって家を探しはじめた。ブローニュの森の近くに、小さな石の古い井戸のある庭を持った家があった。プラタナスの老木の枯葉が散っていて気に入った。地下の倉庫を含めれば三階建になるのだったが、久美子と一緒に住むには、それでも部屋数が足りなかった。久美子が、たとえ親子でも日本の家族のように一日中顔をつき合せて暮すのに反対だったからである。その点では贅沢と言われても月子も同じ考えだった。帰国する前の日、気を許して彼女が路地裏で朽ち果てる話をすると、久美子は鼻に皺を寄せて声をほとんど立てずに笑った。「人間は貧乏になると卑しくなるわ」と言った語調の烈しさに、月子は驚いて娘の顔を見た。「私はそうではなかったのよ」と彼女は反論したが、久美子は同意できないというように無言のまま首を横に振った。子供の頃、言い出すときかなくて、よく自分の叱責を受けた娘の顔がそこにあった。

「お母さんは貧しい暮しにはもう我慢できないわ。文化だって芸術だって、お金になると思うから皆努力して発達したんだわ」

今度は月子が異議を唱える番だった。パリに長く暮して苦労しすぎたので、久美子まで物質中心の人間になってしまったのかと落胆した。それでいて久美子は、生活に最小限必要な物だけを持って、旅に出たままになってしまいたいと、月子と同じようなことをついこの間話していたのである。新しい画家とうまくいっていないのかもしれないと月子が思い当ったのは、しばらく経ってからであった。『流浪の人』でも、主人公の遥子は恋人が仕事をしなくなってしまったことに苛立ち、次第に二人の亀裂が拡ってゆくのが筋になっていたのを思い出した。何回も、小説と同じ行詰りを味ってしまうのは、久美子の心の中によほど渇いている部分があるからかもしれない。

日本に帰ってから月子は歌の原稿を整理しているような時、おりにふれてその時のことを思い出して娘に優しくしてやらなかったのを悔いた。そんな晩は何か熱中できる仕事を持てば、久美子のニヒリズムも治るのではないかと考え、もう若くはない娘が、これから先の人生をどう送ろうとしているのかについて、もっと真剣に聞いてやらなければいけなかったと、久美子に無言の挨拶を送ってベッドに入るのであった。

六章

奈良から京都に足をのばした月子は石峯寺《せきほうじ》の五百羅漢の前に立っていた。たくさんの石仏の表情は、ひとつひとつ異っていて、あるものは静かに瞑想し、あるものは悲しみに耐え、別の顔は慈しみの笑みを宿している。眺めていると、いましがた降り出した雪は石仏に触れるとたちまち溶けて顔がみるみる濡れてゆく。わずかに風があるとみえて、斜め半分の石の色が変わり、片側の肩に落ちた幾片かは、まだ溶けないうちに次の雪が落ちてきて、早くも積ってゆく気配である。雪のなかには重いのも軽いのもあるらしく、ある雪片は舞い、ためらってから落ち、別のものは真直ぐに石仏や道に降ってくる。地上で、すっと消えてしまうのもあれば、仲間を待っているように、じっと形を変えずに止っている雪もある。数えきれない羅漢の表情がいっせいに動きはじめた様を、月子は参詣人の絶えた道に立って眺めていた。石仏のひとつひとつが語りかけて来るようである。霏々《ひひ》と降る雪の、音にならない音に混って、時間のずっと奥の方から無数の囁きが聞えてくる。渓流のかすかな響きとも違う。声明《しようみよう》にしてはあまりに静かである。手帖を出して、

深草の石峯寺の石ぼとけ若冲《じゃくちゅう》羅漢の苔に雪降る

若冲の五百羅漢の石の貌《かほ》泣けるもありき深草の寺

と書いた時、月子には思い当ることがあった。前の晩、夢に見た梅の木の下で眠っていた男の顔は、泣いているようで笑っているとも見える羅漢だったのである。

長いニューヨークとパリでの滞在を終えて日本に戻った後、月子は正月から二月にかけて珍しく歌を一首も創らないで過した。充郎や八重、そして久美子をも含めて、自分の理解し難い境地に住む身内がいるという発見は彼女の心に少しずつ、金属の表面を覆ってゆく錆のような翳りを拡げていた。寺巡りはまだ寒いと知っていたけれども、三月に入ると憬れに似た渇望を押えられなくて、小田村大助の墓を訪れるのを口実に東京を発って来たのであった。京都に泊り吉井勇が聞いていた白河の流れを枕にして眠った昨日の夜、彼女は大きな梅の木の傍に立って、根元に横になっている男を眺めている夢を見た。いつの間にか月子は長い羅の衣を纏い、白い裳裾《もすそ》を曳いていた。十二単衣にしては軽かった。遠くで笙《しょう》とも横笛ともつかぬ音楽が聞えていた。あたりには薄明の光が瀰漫《びまん》し、白い水母《くらげ》のような花がぼんやり浮んでいる。男は熟睡しているのか、時々、謎めいた笑みを浮べている。眠っている男を見ている自分を観察するもう一人の目が存在しているのは確かだ。静かだった。蹄の音が聞えて来た。柔らかな絹に包まれたような空間を二騎、三騎と続いて馳けてゆく。馬の姿が見えないのは、彼等が記憶の時間のなかを走り抜けているからなのか。霞が棚曳いている。女が布をゆっくり振っているように霞が揺れる。馬上の騎士が袖を振っている。たちまちゆき過ぎてしまう。胸が熱くなる。こんなことをしてはいけないと思う。いや、かまうものか、小田村大助に見付かったらその時のことだと爪先立って応えた女は誰か。答えを探そうと彼女は眠っている男を見詰める。さっき男は月子に誘われて林に迷い込んだのだ。もしかすると男の見ている夢に感応して自分もいろいろな幻の光景を見ているのかもしれない。裳裾を曳いた月子は心を隠そうとでもするように胸の前で手を合せて佇んでいた。

光が木の葉の形をして降ってきた。「さあ、あの土手のところまで行ってみましょう」すぐ近くの、まだ知らない場所に幸せがあると信じきっている口調で、幼い月子が姉の雪子の手を引いているのを、もう一人の目が見ている。自分は目だけになってしまった、と夢のなかで彼女は自覚する。胸や肩や腰を探さなければと思うが、それほどあわてている訳ではない。なんとなくそう思っただけだ。少し胸が苦しい。また遠くから、今度は玉を転すような小さな持続した音が聞えてくる。少しずつ彼女に迫って来ているものがあるのだ。男が身じろぎをして脚を組み替えた。ぼんやり拡っている梅園の向うに川が流れているらしい。花が何か語りかけたようだった。「どうしたの?」と月子は無言で話しかけた。困ったように花が首を傾けた。少し笑ったのかもしれない。「では、持っていって花瓶に挿してあげましょう」いつの間にか月子はしっかり梅の枝を手に持っていた。

「庭に咲いていたのは紅梅でしたよ。これは白い梅ね」と誰かがはっきり話しかけた。親しい「紫珠」の歌の仲間だ、と気付いた時、月子は目を醒した。寝床に入って歌を創ろうとしているうちに眠ってしまったのだ。昔はこんなことはなかったのに、と左手を見ると、しっかり老眼鏡を握っている。

夢をふり返って月子は、いつか読んだ羅浮仙《らふせん》の故事が頭のどこかにあったのだと知った。隋の国の趙師雄《ちようしゆう》が羅浮山に遊んで梅の精の美しい女に会う話である。或る夜、騎馬の貴人に誘われた梅林の闇で、うつつの夢を見たという額田王《ぬかたのおおきみ》のことも想起された。彼女は起き直って、

おぼろ夜のゆめの一生かうつそみの何かはかほる白梅のはな

と書いた。長い空白のあとで、今までとは違う歌が出来たと思った。
それが昨夜のことであった。今、見ているうちに雪に埋もれてゆく石仏の前に立って、自分もまたこのように埋もれてゆくのだと思った。降る雪は世にいう風雪というものであった。石仏のように生きるならば、雪はこのように自分を優しく包んでくれるのだろうかと考えた時、今まで味ったことのなかった感情が月子の胸中に溢れてきた。昔の人も、同じ哀し

みのなかにあって歌を詠んだのに違いなかった。吉井勇が、『朝影』『霹靂』におさめた三十余首の水無瀬《みなせ》の歌を詠んだ時、心のなかにあったのは、生きる支えとしての歌の意識ではなく、生きていること自体の果敢なさへの予感だったのだという気がした。自分が、新古今集の撰者として宮廷短歌の全盛時代をつくり、晩年、戦に敗れて流され、隠岐島に崩じた後鳥羽院の生涯に、他人事とは思えない感情を長年抱き続けていたのを月子は改めて発見した。院の栄華の時代は彼女の幼時の記憶に重なっていた。籍が入って小田村大助夫人として過した十一年間も、全く違う意味においてではあったが、栄華の時代と言えた。また敗残の想いは、明治以来の日本が滅びてからの戦後の日々と重なっていた。月子は上皇が盛んに歌合を催した水無瀬宮を訪ねたいと思った。隠岐も仙洞御所へも日吉へも行きたかった。後鳥羽上皇の足跡をたどることは、自分を見詰め直し、生きてきた意味を確める作業のように思われた。そのなかから王朝後期に生きた歌人の姿が浮びあがって来るはずであった。本当に心を打明けられる仲間がいない月子にとって、新古今のなかには親しい人が幾人もいた。柴山芳三や吉井勇のように鬼籍に入ってしまった懐しい人々も、もしかすると時間をとび超えてその中にいるのかもしれなかった。いつかレマン湖で会った青年も一冊の歌のノートを遺して去った母親と楽しく語り合っているのかもしれない。高山重信もいるだろう。風が起ったらしく、雪が渦巻き、舞い、波が寄せ返すように降りかかった。

久美子が、友人の建築家が計画している海洋都市の計画に参加し、自分はその中のカジノの経営を委されることになったと手紙を寄越したのを読んで、月子は帰国する前の日の娘との議論を想起し、これはいい傾向だと思った。パリから北に車で三時間ほど走った大西洋に面した都市が候補地で、古い城や寺はそのまま残し、海に張り出した近代建築を組合せるのだという。何か熱中できる仕事を持てば、久美子も鬱屈から逃れられるはずであった。自分の思いどおりの空間を作るためにはかなりの資金を必要とするらしいのが気になったが、それは由雄が考えることである。彼は小田村大助が死んだ直後の困難をなんとか乗り超えたらしく、本州食品は同業者のなかでも新しい企画と販売力で注目されるようになっていた。月子が協力したホテルも、中級ながら黒字になっているらしい。父親が世間に与えていた〝強盗大助〟という印象を逆用して、息子は違うという評判を取り、経済界の長老にも引立てられていた。島月正二郎や林田悟郎を問題にしないという態度をあからさまに見せて反感を買っているのは彼の若さであったが、それでいて事業の発展をさほど自慢するふうでもない。それは謙虚さからではなく、彼の胸中に隠されている屈折があるからだと月子は見抜いていて、それが彼女に何とはなしの不安を与えるのであった。ある日、突然事業から身を退いてしまうとしても不思議ではないような雰囲気を身辺に漂わせている。

久美子からの手紙を読んで、月子は昔見たフランスの映画にも貴族やブルジョアがルーレットに興じている場面があったのを思い出した。——カジノと書くと日本の人達は博奕場と思うかもしれませんが、成熟した文化を持っているこちらでは優雅な社交場なのです——と久美子は主張していた。——資金は由雄兄さんにお願いするつもりですが、この計画には夢があります。お母さんからもよろしくお口添えをお願いします——という文面には、珍しく意欲を燃やしている表情が窺えた。月子は、ワイングラスを片手にゲームに熱中している女達を見守っていた有名な男優の横顔を覚えていた。友人の裏切りや失恋を経験し尽した人達が、賭けがもたらす束の間の昂奮を楽しむのは、久美子の今の心境に似ているようだ。儲かるか損するかを、二の次のこととして遊べるのは、彼女の言うように大人ばかりがいる世の中だからだろう。日本の男と女のように、威張ったり嫉妬したり、すねながら甘えていたりする湿潤な関係はそこにはない。月子も二度ほどカジノに案内されたことがあった。ルールも分らず、ゲームそのものにはさっぱり関心を惹かれなかったが、しいて子供っぽく遊んでみせるフランス人達の作る雰囲気を、彼女は楽しく眺めた。送って来た図面には、古代フェニキアの交易都市を想わせる城壁に開けられたアーチ型の窓から、陽光の注ぐ海が遠望されるのであった。小さな旗を飾った帆船が何隻も浮んでいて、商館めいた建物には封建領主時代のものらしい紋章まで描かれている。——勿論、設備は最新のものになりますが、構成の概念としては十七世紀ぐらいの感じになります——という説明も月子の気に入った。

——あなたが、目標を見付けて動きはじめたのはとてもいいことです。健康にもいいのではないかしら。採算とか商売のことは私には分りませんが、由雄と充分相談して下さい——と、月子はすぐ返事を書いた。

話を聞いた由雄が「この計画は駄目です」と言下に反対したので、月子は驚き、気分を害した。「夢でビジネスは出来ません。第一、日本人がフランスでカジノを経営する必然性がないでしょう」と由雄は続けたが、月子には息子の言おうとしている意味が分らなかった。「カジノは利権ですから、どうして久美子がこうした特典を与えられるのか説明が何もないし、本州食品の資金は公的なものだから、個人の趣味に支出することは出来ないんです」と由雄は強硬だった。月子は憤って話す由雄の表情に小田村大助の面影を見た。といって、手紙の調子では久美子も簡単に諦めそうにない。月子は二人が子供の頃、よく喧嘩していたのを覚えていた。年齢が近かったし、由雄は癇癪持ちで久美子は意地っ張りだったから、どうしても兄妹は衝突することになった。「女のくせに」とか「女の子なんだから」という理由を、久美子はその頃から認めようとしなかった。由雄は強く言いすぎたと後悔したのか、久美子の話が終ると、「おかげで来月、旭川に瓶詰とパスタの工場が完成します。いろいろ協力してくれた市への感謝の意味で彫刻を寄付することになって、その除幕式がありますから、参加していただけませんか。ついでに工場も見てほしいし。たしか、北海道にはまだお出になっていないんじゃないですか」と月子の意を迎える口ぶりで頼んだ。「私はほとんど何処へも行っていませんよ。これからは日本のなかでもいろんな処に行こうと思っているわ」と彼女は機嫌を直した。

その頃、由雄はようやく本州地所の反対を押えて新しいホテルを着工したところだった。島月正二郎は社員を区役所に派遣して、わが社はこのホテル計画に反対なので建築許可を出さないようにと、あからさまに圧力をかけたのであった。若い保守党の区会議員が島月の意を受けて日照権の問題を盾にとり、革新勢力と組んで運動をはじめたところから問題が紛糾した。由雄は止むを得ず保守党の上層部に働きかけて区会議員の動きを封じた。こんな時、衆議院議長小田村大助の秘書をしていた頃の顔が役立った。

島月は気が小さいままに居直って、いよいよ由雄への敵意をあらわにしていた。年齢と本州地所の業績の不振が彼を頑なにし、由雄の存在自体が我慢できないという感情を抱いているようであった。事業を進めるためには術策を用いても反対を押えなければならないという経験は、由雄をいよいよ経営者の顔付に仕立てていった。その都度、由雄は自分には小田村大助の血が流れていると感じた。巨大な機械装置が世界の果てにあって、否応なしにそこに吸い寄せられていくような気分が由雄を捉えた。本州地所を創業した小田村大助は、身も心もその装置になっていって自らの変身を完成させたのだ。自分もそのようになるのだろうか、すでにそうなっているのだろうか。ヴェトナム戦争とか環境保護のような問題が起る、すると経営者のではない顔が現れる。ところが近頃は、そのような顔さえも、異色の経営者というレッテルを貼られて、他社とは違う本州食品の事業展開の秘密と見做されるようになっていた。今度の新しいホテルの場合、島月正二郎が日照権の問題を持ち出したのは、意図したのではないだろうが由雄の弱点を衝いた巧妙な作戦であった。由雄には自分が本来の顔ではない面を付けて紛糾を処理したといった実感があった。彼はずっと前に――僕はそんな時／階段に跪坐《しやが》んで／仮面と／仮面の間におちた／僕の顔を探している――という詩を書いたのを思い出した。

そうした由雄の胸中には関係なく、久美子が莫大な資金を調達して十七世紀ふうの都市を再現し、そのなかでカジノをはじめるという話は彼を驚かせた。その時、咄嗟に浮んできたのは、叛乱は身内から起るぞ、と言った父親の訓戒であった。もしかすると、外部から次々に人材を導入し、学者を招聘してバイオテクノロジーの研究所を作り、株式を公開してゆく自分の経営は、島月正二郎から見れば叛乱に見えているのかもしれない、と由雄は思い、直ちに、叛乱にも正しいものと不正なものがあると反駁の姿勢を執った時、彼は自分が再び経営者の顔になっているのを知った。

そんな経験をつうじて、利権は反対給付なしに与えられないことを知ってしまった彼には、久美子の計画は危かしげに見えた。好意とか理想で人が動くことはまずない。叛乱ではないにしても久美子はあまりに無邪気だと由雄は思った。

皆が反対するのなら、自分ひとりで資金を作ってみせると意気込んで帰国した久美子の努力は失敗に終った。彼女から融資の依頼を受けた銀行は、その計画が本州食品の公認のものかどうかを確めようとし、彼女個人の事業であると分ると、みんな断ってきた。久美子は日本の社会に自分が受容れられないのを改めて知らされ、傷ついてパリに帰った。またもや、月子には助けようもない娘の挫折であった。気になった月子は彼女を空港に送っていった。「少し計画を遅らせたら?」と慰めの気分を籠めて話しかけても、久美子は口を固く結んで、母親に答えようともしなかった。「私にも貯金は少しあるけど」という月子を、彼女ははじめて優しい目になって振返り、「大丈夫です、何とか現地で作ります」と辞退して飛立っていった。

その時の娘の表情が、除幕式を終え、工場を視察してから、サロベツ原野まで車を走らせる月子の胸中に蘇ってきた。それは、意地に支えられて一生苦労しそうな、もう四十代の女の顔であった。

月子の落込みかけた気分は、車を捨てて見渡す限りの湿地帯に生えた、名前の分らない菊科の植物や豆科の草花を眺めているうちに霽れていった。この地方にだけ生息しているという蜻蛉が、風に吹かれて、高く舞い上ったり、草の間を分けるようにして飛んでいる。この地方の冬は、ほぼ四ヵ月の間、氷と雪に閉ざされると説明された。敗戦前は、原野を抜けた先の港から樺太行きの船が出ていたという。やがて案内された稚内の港はすっかり寂れていた。夫の転勤に従ってこの北端の町に移って来た女達のなかには、傷ついた心を支えかねている者もいたはずだと月子は思った。

やがて足を伸ばした北端の岬から見る海は、冬が終ったこの季節でも淋しかった。

一緒になったことで愛情が生れ、子供が出来、寒い国へも熱暑の国へも男に従ってゆく女の一生とは何なのだろう、という問いが「何だったのだろう」という言葉になって返ってきた。

月子は、しばらく岬の突端に立って海を眺め、人の気配のない周囲の陸地を見廻し、〝女は三界に家なし〟と誰かが言っていたのを思い出していた。

少し前、月子は夫の死後、思い立ってはじめた写経をやめてしまった。珍しく貍柳庵に遊びに来た妹の華子に見付かって、「あら、お姉さま、どうなさったの」と質問されたのも契機になったのであった。月子は、心のなかを覗かれたような狼狽を隠して、ゆっくり硯箱を片付けながら「大将はいいことも悪いこともずい分しましたからね、私が写経でもしてあげないと、仏様が迷ってうろうろするといけないから」と冗談めかして説明した。華子は姉の達筆を賞め、「うちの人は私がお習字していると、アル中の製図みたいだなんて言うの、憎らしいったらありゃしない」と、いつものように惚《のろ》けた。「おやまあ、仲のおよろしいこと、あなたの燕さんはお元気？」と、その時、妹と話している月子の心は少女時代に戻るようであったのだが。

立っていると、風が絶えず海から吹いて来て、気のせいか虎落笛《もがりぶえ》のような音が聞えた。霧が走ってきて遠くで汽笛が鳴った。車に戻ろうとすると、また急に霽れて、稚内には短い夏が来ようとしているのであった。もし、小田村大助が北海道に興味を持っていたら、月子もここに来ていたのかもしれなかった。拓務政務次官だった頃、彼が満州で緬羊の群れのなかに立って撮った写真が、彼女のアルバムに貼ってあった。

数日前、はじめて千歳空港に降りて、本州とは違う風景のなかを車が走り出した時、小田村を連れて来たかった、と思い、月子はそれに気付いて苦笑した。

サロベツからまた旭川に戻る道は長かった。月子は眠気に襲われながら、荒涼とした原野のなかを〝森の人〟が走ってゆく後姿を追っていた。それは彼女が市長と並んで除幕式をしたザッキンの彫刻の名前だった。駅前の広場に置かれたために、〝森の人〟は押し寄せる都市を迎え撃とうと身構えている男のようにも、背を踞めて大雪山系へ逃げていこうとしている男のようにも眺められた。月子は、五月の終りの輝かしい光の中で、由雄が寄贈した彫刻をじっと見ていて、あまりにあたりが明るいのでかえって虚しくなった。私は間もなく自由になるという気がし、我ながらどうかしていると思った。今以上に自由になったら、することがなくなってしまいそうな不安も覚えた。元気なうちに、やらなければならないことはきちんと済まさなければならない。この次に出版する歌集は、どうしても「たれゆえに」という名前にしようと、月子は決めた。人々の拍手が起って彼女は我に返った。数え切れない原色の風船が青空に昇ってゆく。合唱の声が起り、月子はふとヨーロッパにいるような錯覚に捉えられた。市長が演壇に上って話しはじめた。駅前通りに彫刻を配置して〝買物公園〟と名付けたり、北欧風の広いキャンパスを持った大学を作ったりした人らしく、若々しい機智に溢れた話しぶりを耳にしながら、月子は初めての歌集を「たれゆえに」と名付けようとして思いとどまったことを想起していた。あの時は、あなたさえ居なかったら、こんな歌は創らなかったでしょうに、と言いたかったのだ。しかし今では自分が歌人になったのは小田村大助のせいではなく、どうしようもない、むしろ理由など言い立てられない衝動からだと分っていた。「小田村由雄氏の率いる本州食品は、市の要請に応えて最新の設備を持つ工場を完成させ、今日また、このように世界的な彫刻家の作品を――」と市長が話している。工場開きには顔を出していた由雄は、気を利かせたのか「文化的な行事だから、お母さんの方がいいですよ」と除幕式は母親に委せて、あわただしくアメリカに発ってしまった。時流に乗って仕事が伸びているのが月子にも分る本州食品の発展ぶりであった。ただ、そうなればなるほど、由雄の姿は小田村大助と重なってくるのだ。久美子ばかりでなく、柴山治も二年ほど前に由雄と衝突して会社を辞めていた。身内だから我儘が出るのか、かえってやりにくいのか、治は担当していた調理缶詰部門の在庫が増えて欠損を出したのを責められて、憤然として辞表を出した、と月子は華子から聞かされていた。治が事業にむかないのは分るが、何も会議で叱責しなくてもいいではないか、というのが事の顚末を報せた華子の言い分で、月子も同じ意見だった。小田村大助がいた頃も似たような事件があったが、今度も治は本州食品とは競合関係にある会社から資金を出してもらって、畑違いの服飾と高級雑貨の店を赤坂に出した。外国の有名商品をよく知っていたし、お洒落でもあったから、かえってその方が治にはむいているかもしれないと、月子は内心の不満を押えて、「まあ、それもかえっていいじゃないの」と気軽に言ってみせた。うっかり彼女に同調すれば、華子は無邪気に「お姉さまも憤っていたわ」と親類中にふれ廻って、由雄を窮地に陥れかねないと考えたのである。小田村大助の時代は、このように気を遣う毎日だった、と月子は昔の息苦しかった日々を思い出していた。由雄もだんだん月子の言うことは聞かない経営者になってきている。華子が帰ってから、彼女は柴山芳三の気性を受けて人に頭を下げることの出来ない治の胸中を思いやった。華子には「治さんは商売人になるより、芸術家か職人さんになればよかったのよ」と感想を述べたのであったが。

彼女は治の無念な気持が分るだけに、由雄には内緒で時には様子を見にいってやろうと決心した。自分は小田村の家にかかわりのある者の面倒を見る立場にあるのだから。

プルミエと名付けられた治の店は、赤坂のホテルの二階にあった。外国の名店がならんでいる一角で、このホテルも本州食品の競争相手である親会社のものだという。その会社の社長の知り合いの貿易商がたまたま治の友人であったので機会を与えられたらしかった。「貿易をやっているといっても、昔の商人と違って何も知らないのでね、全部私が作ったようなものです」と治は自慢した。西向きの店で、地下の飲食街と一階、二階は町から直接入れるように工夫されている。ホテルは三階から上を使っているらしい。月子が入った時は夕方で、ショーウインドーは大きな庇を降していたから、店内は陰画の中の光景のように逆光に沈んでいて暗かった。それでもさすがに高級品が並べられている売場らしく、クリスタルグラスの棚には輝きがあり、アラビアの陶器などもあって、治の洗練された趣味が分って月子は嬉しかった。(この人もさんざん苦労したけど、やっと自分の店が持てたんだ、大きな会社の機構の中にいるよりも、この方が治にはむいているのかもしれない)。ケースに陳列されているセーターやブラウスも品のいいものばかりであったが、値段を見ると驚くほど高い。「随分いいお値段ね」と彼女が買物をする客の気分になって批評すると、「ええ、高い方がこういう所ではいいんです」と治はそれを褒め言葉と取ったようだった。突然、大きな鼠が月子の足下をかすめて走り去り、先の方で売子が「キャッ」と怯えた声を立てた。「また出やがった」事務所に使っているらしい店の奥から、若い男がモップを持って走り出て来た。「××さん、そこよ」「あっち、あっち」と、客が月子一人しかいないのを幸いに捕物がひとしきり繰り展げられて静まった。胸の動悸もさることながら、月子は不吉な予感がした。治は気にもとめない素振りを見せ、自分の支配する領域を確める歩調で、ゆっくり歩いている。今しがたの悪い印象を打消すかのように、その時照明が入った。深い水の中さながらに薄暗く沈んでいた店内に光が溢れ、跳ね躍った。その中を、やはりゆっくり巡回する治は翅を拡げた孔雀に似ていて、月子は焼け落ちる前の大東亜迎賓館を思い出した。戦争に敗けてからその光景は白昼夢と片付けられてしまったけれども。

気がつくと、いつの間にか丈の高い険しい顔付の男が店のなかにいて治と立ち話をしている。さっきまで真直ぐに足を伸ばして滑るように歩いていた治が、しきりに頭を下げ、男がチラチラと月子の方を見た。やがて男はくるりと踵を返すと意外に丁寧な手付で扉を押して帰っていった。「どうしたの?」と近寄って月子が聞くと「いや、なに、昔の仲間で」と治が口を濁し「なにか気に入ったものありましたか」と話題を変えた。その男は、治が北京にいた頃の戦争中の識り合いかもしれなかった。あるいは話に出ていた貿易商というのは、あの男のことだろうか。月子は、治がプルミエを自分の店だと言っているのが事実ではないような気がした。彼女が好きになれなかった治の妻の頼子は数年前に癌で死んでいた。治が誰にも相談せずに真鶴に越してしまって、そこから本州食品に通っている頃のことで、彼は小田原から新幹線に乗れば一時の由雄のように下手な郊外に住むよりは便利だと強弁していたが、月子には頼子が疎んじられているのだと分った。そんなことなら、はっきり別れてしまえばいいのに、なんなら私が話をつけてあげても、と考えたが、そこまでは言い出しかねているうちに倒れたのであった。看護婦の経験があったので病気のことは分っていると油断していたのが手遅れの原因らしいと、後で彰から月子は聞いた。ひとりで苦しんで死んでいったという。「その後、治さんはどうしているのかしら、誰か好きな人がいるんでしょう」と、久し振りに訪ねてきた彰に探りを入れてみても「身の廻りの世話をする人はいるらしいですよ。美人でもないから姉さんには紹介したくないんじゃないですか」と彰はこの話に深入りしたくない様子である。頼子との結婚に反対したので、今でも拗ねているのだと分って、月子はそれ以上聞かなかったが、治の態度が哀れでもあり不満でもあった。

冬が終ろうとしている風の強い日の午後、櫻柳庵に小俣梅子と名乗る中年の女が訪ねて来た。「何か、父親が昔、会社に勤めていたそうです」との家人の説明に思い当って、月子はそそくさと相手を招じ入れた。そのつもりで見るからか、やや奥に引込んだ丸い目や尖った顎のあたりが小俣政吉に似ていた。

「昨年、父が亡くなりまして」と、梅子は低いゆっくりした口調で報告したが、これから話そうとする内容に圧倒されている気配は、ハンカチを指が白くなるほど握りしめていることからも窺えた。

「あの日、旭川の駅前で、遠くから奥様のお姿を見て、父はひどく喜んで帰ってまいりました」と、彼女は意外な報告をした。

「あの会場に来ていたのなら、どうして声を掛けてくれなかったのかしら」と月子は残念がった。小俣政吉に会えば少女時代が蘇って来たはずであった。彼は月子が若い頃の面影を少しも失っていないのを知って昂奮していたという。「わしが芳三様に仕えていた頃、大勢のお子達のなかでも、雪子様、月子様、華子様は格別お可愛らしく、それぞれ異っておられたが、お三方が庭で遊ばれている様子を眺めて、女中のおせいやかめや達と、どのような天の配剤があのような方々を作るのかと常々話し合っていた」とも。

「こんなことを申しては失礼で、お気を悪くされるかもしれませんが、父の様子を見ておりますと、奥様に地上のものにではないような憧れを抱いていたのではないかという気がして来たのでございます。晩年、無口になっていって、何を考えているのか分らないような父でございましたが、この日の饒舌ぶりに接して、ああ、長年の望みとはこれだったのだ、父は立派になられた奥様を一目見たかったのだと、私は安堵したのでございます」と梅子が語るのを聞いていると、洗足池の畔の家に来て「月子さま、お変りもなく」と涙をこぼした小俣の急に老けてしまった顔や、三鷹を訪れて、何も言わずに目を伏せたまま遠慮がちに静脈の浮き出た手を火鉢にかざしていた姿が浮んで来た。銀行が倒産した後、ひとり残った小俣は、由雄と久美子が小田村姓を名乗るまでのほぼ十五年間、折にふれて姿を現し、散り散りになった兄弟姉妹の消息を伝えてくれたり、珍しい果物などを提げて訪ねて来ていたのである。不景気が続いていた時代であったが、月子が彼の親切を当然のこととして受け、気にもとめなかったのは、自分は柴山芳三の娘で小俣は父の家来だったという意識からであった。「小俣さんが急に北海道に移ってしまったのは、何か仕事の関係でもあってのことなんですか」と月子は彼の転居があまりに突然で、父親を知っている人達が、だんだん自分の傍から姿を消してしまう淋しさに捉えられた日のことを思い出して、梅子に聞いた。「はい、なにしろ私も子供の頃で、はっきりと父から聞いた訳でもありませんので」と彼女は言い澱んでから、「これは後になっての推測でございますが、銀行の倒産の原因になった鉱山というのが北海道にありまして、父は最後までそれを気に病んでおりました」

「あれは、確か柴山の親戚の者が無謀な投資をしたからだと聞いていますよ」と月子は思わず慰める口ぶりになった。「その親戚の方の紹介で父は柴山様の銀行に勤めたのです。投資の話にも関係していて、父は小田村様とも相談の上で柴山様に融資するよう勧めたようなのです」と、梅子の話は月子にとって意外な当時の経緯の説明になっていった。世間知らずの柴山芳三が親戚の者や部下の小俣らが共謀した罠にかかったと取れる話である。小田村大助は、やがて倒産後の清算管財人の助手として登場するのだから、それ以前に鉱山の計画に関係していたというのは意外であり、柴山芳三は最後までそれを知らなかったと思われる。倒産の責任を父親がひとりで被ったのを友人達が気の毒に思ったのには、柴山芳三が乗せられていたといってもいい事情があったのかもしれない。月子は今、目の前に坐っている梅子が嘘を言っているのではないか、何のためにこんな事を言いに来たのかと、じっと相手を注視した。梅子はハンカチを握った掌に目を落して月子の視線に耐えている。彼女の告白の展開によっては収っていた過去が押えようもなく騒ぎ出して来そうな気配である。彼女は小田村大助が戦争のはじめの頃、軍を利用して九州の金山の買収を画策していたのを覚えていた。山襞に囲まれた寒村に生れた小田村にとって、山は畏れの混った信仰と愛着の対象ででもあったのだろうか。

「詳しくは分りませんが」と、ふたたび梅子はことわって、「父はそのことを、ずっと気にしていたと思い当ることがあるのです」思わず月子は溜息をついた。どんな事情があったのかはもう分らない。小田村大助も小俣も死んでしまった以上、詮索しても甲斐のないことだと自分に言いきかせながら月子は聞いていた。

「父が姿を消したのは、除幕式から五ヵ月ほど経った頃でございました」と梅子は言葉を継いだ。「――罪を浄めるために森へ行く――とだけ書置きがありました。何分九十に近い年でしたし、夜は氷点下になる季節でしたから、すぐにいろいろ探したのですが、あいにく山には初めての雪が降りまして、今年になって偶然のことから中腹にある小屋のなかで遺体が見付かりました」そこまで、むしろたどたどしいほどゆっくりした話しぶりであった梅子は、「その小屋に行ったのではないかと、最初から分っていたのです、本当は。ですから、すぐ探しに行けばよかったのに、そっと死なしてやりたい、というような気持もあって、だから」と聞きとれないほどの早口になって、「だから、父を殺したのは私だと――」と乱れて、涙が両眼から噴き出すように溢れはじめ、しばらく言葉が途絶えた。まだ彼女が何のために榧柳庵に来たのか、もうひとつ分らないながら、月子はここにも父親と娘の、外側からは窺うことのできない葛藤があったのだと思った。それにしても、小俣政吉の死が、何故「罪を浄めるため」であったのか、どんな罪の意識が彼を苛み続けたのかは分ったようでいて分らない。

「そんなことはありませんよ。あなたは親孝行をしたのです」と彼女は梅子を慰めた。「安らかに死なせてあげたんですもの。長く生きるばかりが幸せとは限りませんよ」そう話す月子の目に、次第に冷えてゆく山小屋の藁の上に身を横たえて、じっと遠いところを見詰めている小俣政吉の顔が浮んできた。

その日は月一回の「紫珠」の歌会だった。梅子を帰してから彼女は手早く返却する原稿を整理し、来月号に載せる歌のノートにもう一度目をとおして、本州食品が経営しているホテルに出かけた。

「あなたの歌は構えずに創られていて、いいと思いますが、――やうやく折りし――というのは苦しいわね。――あはれ華やぐ――の部分も気持は分りますが、順序を変えてみたらどうかしら。たとえば——紅椿手折れば苦し花落ちて凍れる池のなぜに華やぐ——となさったら、人生の矛盾みたいなものが響いてくるようでしょう」などと話していると、月子は肩を落して帰っていった梅子の後姿を思い出した。年恰好は、今、自分の前に円陣を作って歌の指導を受けている婦人達とほぼ同じである。父親の自死によって、重い荷物を背負ってしまった彼女は、歌を詠むとか絵を描くとかいう趣味は持っていないらしかった。一度結婚して、夫に死別してから小俣政吉と一緒に住んでいたというから、心の空隙を埋めるのには時間がかかるに違いない。子供が二人いて、上の娘が本州食品の新しく出来た工場に勤められたと、その部分は嬉しそうに話していた。子供達が支えになればいいのだが、と月子は願った。「次は××さんの〝早春の窓〟にまいりましょう」と、彼女は気をとりなおして新しく入会した婦人の方に顔をあげた。「お願いします」と、××さんが頭を下げた。

少し前から、月子は歌作指導とあわせて、新古今集の鑑賞を会員達とはじめていた。投稿歌の批評を終えて、「今日は先月に続いて、〝春の歌〟の三回目ですが、後鳥羽院のお歌を深く味うには、どうしても増鏡や美濃の家苞《いえづと》なども参照して読むのがいいと思いましたので、それも引用しながら申し上げてみます」と前置きして「三十六番に——見渡せば山もと霞む、水無瀬川、ゆふべは秋と、なに思ひけむ——というお歌があります」と誦んだ時、急に哀しみに似た喜びに月子は襲われた。小俣政吉にどんな背信があったのか分らないけれども、自分には歌があったという、それはもう何度も繰返された感慨から出て来た喜びであった。どうしても、出来るだけ早く、水無瀬宮の跡を訪れてみよう。それから、隠岐へも行かなければ、と月子は自分に言いきかせた。

ひとりで、あるいは「紫珠」の会員と一緒に読んでいくうちに、彼女は次第に深く新古今集の世界に惹かれていったのである。――古代から中世に移る激しい変革の怒濤の逆巻く時代、その時世の苦悩のすべてが、この集にそそがれたといっても過言ではなく、歌人達は空前の激動の中で、命がけで日夜歌合に臨んだ。そこに歌集の本質があると知っておくことが大切で、さもないと官能的な美の真髄を読みとるのはむずかしい――と、月子は弟子達にも言い、文章にも書いた。読みこんでいけばいくほど、彼女は新古今集に滅びゆく時代の歌人の生き方を教えられるのであった。戦争に敗けた時、たしかに自分が生れた明治は消滅したのだと思った。新古今集の恋歌などから小田村大助との葛藤を想起することは、いつの間にか稀になっていた。口惜しい想い、嫉妬の記憶も、裾野に霞のかかった春の山の風景さながらに回想された。昔読んだ時は、ただ快いと感じられた作品のなかに、人の心の移ろいやすさや、醜さをじっと見詰め、なおそれを許そうとしている境地が蔵われていると分った。実朝と後鳥羽院、それに後年疎遠になった定家と後鳥羽院の関係の錯綜は、月子に歌を詠むことと、生ま身の人間として生きてゆくことを調和させるむずかしさを思い知らせるのでもあった。院の護持僧であった慈円との意見の違いは、愚管抄を手にして、慈円の説に共鳴するところの多かった彼女に、何故院は無謀な承久の乱を計画したのかとの疑問を抱かせた。考えていって後鳥羽院は、敗れると知っていて、なお事を起したのではないかと思い至ると、月子にはこれまで分らなかったいろいろの部分が明らかになってくるようであった。それは勝敗をも遊びと観ずる数寄心《すきごころ》ではないか。古代王朝の末期、潮のようにそこここに起って世を支配した平家の赤旗と源氏の白旗の戦い合う様を闇に見据えながら、「紅旗征戎《こうきせいじゆう》吾が事に非ず」と定家は世俗の争いに超然としている態度を宣言したけれども、そう言い切らなければならなかったのは、やはり世俗から離れられない心が自らの裡にあったからに違いないのだ。そこへいくと、後鳥羽院の心は定家以上に浮世から遠ざかっていたように月子には読めた。院が北条義時が率いる鎌倉方の軍勢に敗れて島流しの刑と決まり、京都から隠岐に護送される際の有様を、月子は六代勝事記《ろくだいしようじき》を探し出して読んだ。同じ敗戦で、土御門院が土佐に追放になり、やがて阿波に遷されたという記述も、柴山家の祖先が阿波に逃れたこととの関連で彼女の関心を惹いたのである。

——春ならで山もと霞む水無瀬川を過ぎさせ給ふ、秋の心は愁へとして尽きずといふことなし。あはれぶべし、水無瀬の洞庭に柳かしけて、亡国の恨み、隋堤にしも限らざりけることをとまで、悲しく思《おぼ》しめされけん——

という箇所を読むと、彼女は院の従者になったような気分になって、目隠しの簾を透して、これが見おさめかと水無瀬宮の佇まいを眺める院の胸中に想いを馳せた。おそらく屋形船を池に浮べて、笛や太鼓の鳴り物も入った歌合の歓楽の宴の記憶が過ったであろう。白拍子達の嬌声を、事もなげに無視している定家の、おのれの才だけを恃《たの》む白皙《はくせき》の面影なども、彼を遠ざけたままになってしまっただけに懐しく思い出されたに違いない。無事に隠岐に着けたら、歌ひとすじに暮そうと自らに言いきかせて、立止ってくれていた護送の武士に「参ろう」と声を掛けたのであったろう。

月子は常磐線に乗って櫛形村に向う日の朝の父親が同じような境遇にあったのだと思った。その日、上野駅に着く前に、彼女は柴山芳三にせがんで小梅町に廻ってもらったのであった。あれは春の盛りの広い道であった。卯の花の生垣は浅い緑の葉をつけて華やいでいた。それは二年前まで住んでいた家が、まだ差押えの白い紙を斜めに張りつけたまま静まり返っているのと奇妙な対照を見せていた。「ふむ、昔のままだ、この家も荒れたな」と柴山芳三がひとりで頷いた。「私は降りませんよ」と母親の節は車のなかに坐ったままだった。早くも、市谷の仮り住まいに慣れたせいか、月子にはもとの家が、さびれた大きな城のように眺められた。「誰もいないからつまんない」と彼女は柴山芳三を見上げた。彼女は、なんとなく仲の良かった姉の雪子や弟の治が、まだそこに住んでいるような気がしていたのである。その時の父親の表情を、六十年近く経った今、彼女は全然憶えていない。

やがて、このような思い入れを持って訪れた水無瀬神宮であったが、後鳥羽上皇が歌合を催したはずの広い池や、萱葺の廊渡殿はもうどこにもなかった。池田市を経て伊丹に向う道は舗装されて、トラックや乗用車がひっきりなしに走っている。茂っていたと思われる蘆原の面影もなかった。家が犇いて山沿いに上ってゆく丘こそ、かつての男山八幡であり、神社の北に小高く見えるのは天王山であろうと見渡せば見渡すほど、水無瀬はわずかに形骸をとどめている盆地の狭い領域にすぎなかった。点在している竹藪だけが、すでに滅びてしまった離宮の面影を伝えていた。月子は神社に拍手を打って、無言で高槻に向う車に乗った。由雄が経営する食品工場を訪れるためである。走り出してすぐ、壊れた車や錆びた扇風機が山積みになっている広場が見えて彼女を驚かせた。ニューヨークが、此処にまで侵入して来たのだと思った。かつての水無瀬はすでに死んだのであった。自分が望む風景は、想像のなかにしか存在しないのを、あらためて教えられて、あれから長い年月が経ち、月子は自分がなすこともなく生きているのだとの悔いに捉えられた。工場には、東京から直行した由雄が待っていた。豆腐を自動充填する機械の列が整然と並んでいて、無人のコンベアに乗って流れてくる食品の左右で鉄製の腕が音を立てて動いていた。一日、二十万丁の製品が、この地方のスーパーや食品店に配られている、と紺の作業服を着た社員が彼女を案内しながら説明した。日本で一番新しい装置だと言う。視察が終って事務所に入ると、二人きりになるのを待っていたように由雄が、「どうも久美子の会社の具合が悪いらしいんです」と告げた。「あと三ヵ月保つかどうか分らない、手形の期限が来る九月を越せそうにないと駐在部から連絡がありました。本州食品は関係ないんですが、世間では同じに見ている者も多いし、何よりも久美子が思い詰めなければいいんですが」と声を潜めた。

「カジノなんかやるからよ。あなたの言う事を聞いて中止すればよかったんだわ。治にしても久美子にしても仕様がないんだから」

かつて賛成していたことは忘れて、思わずそう口走ってから、月子は「それなら出来るだけ早く、私が行ってみましょう」

と由雄に相談する口調になった。

しかし、七冊目の歌集『たれゆえに』の校正や、知人の娘の結婚式などがあって、二ヵ月ほど経ってから行ったパリで、月子は娘とゆっくり話をする時間を持つことが出来なかった。久美子は一日だけ、お義理のように海洋都市から戻って来たが、食事を一度一緒にしただけで、そそくさとまたカジノのある町に帰っていった。レストランにも書類を小脇に抱えて現れ、途中で「ちょっと思い出したから電話をして来ます」と立上ったりする様子には、わざとではないのだろうが、（いまお母さんとお付合いしている時間はないの）と言っているような雰囲気があった。ひっきりなしに煙草を吸い、アイシャドーなどを濃くつけた久美子の顔を（この人は優雅ではなくなってしまった）と月子は眺めた。元気そうに振舞っているが、疲れているのは鈍い瞼の上げ下げや、振向く際に耳の付根から肩にかけて翳のように皺が寄るのにも現れていた。

「無理をしては駄目よ」と月子は優しく注意し、小俣政吉の娘が訪ねて来た話をした。「お父様の銀行が具合悪くなった前後の話を聞いたけど、いろいろあったようなの。小俣政吉はその渦中にあって、私には言えないような行動をしていたのね。それで良心の呵責に耐えかねて、私が旭川の除幕式に出た姿を遠くから見た後で、自殺したんですって。旭川は、お父様の銀行が具合悪くなった原因の鉱山があったところなのよ。男は女の私達が考えつかないような動きをしますからね、あなたもよっぽど気を付けなくっちゃあ」

久美子は、ふんと母親を馬鹿にしたような表情を見せた。小鼻が大きく開き、煙草の煙を勢いよく出した。月子は話のなかで倒産という言葉がどうしても使えなかった。それは久美子の事業の失敗を自分が予測してしまっているのを正直に告白していた。沈黙を軽く押し退けるように久美子が、「由雄兄さんの会社には迷惑がかかることはありませんから安心していて下さい。あの人も権威主義の日本の男だから、いろいろ言うでしょうけど心配はいらないわ。それより島月正二郎には気を付けて。私を憎んでいるし、先天的に変な人だから。刺客をパリに送ったっていう話もあるくらいよ」

「しきゃく?」と月子は聞き咎めて、過労から思い過すようになったのではないかと久美子の目を見たが、島月正二郎ならば、あるいはという気がしないでもなかった。すでに八十になっていた彼の身辺には、最近悪い噂ばかりが絶えないのである。猜疑心と嫉妬心は岳父の小田村大助以上だと言われ、かつて昌が働いていたゴム会社を委せていた実の弟や、遊園地をやらせていた甥など、身内を全部本州地所系の会社から追い出してしまっていた。小田村の家を継いだ蓮見志乃の上の子の籍は、まだ本州地所に残っていたが、実権は与えられず、名前だけの非常勤役員であり、月子が目をかけていた下の子は島月の会社を辞めたあと、由雄の方のホテル部門の責任者になっていた。「叛乱は身内から起る」という、小田村大助の遺訓を実行しただけと島月は公言しているようだが、金次第で白も黒と書く文筆家を傭って、由雄の本州食品や、追い出した身内を逆に攻撃する本をたて続けに作らせているという話も、月子は彰から耳にしていた。それにしても〝刺客〟は飛躍だと思ったが議論してもはじまらないことだから「まあ、あなたも気をつけた方がいいわ、一番の敵は自分自身よ」と、月子は漸く母親らしい口ぶりに戻った。

「今は季節がよくて、お母さんの好きな自然も花をいっぱいつけていますから、ロアール川の流域を二、三日旅行していただく手配をしておきました。のんびり廻ってらしたらいいと思うの。私はもうちょっとお会い出来そうにないし。御心配をかけているようだから、お詫びの気持もこめて用意させましたから」

久美子はゆっくりと、有無を言わせない静かな口調で、むしろ指示するように月子に話した。自分がパリにいたのでは、かえって娘の負担になるらしいと覚って、月子は久美子の立てた計画に従うことにした。

翌日、彼女は案内役の女子留学生と一緒に車でナントに向けて下っていった。時おり夕立に似た雨が通り過ぎ、草や木がいきいきとそよいだ。緯度のせいか、風景が由雄が最近開発をはじめた八ヶ岳高原に似ているのも嬉しかった。アンボアーズの近くでは川岸に虹が立ったのを見た。草原から草原に懸る虹ははじめてだった。いい事の前兆ではないかという気がして、久美子もうまく切抜けられると思い込もうとした。葡萄畑が続いていた。

前の晩、寝そびれたこともあって疲れてしまったから、夕方までにアンジェ市に着けばいいことにして、やはり川に沿ったランジェの城で休んだ。

少し離れた木蔭で、女の子が四人、編物をしながら大人達がするように話し合っているのが見えた。近くに乳母車が置いてある。赤ん坊が泣きだすと、年長の少女が立上って、あやしにいった。家を委せられている少女のおしゃまぶりが愛らしく、月子は弟の彰が生れた頃の自分もあんなふうであったろうかと眺めた。留学生に聞かせると、赤ん坊は彼女の妹で、家は城門のすぐ外のパン屋だと言う。やがて月子は少女に代って乳母車をゆっくり揺すりながら子守歌を唄っていた。

〝宮に詣ったとき、なに言うて拝もか〟と声を出すと、彼女は自分がまだ若くて、赤ん坊の由雄と久美子をあやしているような気分になった。

〝起きて泣く子の〟と続けて、次の句は何だったかと考えた。〝つら憎さ〟だったか〝いじらしや〟だったかと迷った。メロディも違うので、はじめ少女達はじっと穴のあくほど月子を見ていたが、そこは子供らしくすぐ慣れた。涼しく吹いてくる風には、木犀に似た香りがあった。

——何の木の花とはしらず匂哉——と珍しく芭蕉の句が浮んできた。留学生が草の中から四つ葉のクローバーをみつけて来た。少女達はまた編物に戻った。

太陽はいつの間にか傾いて、風に騒ぐ葉の間から遠くの高い空が眺められた。心が吸い込まれてゆくような青さだった。久美子に、どうしたら生きている幸せを与えてやれるだろう、やっと見付けた事業に失敗したら、もう行くところがないではないか、と月子は気が休まらなかった。少し冷えてきたので、月子は立上り、四人の少女達に〝さよなら〟と挨拶して城の内庭に入った。浅く澱んだ池に睡蓮が二輪残っていた。彼女はその周辺をゆっくり巡り、この日の記念にさきほど貰った四つ葉のクローバーをノートに挿んだ。

日本に帰って間もなく、月子は高い熱を出し、腎盂炎と診断された。強い薬を使ったので全身にひどい湿疹が出た。医者が「まあ、副作用はこの際我慢していただくしかありません」とこともなげに言ったので月子は腹を立てた。近頃の医者には暖かい心がない、病人を機械のように扱うと不満だった。思いの他、回復には時間がかかった。「紫珠」の編集と例会への出席が主な行事のような日々が過ぎた。久美子の会社は彼女の努力で持ちこたえて年を越したものの、本州食品が最後の救済を断ったために、結局、由雄が予測した日時よりも一年遅れてではあったが倒産した。久美子が頑張っただけ負債の額が増え、債権者から訴えられたために、彼女はフランスから出国出来なくなってしまった。

若い頃から病気には慣れていたつもりだったが、治っても、なかなか体力が回復しないのを知って、月子はもう若くはないと覚らされた。今度の腎盂炎には由雄も驚いて、健康管理の体制を整備しなければと、珍しく自分から知り合いの医者にも相談して、友人のホームドクターの松本を月子に紹介し、本州食品と縁の深い病院を指定して定期検診を受けるように決めた。かつては、こうしたことは月子の役割であったのに、いつの間にか息子に面倒を見られるようになったと彼女は苦笑した。

老いの発見と体力の衰えは月子の歌を少し変えた。恋を詠むにしても、身を焼き滅ぼすような想いを体験することが出来なかった口惜しさからではなく、恋を恋し続けた自分をいたわる気持が中心に据えられ、新古今集を読み込んだ影響が重なった、

わが心はつかにひとを恋ひそめし無垢なる日々のいま恋しけれ

ゆめはいまひとりの宴菫《すみれ》草泉をこえて心むらさき

というような作品になった。やがて、若い頃の相聞歌も集めて出版した『恋百首』の後記は「わが青春の鎮魂歌」と副題がつけられているが、そのなかで彼女は、

――考えてみますと、人生にも四季があります。幼年期、少年期、青年期、成熟期という風に、そして旅、別離、恋、そのような歌のいくつか筐底《きょうてい》ふかく納めてあったものも取り出して、青春への鎮魂の一冊をまとめる事も、私の歌歴五十余年の歴史のしめくくりにはふさわしいと思いました――

と書いた。恋以外の歌も、烈しさに代って諦観の響きを見せるようになった。長いあいだ行けないでいるうちに、隠岐島は月子の胸中で暗い海に浮ぶ輝かしい聖地として現れるのであった。戦に敗れて遠流《おんる》になった後鳥羽院の境地は、新古今集を読みすすめるにつれて彼女自身の境地になっていった。月子はよく、自分を現代の海に浮ぶ島のように感じた。その島に流されてしまったので、柴山芳三とも新古今集の歌人とも会えないのだというふうに思った。それだけに、もし隠岐に渡って、水無瀬宮を訪れた時のように昔の面影が消滅しているのを発見したら、此の世で王朝を想う拠り処を失くしてしまうと恐れた。日本に戻ってから、由雄の女友達にもなっていた女流画家の麗英に強く誘われなかったら、月子の隠岐島渡航は、もし実現したとしてもずっと後のことになっていたに違いない。

パリで彫刻家と暮していた頃と違って、麗英は具象でも抽象というのでもなく、内側に溜っているものを荒々しく画面にぶつけるような絵を描いていた。日本でのはじめての個展を見た時、月子は「あなたには破壊衝動があるわね、でも壊せば壊すほど澄んでゆく絵ね」と批評し、母親と娘ほど年の離れている二人は仲良くなったのである。

前の年、花明山荘と月子が名付けた八ヶ岳の別荘に遊びに来た時、麗英は珍しく自分の家の話をした。父親は福建省の生れで親が決めた女と結婚したが、どうしても相手が好きになれないで日本に密航してきたのだという。「今年、はじめて郷里に行ってきました」と麗英は報告した。父親が育った村で彼女は年老いて白毛女《はくもうじょ》のような姿になった本妻に出会った。彼女は、日本での二番目の夫人、麗英の母親になる三番目の夫人と、その二人の子供の写真を枕元に飾っていた。麗英は、父親が、本国に残して来た最初の妻にその都度、その後のなりゆきを報告していたのを知って意外だった。愛してもいない相手との文通は義務の意識とか責任感ということではなく、麗英には理解できない家の観念からであったのだろう。

彼女の話は、月子に自分の過去を想起させた。日本で生れて、やがてパリに渡り、画家として成功した、三番目の夫人が生んだ娘をはじめて見る本妻の眼の光が月子には見えた。麗英の父親の閲歴も、徳島から東京へ逃げた柴山芳三に部分的に似ていた。竈《かまど》を備えた土間に続く居間兼寝室に敷っ放しになっている布団の上に坐って、両手をあげて麗英を迎える本妻の顔は笑っているが、目は少しも笑っていない。それは小田村大助が蓮見志乃に生せた二人の男の子を迎えた時の自分の顔でもあった。

麗英の話が終った時、「そんなふうだったら、やはり革命が起るわねえ」と、月子は昔、由雄が運動に走ったのを思い出していた。麗英はごく最近まで、学生の頃の由雄のことを知らなかったらしい。ずっとパリだったからでもあるだろうが、それは二人が親しくなってからさほど時間が経っていないと報せている、と月子には分った。そのように男と女の関係の濃淡、移りゆきに頭が働くのは、小田村大助との生活で否応なしに訓練されたからであった。その小田村大助でさえ、若い時は立憲同志会の創立委員として活躍していたのである。麗英の話に触発されて、夫の転向に転向を続けた道程が、月子の記憶の白く乾いた道に浮んで来た。由雄はいつだったか――自分の裏切りと自分への裏切り――というようなフレーズを持つ詩を書いていたが、生きるというのはそういうことなのかもしれないと思った。女だって、頼もしい男に身を寄せながら、敗れると分っている男に惹かれるのは、心のうちに魔性が潜んでいるからだ。この娘は絵を描いているので救われていると思う気持は、短歌を詠む自分への労りでもあった。

その晩、月子は麗英の前に源氏物語を取り出して若紫の巻の説明をした。また、日本にも王朝の興亡の歴史があったと、後鳥羽院の生涯について語った。麗英は、一度、日本海の暗い波を見たい、と言った。

月子は彼女と隠岐島に行く計画を立て、松江から船に乗ることにした。彼女は、出羽前司重房《でわのぜんじしげふさ》、内蔵権頭清範《くらのごんのかみきよのり》、女房二人、伊賀局、聖《ひじり》一人、薬師《くすし》一人という僅か数人で、出雲の大湊港から遠流の船に乗った院を偲びたかったのである。しかし、二年前の大病を忘れていなかった由雄は、飛行機を使うことを主張し、「四月の風はまだ冷いから、また腎盂炎が再発したらどうします」と言ってから「麗英頼むよ」と彼女へ視線を移して懇願するので、海上の道は諦めなければならなかった。

着いた日は天気がよかった。湾の入江に建っている島後の旅館に泊った晩、月子は「昔の人は〝唐ごころ〟と言って中国をよく言わなかったわ。それに私は明治の生れでしょう」と白状した。麗英が男子生徒と喫茶店に行ったのを見咎めて父親が折檻をやめないので、台所から包丁を持ってきて彼の前に置き、「さあ、殺しなさい」と迫ったという話は月子を羨しがらせた。

そう聞かされれば、小柄な体格なのに印象は逞しい。山なりの眉の下の瞳が時おり強い光を放つのを見れば、整った目鼻立ちが芯の強さを隠しているようだった。ゆっくり混える身ぶり手ぶりが太極拳のように大きくて、そこが日本人離れしている。「私の娘も、少しあなたを見習えばいいのに」と月子は告げた。胸中で、久美子にも強くなって欲しいと願ったのである。

翌日は朝一番のおじき丸に乗って、島後を出発したが、あいにく海は荒れ模様であった。途中から降り出した雨に雪も混ったが、中之島に上陸した時は驟雨のように霽れた。陸地から見ると海は沖の方まで白い波頭を見せて、暗灰色の重そうな空がその上を覆っていた。押し寄せてくる波は時代そのものであり、拡っている厚い雲は自分の想いを現しているように月子には眺められた。

空も海も荒れているのに、隠岐神社の桜は満開で、雪もよいの雨が止むと花吹雪であった。上皇に仕えて忠勤を励んだ豪族、村上家の庭に入った。院はいつも行在所の裏門から山道伝いにこの庭へ歩いてこられたと聞き、月子は、その同じ道を歩く喜びと畏れに、何ひとつ見落すまいと足下に注目した。濡れた敷石は擦り減っていて間をいちめんに細かい苔が埋めている。その上に花びらが散り敷いて、月子は桜の木の上を渉ってゆくような錯覚に捉えられて、――すみそめのそでの氷に春たちてありしにあらぬながめをぞする――という、院の〝遠島百首〟のなかの一首を思い起した。十九年におよぶ流刑の日々、院にとって歌が支えであったのを今更のように想うと、月子は小田村大助が他界してから、自分もそれに近い年月を生きて来たのだと覚った。これからの、おそらくそう長くはない時間のなかで、何処へ辿り着くことになるのだろうと海に目を放った時、彼女の胸中に、〝蕩漾《とうよう》の海〟という言葉が浮んで来た。この次の歌集にはこの題をつけようと思った。

あたりが急に白い柔らかい膜に包まれたように明るくなった。重く垂れていた雲との距離が消え、見上げると灰色の無数の影が舞いながら月子に迫ってくる。牡丹雪が音もなく降りはじめたのであった。「日本の風景です」と麗英が呟いた。「富士山と桜とどう闘うかって、少女時代の私はいつも身構えていました」という彼女の声を遠くからのように聞いて、月子は薄明に閉ざされた隠岐神社の屋根を見ようとしたが、早くも甍《いらか》は白一色に覆われていた。

雪のなかに彼女は点のように赤い火が灯っているのを発見した。敷石も苔も雪であった。その火を目指して、たくさんの鹿が走っていくのが見えた。逞しい角をはやした一頭だけが、首をあげて前方を遠望していたが、従う鹿はみんな肩をすぼめていた。ぼんやりした洞の中へ彼等は次々に吸い込まれる。意識の奥に轟いていた波の音が、だんだん大きなうねりになって月子を揺すった。この雪は波の上にも降っているのだと思うと、月子は今朝発ってきた島後や、百八十を超える隠岐の群島の姿を想像の中に再現しようと目をつぶった。自分だけが不思議に明るい冷い光に包まれているのが分った。白く小刻みに変化する空間を、船が影を滲ませて遠ざかっていった。おじき丸でも後鳥羽院が乗られた船でもなく、とても巨きな汽船のようであった。

春の雪はかなく降れり降り消えてとどろく聴ゆおきのうら波

と歌が浮んだので、ノートを取ろうとしたが手が動かない。今、自分が創ったばかりの歌を誰かが朗誦している声が、この世のものではないのびやかさで雪のなかに聞えた。私は死ぬのかもしれない、と月子は感じた。少し気懈《けだる》いくつろぎが彼女を捉えた。

「こちらからお入りなさいませ」と誰かが誘った。死んだ姉の理加の声だと分ったが、いつか羅浮仙の夢を見た時の女の人の声にも似ていた。彼女は、これから儀式に臨むのだと知っていたが、心は華やいでいた。一面に落ちてくる葉が、雪になり花びらになるなかを、月子は宇宙遊泳の足取りでゆっくり進んでいった。身体が少しずつ浮き上るのが分る。奥の方で、大勢の人がどっと笑い崩れた。自分を歓迎しているようでもあり、全く関係のない宴に集っている車座の声のようでもあった。突然、その笑いをとめようとするかのように甲高い鼓が鳴った。ポン――ポン、ポンと急調子になって止むと、昇殿する際の衣裳をつけた男が階段の途中で足をとめて振向いた。鬼であった。同情を拒否するような、厳しく悲しげな顔である。思わず短く叫んで近づこうとする足が宙を踏んで、彼女は落ちた。深い穴らしく、あたりはたちまち闇に包まれた――。

彼女を呼ぶ声が、遠くから次第に耳元に迫って聞え、月子は正気に戻った。隠岐神社の庭には、まだしきりに雪が降っていた。

「お気づきになりました?」と麗英の顔が目の上に現れた。月子は安心して頷き、起上ろうとしたが少し頭が痛かった。「そのまま、ここは神社の社務所ですから、どうぞ寝ていて下さい。後の予定は全部キャンセルしました」と報告する麗英の方に手を伸ばして月子は彼女の手を握った。「御免なさい、一時間もこうしていれば治るわ。時々こういう事があって、貧血症なのよ」といい、頷く彼女を見て、「こんな具合では、とてもあなたのお国に行けそうにないわね」と、笑った。前の晩、月子は彼女と二人で一度大同の石仏や西安の碑林を見に行こうと話していたのである。しかし、月子は心の中では貧血のために倒れたのではなく、別の世界が呼びに来たから、その中に入って行こうとしていたのだと思っていた。

麗英は隣の部屋で男の子のように胡坐をかいて写生をはじめた。庭を向いた彼女の後姿に目をやって、高い欄間の先の空を見ると、雪はふわっと近寄って来たり、素気なく視野をかすめたりして止む気配がない。このまま隠岐島で息を引取るのなら、それも本望で、自分はさっき垣間見た世界に入っていけるのだ、と思った。考えているうちに月子は眠りに落ちたが、今度は夢は見ず、ただぼんやりした薄明りのなかにいた。ふと、小さな音がした気配に目を覚すと雪が熄《や》んでいた。かすかに波の音が聞え、急に眩しく春の陽が射してくると、桜の花が一斉に散っているのが見えた。

終章

由雄は花明山荘のヴェランダに腰を下して、早くも秋を想わせる日射しに散ってゆく秋楡の落葉を眺めていた。この別荘は本州食品が開発した八ヶ岳山麓に月子が作ったものだ。由雄は思い立って母親の書斎に入り、ラヴェルの三重奏曲のレコードを出して掛けた。あるかなきかに吹いてゆく高原の風に拒む身ぶりを見せて落ちる木の葉は、彼に凋落の明るさを感じさせた。ピアノによって呈示される主題が部屋の中から聞えてきた。堀辰雄の小説に出てくる「風立ちぬ、いざ生きめやも」というフレーズを思い出した。彼は月子の病気が気になっていたのである。ヴァイオリンが主題をなぞり、今度はピアノがそれに絡み、チェロが両者を誘って軽やかな足取りで季節の底の方に降りてゆく。

ひと月ほど前、腎盂炎の長患いに懲りて、それ以来母親の健康管理を頼んでいた友人の松本医師から由雄は電話で呼び出された。診療所を訪れると、松本は一年半前の胃の写真を取り出して来て、新しいのと並べ、「ここのところが違うだろう、まだ初期だと思うけど精密検査だなあ」と呟き「何だろう」と聞く由雄に「分らない、分らないけど厭な感じなんだ」と告げた。

翌朝、その結果を持って訪ねて来た由雄を、月子は「私は病気になりませんよ」と取り合わなかった。隠岐島で倒れてから気を付けていた甲斐もあって、その後、海外へ行ったが、疲れも溜らず、この二、三年は今までのどの時期よりも調子がよかった。神経質に健康を心配しても仕方がないというふうに考えが変ったから、一年以上、松本医師の再三の催促にもかかわらず定期検診に行かなかった。月子はいつの頃からか、身体の具合を、歌がどんな調子でどれくらい出来るかで判断する習慣になっていた。『蕩漾の海』以後、毎月「紫珠」に載せきれないほどの作品が詠めた。

それだけに、ついこのあいだ飲みにくいバリュームを飲まされて写真を撮ったばかりなのに、今度は内視鏡を入れて検査するというのは面白くなかったから、「そんなにしてまで調べたいのなら、剪って診たらいいわ」ときめつけた。「それでも、念には念を入れて、ということもありますし」と由雄はいつになく食下って来る。ふっと月子は（何かあったんだな）と直感した。それならそれで、もう一度パリに行って、倒産後、出国禁止になっている久美子に会って来なければならない、それに蓮見志乃の下の息子がカナダではじめたホテルの様子も見に行ってやらなければと考えた。

「あなたがそんなに心配なら、診てもらってもいいけど、その前にそれじゃあ、パリとカナダに行って来ますから、精密検査はその後にしてちょうだい」

「もし外国で調子が悪くなったら皆に迷惑をかけますよ。潰瘍が出来ているかもしれないんですから、吐血でもしたらどうします」

「私も出国禁止なのね」

月子は由雄の様子がいつもと違うのに控けて悲しそうな表情になった。

「調べて手術しなくても済む程度だったら、少し養生なさって、それから旅行したらどうですか。もっとも、今は暑いから一週間ほど八ヶ岳で休んで来られたらいい。そうすれば私も現場を見る予定を入れて合流しますから、二人で二、三日のんびりしましょう」

月子の様子を見て、由雄は宥める口調になった。

そんな問答の結果決った八ヶ岳行きであったが、由雄が軽井沢から花明山荘に廻ってみると、一足違いで月子は気分が悪くなって帰京してしまっていた。その朝食べたものを全部出してしまったのだと別荘番が報告した。——ごめんなさい、ちょっと調子を崩して急に帰ることにしました。あなたは折角来たんだから、二、三日休んでいって下さい。健康が第一ですよ——と走り書きが遺されていた。由雄は不安を覚え落胆もして、とにかくヴェランダに腰を下したのだ。月子が倒れた以上、疲れていても泊っていく訳にはいかなかった。眺めていると、標高が高いために背の伸びない茅の穂が、風に揺れて銀色に光るのが見えた。野いばらの葉が、夏なのにもう赤くて、女郎花《おみなえし》や吾亦紅《われもこう》のほかに、梅鉢草とか下野草《しもつけ》、松虫草、菊科のコウリン花などが満開であった。春と夏と秋が一度に来て舞い、揺れているような光のなかへ葉が散ってゆく。

月子は夏をこの高原で過すようになってから、由雄の会社のために八ヶ岳に咲く花や草木の写真に短歌を添えたカレンダーを創ることを思い立ち、一年間の観察をもとに花暦を編集していた。眺めていると、最近いよいよ浮世から離れて、自然とだけ語り合い、内部世界を拡げていた月子の心が伝ってくるようであった。草や樹々が身を起して歩きはじめ、ざわめき合っていた月子を光で包み連れ去っていくような感じを受けながら、由雄は午前の高原の庭を見ていた。

前の年に彼女は九冊目の歌集『真澄鏡』を出していた。由雄が喜寿の祝いをしたいと言ってきたのを断ったところから、親子で共同の出版記念会を催すことになったのである。ちょうど、由雄も久し振りに新しい長篇を本にしたところだった。それならばと、月子は前の歌集以降の作品の整理をはじめた。あわただしくまとめられた歌集のあとがきには——今年は由雄の小説が本になり、続いて九月には巴里在住の娘久美子の『パリ・女たちの日々』が文化出版局から上梓されました。その後を追って、私のこの歌集『真澄鏡』と、随筆集『旅とこころ』が出ることになります。親子三人の出版記念の集いも夢ではないなどと思いながら、このあとがきを認めて居ります——と月子は書いた。

その目論見どおりに、月子の誕生日の十一月二十三日に狸柳庵で、彼女や由雄の親しい作家や評論家、音楽家や絵描きが集った出版記念会が開かれた。隠岐島以来、更に親しくなった麗英も参加していた。出版社の知人も顔を揃えて、彼女は胸に赤い薔薇をつけて来客の祝辞を受けた。年配の者も幾人かいたが、大半は由雄の方に近い年齢で、彼女はいつの間にか彼等に後援者のような立場の女性として扱われていた。久美子の出国許可が下りず、不在なのが唯一つの心残りであった。柴山治は欠席したが、彰も顔を見せ、短歌同人誌「紫珠」の編集委員も全員出席していて、彼女にとっては、集った総ての人と心を開いて話し合える会合は、ひさしぶりのことであった。異腹の二人の男の子達が、折よく揃って出席してくれたのも嬉しかった。彼等の顔を見ると、自分が小田村の家の未亡人としての役割を果している実感が湧いて来た。

「家族が合同で出版記念会をするのは珍しいですね」という来客の卒直な感想は月子を喜ばせた。育て方を褒められているような気がしたのである。由雄が、「今日の会は実は母の喜寿の祝いでして、それを本人が喜ばないものですから」と経過と趣旨を打明ける短い挨拶をした。彼女は実際よりも十五、六歳は若く見えたから、由雄の話は冗談のような楽しい効果をあげたのである。宴がはじまると、月子は用心のために足下まである長いスカートを穿き、庭に出した椅子に腰を下して、幾人かずつの塊になって弾んでいる談笑を快い伴奏のように聞きながら、三鷹に住んでいた頃は、こうした会合を持てるようになるなどとは考えてもみなかったと思った。彼女はふと、その頃女房に逃げられ、幼い女児を連れて三鷹の家に穴掘りに来ていた植木屋のことを思い出した。あの子も、元気でいればもう五十ぐらいの年になっているはずだ。一家を構えて采配を振っているか、駅前で夜遅くまで営業している赤提燈の内儀に納っているかもしれない。その頃小田村大助が連れて来て長いこと家にいた女中はどうしているだろう、とも思った。彼女にも随分会っていない。その後、結婚して子供を数人作り、そのうちの何人かは本州地所に勤めていると聞いたが、一度手紙を出してみようと考えた。女中のことが引き金になって、自分を府中の隠れ家に案内した加藤三太郎の下ぶくれの顔が浮んできた。幇間だった彼とは、いつか音信が途絶えてしまった。九州に帰ったと聞いたがおそらく死んだのであろう。「紫珠」の会員が近寄って来て「先生、お寒くありませんか」と聞いた。「いいえ、大丈夫よ」「でもねえ、大伴先生はお幸せでいらっしゃいますよ。由雄さんは親孝行だし、私のところなんか、皆もうガサツ者で」

「そろそろ中に入りましょうか、私も何かいただくわ」と、月子は相手の話を遮って立上った。歌の仲間なのだから、家庭のことや生活について打明け話などすべきではない、と月子は常々考えていた。言ってしまってから、自分のこうした態度を、人々は冷いと批評するのかもしれないと思った。しかし、互の傷を舐め合って、仲間意識を確め、他の集団を貶すような姿勢に彼女は馴染むことが出来なかった。麗英が気に入っているのも、裕福な生家を頼ろうとはせず、自分の才能だけをしっかり摑んで生きているからであった。党派を組もうとしなかったから、歌壇でも孤立していた。今夜の会にも歌を詠む人は前衛短歌の一人をのぞいては「紫珠」の編集委員だけであった。部屋の中にも半分ぐらいの人がいて、テーブルに盛りつけられた食べ物を勝手に取って口に運んでいた。月子は素早く見廻して、来賓の飲み物を本州食品のホテル部の人間が滞りなく給仕しているかと確めた。由雄が目聡く月子が動いたのを知って入って来た。「大丈夫ですか、お疲れになりませんか」と囁いた。「ええ、ええ、いい会になったわねと月子は言った。見慣れない中年の女が迷ったような足取りで近づいて来て「あの、小田村由雄さんでしょうか、由雄さんにお会いしたいんですけど」と彼に話しかけた。「ああ、由雄君なら庭の向うにいますよ」と当の由雄が答えている。家人が素早く彼を庇うように立ちはだかって「こちらです、こちら」と彼女を誘導した。女はふらふらと家人に従って庭に向いながら、「いまの人が由雄さんみたいだわ」と呟く。「何、今の人」と月子が目で聞くと「あれ、変な女なんです。この間も帰って来た時、門の外に立っていて……」と説明した。「門が開いていたので紛れ込んだんでしょう」と事もなげな様子だ。そういえば目付が変だった、と月子は遅ればせに気付いた。家人が庭をぐるっと廻って女を門の方へ連れ出すのがガラス戸越しに見えた。月子は女が後脚をすっ、すっと伸ばす歩き方で遠ざかってゆくのを追った。雲の上を渉っていくような足の運びであった。黒い服を着て小肥りな姿から、月子は小俣の娘を思い出した。月子はなんだか後味が悪かった。彼女の態度動作には、いつか深夜の庭で見た、池の上の空間を渉る女の姿を連想させるものがあったのである。客がいくぶん名残り惜しげに帰っていき、由雄と妻の和子が自分達の離れに引揚げてから、彼女はひとりで庭に戻った。晩秋の月に照されて、隙間なく生え揃った芝は滑らかな緑の毛氈《もうせん》を敷きつめたように静かで、半円の月が東の空に懸っていた。そこここの茂みには、まだ先程までの歓談の気配が残っているようで、それがかえって冴えた光の冷さを引立てている。いつか足摺岬で見て移植した菊が白い花をこぼれるばかりにつけていた。夏のあいだ濃密な香りを放っていた定家葛も山梔子《くちなし》の花もすっかり消えて、弾けば高く鳴るような凜とした夜気があたりに漂い、菊はそのなかで空に鏤められた星と無言で呼応していた。月子はさっき、大学生の上の孫が女友達の手を曳いて歓談の群れを離れ、木立の方に歩いてゆく姿を見ていた。彼等はきっと木蔭で唇を合わせたのであったろう。新しく生れ、この世にやって来た者があり、去ってゆこうとしている者があるのだ、と月子は思った。客達の間にも互に心を通わせているらしい男女もあって、そこのところにはぽっと明るい灯が点っているような雰囲気があった。由雄と麗英は今でも心が通じ合っているらしい。和子がいるので二人ともそれらしい素振りは見せなかったが、それはそれでいいではないか、と月子は許していた。考えてみると、そうした光景を楽しいものを見るように眺めていた自分は喜寿を迎えたのであった。昔だったら雅楽が奏され、歌会が催されたと思われるような宴であった。

寒くなったので月子は部屋に戻った。露が音もなく降りている夜であった。家人が寝静まった書斎は静かだった。習慣になっていたので、彼女は歌のノートや辞書が積んである机に坐った。いろいろと思い惑う場面を通って来たが、卑しい行いだけはしなかった、と月子は自分を点検する目で振返った。ずっと昔、たしか『道』という歌集に、

卑怯なるわざはなすなと白刃のくもり払ひて父は訓へき

と詠んだことがあった。この際、自分の考えを、はっきり書いたものに残しておこうと月子

は筆を執った。隠岐島から帰った日に思い立ったが、そのままになっていた文章であった。

——お願いの事——と月子は題を書いた。

——いつも考えて居りましたことですが、たまたま此度、私の喜寿を祝う会を開いていただきました際、これが私のお訣れの会であると思いました。青山斎場や増上寺の前を通って葬儀のために車が列をなして動かない時に思うことなのですが、これは人に迷惑をかけますから、私の時にはやめてもらわねばと思いつづけて参りました。どうか、葬儀や告別式一切を、おとりやめ頂き度く、僧侶も読経も不要です。ゴータマ・ブッダのもとへ、私はひとりで参ります。ブッダは常にそのようにお教え下さいました。

この事、どうかお聞きとどけいただき度、お願い申しおきます——

そうして彼女は日付を入れ——七十七歳生誕の日　記す　母　月子　由雄様——

と書いた。

これでいいと筆を擱《お》いて、あとはどれくらいこの世で過す時間が残されているかだと北叟笑《ほくそえ》んだ。まだまだ続くようにも、その日が意外に早く来るようにも思われた。お願いの文章が遺書みたいになったのが我ながら不思議であったが、悲愴な感じはなかった。さっぱりした気分のなかに、白いおぼろな道が続いていた。行先は霞がかかっていてよく見えない。滝が天から真直ぐに落ちていたが、それは道の終りの形のようにも、そこから別の世界に入る境界の形のようにも思われた。

これやこの巌に曝《さら》す白絹のあかねさしつつはなやぐは何

と、一年前に熊野に旅行した時に詠んだ歌が想起された。隠岐島以後、月子はどうしても熊野に行きたくて、珍しく弟の彰を誘って出かけたのであった。経営者の顔になりきって、忙しく外国や国内の出張を続けている由雄との旅行は考えられなかった。本州食品はホテル部門や小売事業部を独立させ、食品グループと呼ばれるようになっていて、規模も本州地所の数倍に膨脹していた。執念を燃しているとしか言いようのない熱中ぶりであった。それでいてまだ書くこともやめていないから、月子とゆっくり話をする時間がないらしい。由雄は彼女の手許を離れて別の世界の住人になりはじめているようであった。どうしても必要な連絡があったり、偶然顔を合わせたような時もどことなくせわしなげで、会社の仕事については私が決めますからと、月子には意見を言わせないような雰囲気があった。昔の人は為政者でももっとゆとりがあって、熊野に詣で吉野の桜も見たのにと、月子は由雄の、いよいよ小田村大助に似てきた采配ぶりや顔付を頼もしく思いながらも不満であった。後鳥羽上皇は三十一回、馬にも乗らずに行幸されたとの記録を月子は読んでいた。交通も発達していなかった当時、上皇の一行はどのようにして歩を運ばれたのであったろう。蟻の熊野詣でという言葉があるように、京都あたりから引きも切らずに人々が参詣した理由は何だったのだろう。由雄はさておき、私は私で熊野の実体に触れてみたい、と月子は東京を発ったのであった。澄明な秋の陽を受けている林に、古い時代の足音が積重なっているような熊野古道を、近露《ちかつゆ》王子から歩いてゆくなかで、いつの間にか月子は自分の心の中からこの疑問が消えているのを知った。突然、足下から雉子が飛立って、そのあたりの葉が装飾音符のように散ったあとは、深い谷の佇まいが遠くから聞えてくるような静けさが戻った。

「隧道のようですね、夏だったら背を踻めなければ歩けないかもしれない」と彰が話しかけた。

「あなたと、こうやって歩くの何年ぶりかしら」「覚えていませんね、櫛形村にいた頃は生れたばかりだったから」と彼が答えるのだから、少くともそれ以来、姉弟で旅に出たことはないのである。それからは、二人とも生きるのに懸命で、ゆっくり散歩をしている余裕などとても覚束ない毎日であった。柴山芳三の猟のお伴は月子と決っていたから、彰は父親の味を知らないのだと、彼女は今更のように弟を不憫に思って前を歩く彼の、すでに年齢を感じさせる首筋から肩に目を遣った。白いものの方が多い頭髪である。晩婚であった彼も、すでに成人した二人の男の子の親になって、島月正二郎の会社で持前の反骨精神を労りながら働いている。彼に何かしてやれることがあるだろうかと、月子は優しい気持になっていた。

熊野神社への道と紀三井寺に行く道が岐《わか》れている大きな樹の根元に牛馬《ぎゅうば》童子と呼ばれている石の彫刻が立っていた。小さな稚拙な彫像で、近年有名になった、と案内の男が説明した。牛と馬の二頭に跨って唇を固く結んだ童子の顔は、瞑想のために老いた人のように大人びていた。

彼は熊野を通じて浄土を夢想していたのに違いなく、それはそのまま、この無名の作者の希いでもあったのであろう。後鳥羽上皇もまた浄土を望んでいたのだとすれば、この古道はそのまま和歌の道なのだと月子は思った。観光道路をしばらく走ってから、那智大社に参詣し、広い道を通って滝への登り口をしばらく行くと、この季節にもかかわらず欝蒼と茂っている常緑樹の森をたち割って、彼方に忽然と滝が姿を現すのを見た。水は高い空に躍って奔り、一直線に太い帯を作って落ちている。思わず足をとめると轟音が遠くから響いてくるようであった。傍の草叢で鈴虫が鳴いていた。誰も聴く人がいないので少しずつ澄んで、葡萄の粒が転っていくような細く勁《つよ》い声であった。「行きましょう」と、月子は彰たちを促して滝に近づいていった。音が次第に大きくなって山が震えた。昼の光が眩しい。滝は周辺に細かい水の幕を作り、まっしぐらに落ちて砕け、滾《たぎ》り、部厚い霧が生れていた。いくつもの切れ切れの虹がその間に懸っている。天を仰ぐと目に残った滝が無数の光になって空に拡り、数えきれない声の合唱が湧き起って彼女を包んだ。また滝を眺め、魅入られそうになるのを押えて、無言で彰をふり返った。何かを思い出したのか、彼は青い顔になって口を一文字に閉じている。

やがて滝を離れて新宮に向った車が峠を抜けると、俄に視野が展け、月子は眩い黒潮の海が眼下に拡るのを見た。波が寄る小島もなく、水平線が丸くなっている太平洋だ。隠国《こもりく》と呼ばれている山はすぐ後に迫っている。森の中に迸れば滝になり、海に出れば憧れは涯しない波になるのだと思った。

京都に戻った晩、月子は彰の隣の部屋をとった。夜中に彼が大きな声を立てて数回起された。翌朝、向い合って食事をしながら、どうしたのかと聞くと「戦争の夢を見ましてね」との答えが返ってきた。「マラリヤに罹っていた時よく見た光景で、例の、私に殺された敵の将校が、指にしていた金の指輪が、宙に浮んだまま大きくなって迫って来るんです。きっと那智の滝に触発されたんです。これで、やっと夢魔から解放されたんじゃないですか」と、彰は他人事のように言う。

「だって、もう四十年以上経っているでしょう」と応じて、月子は戦場の記憶がどれほど長い間弟を苦しめていたのかを、あらためて教えられた。彰が言うように、熊野の神霊の象徴のような滝が夢魔を最終的に退治してくれたのであれば、彼を誘ったのは無駄ではなかったと納得できた。

その日、月子は彰を伴って、柏崎夫婦に連れれて来られて以来馴染みになった料亭にあがった。苦労ばかり多かった彼を慰めたかったのである。彰が島月正二郎の下で耐えていられるのは、戦争体験がそれだけ深い傷になっているからだと思われた。

「七年ほど前、久美子と一緒にここに泊ったことがあるのよ」と月子は彰に告げた。もう日本に戻る気はないという彼女を連れて一晩を送った日も、京都には雪が降った。

鴨川も雪積む比叡も今日といふ悲哀の旅の竟《つひ》の景色か

京の夜半天の落花は音もなく降りて積もれり心に街に

と、その時詠んだ歌を、彼女は『たれゆえに』のなかに収めておいたのであった。

「久美子さんはどうなんですか?」

「まだ時間がかかるみたいね、普通の生活には戻っているんだけど」と答えていると、月子の胸中にはもう一度久美子に会ってやりたいという気持が昂まってくるのだった。

「報告しそびれていたんですが、治の会社が潰れました」と彰が意外な報告をした。

「やっぱりそうだったの」と、月子は開店して間もなく訪ねたプルミエの様子を思い浮べて、

「で、どうしてます?」

「まあ、兄貴はあのとおりの性格だから表面は落着いています。家を取られずに済みましたから、相変らず威張っていますよ」と、彰は思わず溜息をついた姉を見て、

「昔の知り合いが気の毒がって、いろいろ応援してくれて、食うには困らないようですから」

「なんだか、お父様の場合に似ているのね」と、月子は他人が言ったら烈しく否定したに違いない言葉を思わず自分の方から口にした。

「柴山の家の血を引いていますからね」彰はこともなげにそんな事を言って笑った。

「で、このことは由雄は知っていて?」「まだ話していません」「そうね、困っていないんなら

その方がいいわ」

月子は考えながら、ゆっくり彰の処置に賛成した。「あの人に商売は無理よ」そう言う彼女の言葉には、由雄へのかすかな不満が裏打ちされていた。——

この時の心の動きが〝お願いの事〟を書き終った月子の頭のなかに素早く戻って来た。時計を見ると、もう二時を過ぎていた。（あらまあ、大変、こんなに夜更しをしてしまって、お父様に叱られるわ）彼女は少女のような身軽な動作で手をひらひらさせながら机の前を離れた。

松本医師に呼ばれて、由雄が高層建築の一角にある所長相談室に入った時、窓の外には明るい昼前の空が拡っていた。気圧配置が変ったのらしく、巻雲が白い掌を空に伸ばしていくのが分った。何ものにも妨げられずに、雲は自由を謳歌しているようであった。地上では、高速道路を埋めて、のろのろと自動車が動いている。それは会社の仕事に深く囚われている日常の由雄の姿を現していた。あまりに明るい秋の陽射しだ、と由雄は思った。汚れた白衣をつけた松本がレントゲン写真を提げて、何かに躊躇しているような足取りで入って来た。彼は無言でフィルムを窓の光にかざして眺めながら、精密検査の結果印環細胞が採取されたと告げた。問い返す由雄に「癌のなかでも性質《たち》の悪いものなんだ、繁殖力が旺盛でね」と言ってから、坐り方を変えて「誰でも一生に一度は遭わなければならない事があるからね」と低い声で付け加えた。

手術をすることになっても、月子は自分が死病に罹っているとは思わなかった。結核になったことのある者は癌にはならないと信じていたからである。それにしても何度目かの大病であることに変わりはなく、〝お願いの事〟などを一年も前に書いたくらいだから、大事な日が近づいたのかもしれないという心境にはなった。入院の前の日、当分は美味しいものも食べられないだろうと、月子は由雄を呼んで二人で食事をした。和子が「今日は親子水入らずがいいでしょう」と遠慮したからでもある。由雄は「手術の後遺症がなくなったら、今度のヨーロッパ旅行にはお伴しますよ」と言い、和子との結婚式をパリで挙げるために、一緒に国外旅行をした思い出話をした。披露宴も済んで、和子も加えた四人で久美子のアパートに落着いた時、彼が月子を「おっかさん」と誤って呼んだのが話題になって、二人は笑った。笑いながら月子も由雄も別々に、人間はどんな時でも笑えるのだと思った。

「この次はどんな歌集になりますか」と由雄が聞き、月子は一年前に『真澄鏡』を出版したばかりなので、まだ考えていないと言いさして「でも、どういうのにしたらいいかしらね」と息子の意見を求めた。少し間があって、

「お母さんはまだ詩集は出していませんね、『野葡萄の紅』というのはありましたが」

「駄目よ、私の詩は。ただ勝手に書いているだけだから」

「でも、分量はあるでしょう。最近作っているコラージュはかなりの水準だから、扉にその作品を使ったりしたら」と薦めた。「由雄さんは私の絵には厳しかったわね」と笑いながら月子は、今まで自分を支えてくれたのは短歌だから、今度の手術のあいだも病院へは「紫珠」の原

稿と「花暦」の編集の仕事を持っていこうと決めた。コラージュは本州食品が八ヶ岳に建てた現代絵画の美術館で見たシュヴィッタースの作品に刺戟されて、二年前からはじめたものだった。色彩と形のいろいろな組合せを貼り重ねてゆくのが面白くて、一時は歌を後廻しにするほど熱中していたのである。

「それじゃあ、Oさんに原稿を読んでもらって彼が本にすることを薦めるようだったらどうですか」と由雄は短歌にも理解のある共通の友人の名前をあげた。彼女は卓上の鈴を振って家人を呼び、二階の書斎のスクラップを綴じた資料棚の隅に収めてある二冊のノートを持って来させた。

「なんだ、ちゃんと出来てるじゃないですか」

由雄はKent House in Traditionというノートのラベルを指の腹で撫でながら救われたような声をあげた。

「私のは古くさいから」と、月子の口調は処女詩集の原稿を出版社に持ち込んだ若い女性に似ていた。この日、月子は思いのほか食が進んだ。前日、銀座の百貨店で開かれた本州食品祭《まつり》を見に行っても疲れなかったから、この分なら悪い部分を取ってしまえば、案外とんとん拍子に元気になれるかもしれないと思った。彼女は出かけたついでに、その百貨店を大勢の客に押されるようにして八階まで上り、画廊で開かれている梅原龍三郎展も見た。彼は九十六歳で、すでに他界した遠縁の添島幡太郎の親友でもあったのである。

「あなたのところも、いつの間にかずいぶん製品が揃ったのね。なかなか評判でしたよ」と月子は賞めた。学生運動に失敗し、胸を病んで寝ていた頃の由雄を見ている月子は、今でも彼の内側に矛盾した心が同居しているのを感じていた。それだけに彼が破綻を見せずに最後まで行けるかどうか危ぶんでもいたのである。しかし今はそのことに触れず、「久美子の方はその後どう?」と聞いてみた。彼女は事業に失敗したが、由雄に較べればなんとなく安心なところがあった。債権者が訴えてはじまった裁判はまだ続いていて、被告になった久美子の出国は許されない状態だった。由雄は、最近、原告側の汚職事件が摘発され、それにつれて彼等が策略を弄して久美子から資金を引出そうとした経過が明らかになった、と説明した。

「だから裁判は有利になって来たようですよ。無罪というか、あまり債務を追求されない判決は時間の問題だと思います」と続けて、思いついたように「電話してみますかね、ここから」と聞いた。彼は母親の病気をパリに報せたものかどうかと、それまで迷っていたのである。

電話はすぐに通じた。パリは昼前だった。

「今、ここでお母さんと食事しているんだけど、その後、例の件はどう?」と二人は話しはじめ、「そうすると、まあ予定どおりだな」と、久美子の説明を受けてから「実は、お母さんの具合がちょっと悪くて、本人は何ともないって言ってるんだけど、もしかしたら手術をしなければならないかもしれないんだ。胃潰瘍らしいって医者は言っている、それで君も直接話したらと思って」

電話の奥で息を呑む気配が、少し離れた食卓にいる月子にも伝ってくるようであった。

「そうなのよ、大したことはないんですよ。あなたが心配するから報せたくなかったんだけど、そう、由雄さんがいつもの調子で、急に思い立って掛けちゃったのよ、昔から変らないのよね、大将にそっくりなんだから、ハッハッハ、ええ、そうではないの。でも外国なんかに行くでしょう、だから大事をとって切っておいた方がいいって、ええ、松本さんも同じ意見なの、他の先生の意見も聞きました。でも由雄さんがとてもよくしてくれるので安心よ。本州食品はいい会社になりましたよ。昨日も製品展示会を見て来たわ。デパートでやっていたの。ついでに久し振りに銀座あたりもまわってみましたけど、それほど疲れなかったわ。まあその程度の具合なのよ」久美子と話している自分の声が殊更若やいでいくのに月子は我ながら気付いて、由雄と共同して久美子の不安を打消そうと真剣になっているのが分った。食事が終った時、月子はさりげない態度を装って、「私が死んだら、お葬式はしないでちょうだい。着てゆく白装束は重ねて和子さんに預けておきますから。書いたものもその中に入っています」と教えた。不意を衝かれた顔をたちまち伏せて、由雄は「まあ伺っておきましょう。そういう準備は思い立った時でないとなかなか出来ないと言いますから。ちょっと早すぎる気もするけど」としぶとく答えた。それでも足りないと思ったのか、「僕もそういえばもう年だから、ちゃんとしておかないといけないなあ」と恍《とぼ》けるのを月子は聞えなかったふりをした。

明後日は手術だと決った晩、最終検査のため入院していた病院から外出許可を貰って今度は由雄と和子、それにもう大学を卒業して本州食品にかよっている上の孫と、和子が生んで中学生になった下の孫の二人を呼んで月子は食卓を囲んだ。午前中に美容院に行き化粧をして書斎から食堂に現れた。長いドレスを着て頭に花を飾っていた。和子が思わず感歎の声を洩した。「なんだか結婚式みたいですね」と上の孫が言った。「ちょっと長い旅行をする気分だから」と月子は答え、あるいは今度の旅は地上を離れた人との結婚になるのかもしれないと思った。「肉体的には、まだ四十代の若さだそうですから、大手術には違いありませんが、かえって休養にもなりますよ。頑張って下さい」と由雄が励ました。「由雄さんは忙しいから、病院の連絡はあなたに頼むわよ」と、月子は上の孫に声をかけた。生母とは別れて育った子であったが、立派に成人したと彼の様子を眺めて月子は嬉しかった。

「入院中に今年の『花暦《フラワー・ダイアリー》』の校正を終えることと、それに『紫珠』の編集があるから結構退屈はしませんよ。もう一度、夏目漱石も読んでみるつもりなの」と月子は由雄を見た。詩の原稿はもうOさんに渡したこと、彼が「こんな詩を書いていたのか」と感心して、解説を引受けてくれたと由雄が報告したのも月子を喜ばせた。「題はね『天の鳥船』にしようと思うのよ」と彼女はずっと考えていた詩集の題名を教えた。

悪い部分を取り除く手術は時間がかかる。癌細胞が拡っていて手のつけようがない時は、そのまま閉じてしまうので短時間で終る。手術の日、月子が一時間足らずで集中治療室に移されたと報告を受けて、由雄はさすがに言葉を失った。執刀した医師が会いたいと言っているとの和子からの連絡で、由雄は出先から病院に廻った。狭い外科応接室で「砂利を敷きつめたようで、どうにもメスが入れられませんでした。びっしりなんです」と憤ったような口ぶりで医師が報告するのを聞いた。月子は集中治療室に入った由雄達を酸素吸入器の奥から「どうしてこんなことになったの」と訴える眼差しで見た。笑おうとしたが駄目だった。子供の頃から由雄がはじめて見る頼りなげな、救いを求める表情であった。

それでも術後の回復は驚くほど早くて、三日目にはもう歩いて手洗いに行き、五日目には少量の流動物が入るようになった。「制癌剤を幾種類か、思いきって入れておきました」と医師が言っていたのを思い出して、もしかすると奇跡的にそれが効いたのではないかと考えたくなるほどの経過であった。定期的な看護婦の巡回と検診以外にすることがないので、月子は由雄や和子が見舞にくるのが待遠しかった。息子の顔を見ると、前の晩から考えていたことを一気に話した。子供の頃の思い出、柴山芳三の面影、なかでも小田村大助と一緒になった経緯を正確に息子に伝えておきたかった。彼に理解してもらって、自分が誤りなく生きてきた確証を与えておきたかったのである。話題がそのことになると由雄は「それは何でもありません。子供心に不思議だったのは確かですし、それがもとで友達と喧嘩もしましたが、今になってみれば、かえってそのお蔭でいくらか強い人間になれたと思っています」などと述懐した。口ぶりからすると皮肉ではないようであったが、月子に言わせれば自分の苦衷が、まだ充分伝っていないような思いが残った。彼はこの病室で、月子が短い期間ではあったが会社勤めの経験を持っていたことなどを聞き、今まで母親のことをあまりに知らず、知ろうともしていなかったのを反省させられていた。そんな想いのなかで彼は「僕にとって一番有難いのは、中学までの年月を一緒に三鷹村で暮せたことです。肩書や家柄なんて、結局記号で、人間の値打とは関係ないって考えられるようになったんですから」などと話した。由雄は母親の思想の一部をそのように受け継いだのであった。月子は由雄に柴山家の系図は、代々仕えた蜂須賀家の系図と一緒に書斎の奥の鞄のなかにあると教えた。

ちょうどその頃、由雄は谷崎潤一郎の『蘆刈』の手書き特装本が複製されたのを、知人から貰ったので、病室に持っていって音読することにした。病名を隠しながら月子の看病をするのが苦しかったし、毎日のことになると安全な話題を探すのもむずかしくなって来ていたのである。この小説は冒頭の部分に、月子が時おり話題にした『増鏡』の〝おどろのした〟の一節を引用した水無瀬宮の描写が出てくる。――いつからかいちど水無瀬の宮へ行ってみようと思いながら――と書き出されているのを聞いて、月子は思わず頷いた。前にも読んではいたが、自分と同じ気持の作家がいたのがあらためて嬉しく、数年前に水無瀬神宮を訪ねて落胆した話を由雄にした。『蘆刈』が書かれた頃は、まだ昔の面影が残っていたのに違いなく、それだからこそ、――父には大名趣味と申しますか御殿風と申しますかまあそういったふうな好みがござりまして、いきな女よりも品のよい上臈型の人、裲襠《うちかけ》を着せて、几帳のかげにでもすわらせて、源氏でも読ませておいたらば似つかわしいだろうというような人がすきなのでござりました

——といった叙述に乗って、語り手の父親の想いびと〝お遊様〟のような女を登場させることも出来たのだと月子には納得されるのであった。家が零落して、作品に登場する頃の語り手は長屋住まいをしているという設定も、月子には小説のなかのこととは思われず、自分とひき較べたい誘惑を覚え、〝お遊様〟は水無瀬宮が跡形もなく消えてしまった現代では生きていられないのだと考えた。「隠岐島はよかったわよ、麗英さんも一緒だったし。由雄さんも一度ゆっくり行ってくるといいわ」と彼女は数年前の旅を想起し、あの日は桜の花が満開だったのに雪が降っていた、と目をつぶった。由雄は母親が微睡んでいるのだと読むのを止めたが、月子は、暗く幾重にも重なり合って島に向ってくる波、彼女を繭のなかの蚕のように包んだ雪、その薄明の空間を、散ってゆく花の姿を見ていたのである。あの隠岐の桜は、今までのどんな桜よりも美しかった、だから私は失神の形を借りて他界に行けたのだ、今度はどうなのだろう、と目をあけて「私の手術は何時間ぐらいかかったのかしら」と聞いた。由雄がうろたえたのが分った。「それは執刀していたのは一時間ぐらいだったかもしれませんが、手術っていうのは止血したり、心臓の鼓動を計ったりする時間が含まれますから」と話しているうちに落着いてきて「とにかく大手術だったようですよ」と結んだ。そんなことを聞いているのではない、と興味を失うと、今度は本当に少し眠った。やがて目を醒すと、由雄は先刻と同じ姿勢で「蘆刈」を手に持ったまま月子を見詰めていたから、ほんの数分間の眠りだったのかもしれない。

「ここにいるとね、見えるのは屋根ばかりだけど、空の変化が面白いのよ」と月子は語りかけた。入院してから、月子は見舞を断り、面会謝絶の札を掛けたままにしていた。わざとらしい慰めや、めそめそした湿潤な空気に取囲まれるのは我慢できなかったし、疲れるだけだと願い下げにしたのだったが、麗英だけは例外であった。彼女は病室用に隠岐島の小さな絵を持って来て月子を喜ばせた。満開の桜の下で、俯いた少女の顔が描かれていた。花を囲んで波が立騒いでいる。天も地もない大胆な構成であった。

「とうとう行けなかったわね」と、月子は中国行きの計画が駄目になってしまったのを詫びた。

「これからですよう」と麗英は両手をあげて、古井戸を覗き込んだような声を出した。彼女は、このあいだまで艶々していた月子の頬の肉が驚くほど落ち、髪も脱けはじめているのを見て、病気の残酷さに怯えたのであった。

由雄が病院に来るのは、会社が休みの日以外は、いつも夕暮時であった。窓からは、日によっては晴れ渡ったまま昏れてゆく空が、時には雲が走ってゆく様子から木枯が吹いている有様が、ある日は、どんよりと力のない曇り空が眺められた。月子は、自分が病んだ肉体に縛られているような感じがしたし、ある時はとてつもなく不合理なものに捕まってしまったのだという気もした。この幽閉はいつまで続くのだろうと訝っているところへ由雄が現れると、彼が救出を約束してくれているようで嬉しく、心が弱くなっているのを自覚した。彼が遅いと、月子は床の上に起上って「花暦《フラワー・ダイアリー》」に添える歌を考えて時を過した。うそ鳥が葉の落ちた枝に止っている写真には、

小鳥一羽木の実啄む裸木の林明るみ生きものら棲む

と付けた。都忘れの紅葉した姿が鮮やかに映っているのを眺めていると、

もみぢ葉は秋を華麗に訣別の舞ひをまふなりいのちひとつに

という歌が生れた。こうした歌を詠めるのだから健康は回復に向っているのだと、しばらくの間、憂さを忘れた。

毎日、月子は思い出に浮ぶ人の記憶を少しずつ由雄に語った。小田村大助の話をする時だけは、由雄の胸中を慮って表現を選ぶ心が動いた。自分がいるのに、貝塚市子の籍を入れた経緯を話した日、由雄は「そうだったんですか。でも大将は彼なりにその頃大変だったんじゃないですか。やはり、お母さんのことを本当は一番大事に考えていたんだと思いますよ」と意見を述べたが、そう言われてみると月子は急に不愉快になった。私の胸中がよく分っていないから、そんな小賢しい言葉を吐けるのだ、由雄もいつの間にか俗物になった、と落胆して横をむいた。

病室にしばらく無言の時が流れた。月子と小田村大助の関係は、どんな言葉で解説しても不正確になって、彼女を不快にさせる毒と美徳を備えていたのであった。月子の身体のなかを稲妻

が走ったような痛みが通り抜け、彼女は思わず呻いた。「どうしました」と由雄が腰を浮かした。「大丈夫よ、この頃、時々何かが神経を刺すの」と、彼女は笑顔を浮べた。和子が彼女が食べたがったふろ吹き大根を風呂敷に包んだ弁当箱に入れて顔を出した。松本医師から連絡があり、病院側と相談した結果、明後日頃は退院できるだろう、と言って来た。和子が「よかったわ、随分辛抱なさいましたもの」と姑を見た。「有難いわ、でも、なんだか髪が脱けてしようがないの」と、月子は嫁に甘えてみせた。「まだまだ油断してはいけません。病室はこのまま少しの間確保しておいてもらいましょう」と由雄が言わずもがなの注意をするところを見ると、ここに来る前に医師と相談していたのだと分った。彼等が帰ってから、月子はパリに手紙を出そうと思った。暦を見るともう一月近く病院生活を送っているのが改めて分った。さぞ心配しているだろうと心が痛んだ。手術の前の晩、月子は久美子が帰って来た夢を見ていた。

——夕べ巴里にいた筈のあなたが東京に来ているので、どうしてこんなに早く来れたのと聞くと、あなたは「急いで飛んで来たので、顔がこんなにいびつになっちゃって」と言うのです。右の頰ぺたが、おたふく風邪のようにふくれているので、私は心が痛んで、大丈夫かしら顔が、というと、「早く来たかったのですもの」と答えました。夢では飛行機ではなく、空を泳いで飛んで来たようで、その一所懸命な事がとても可哀想になって目が覚めました。この頃、いつもお腹が痛いのでそんな夢になったのでしょうか。それとも電話のむこうであなたが泣いていたように感じたからでしょうか。心配をかけてごめんなさい。でも、こればかりは神様のお心にまかすより他ない事です——とその時は書いたのだった。その後の経過を久美子が心配しないように書くのは難しかった。止むを得ず、

——手術はうまくいきましたが、何分にも年が年なので、普通の人のようには回復し難く今もなお、栄養点滴を続けています——と書いた。鉛筆を動かしているうちに苦しみを訴えたくなってきた。それを辛うじて抑えながら——胃を切りとって沢山のものは食べられませんが、少しずつでも胃を動かしてやらなければ、消化器が動かなくなり、点滴だけではだめだろうと寝ながら考えたりしています。由雄さんや皆が心配していろいろと方策を考えて下さいますから、あなたは気にしなくていいのよ。

あたりはすっかり秋になった事と思います。病院の窓からは僅かに空が見えますが、あとは汚れたアパートの貯水タンクだけです。では、あなたもからだに気をつけて下さい——

手紙を書くとひどく疲れ、その間にも時おり息が詰りそうな痛みが全身を走ったから、月子はこれで退院できるのだろうかと不安になった。それでも、ふろ吹き大根は美味しく食べられたと気をとりなおして、とりあえず枕元に置いてある、知人が編んだ『清唱千首——白雉・朱鳥より安土・桃山にいたる千年の歌から選りすぐった絶唱千首——』という題の新書判の本と、久美子から送られた入院直後の手紙の返事だけを持って家に戻ろうと決めた。その返事の終りの方には——由雄兄さんもとても心を痛めて、十月の七日にお母様の病状について詳しい自筆

の手紙を下さいました。心もとない相談相手なのですが、やはり三人きりですから、私に詳しく書きたい気持があったのだと思います。悪い病気ではないので、彼も大変に楽観していますが回復の速度だけを心配して居りました——という文章があった。久美子の事業の失敗を巡って、一時対立した兄妹が仲直りした様子なのが嬉しくて、その手紙を手許から放したくなかったのである。

しかし、退院した翌日の朝、月子は脱水症状を起し、呼吸困難に陥って、ふたたび病院に戻らなければならなかった。数日後には水も喉を通らなくなり、制癌剤の効果で、一時勢いを弱めていた癌細胞が拡りはじめたのは明らかであった。月子のなかに時々幻覚が現れるようになった。

日時がどのように経過しているのか分らないなかで、彼女は姉の雪子と妹の華子の三人で公園のような広い庭を手をつないで歩いていた。それはずっと昔のことなのか今のことなのか、はっきりしなかったが、はっきりさせる必要はないという気分だった。なにしろこれから大事な仕事が待っているのである。彼女達は緊張し、昂揚した気分で、少し上を見ながら芝生に浮んでいる舞台に向って進んでいった。月子は毛氈に坐ると、落着いて琴の爪を指に嵌めた。雪子が立って楽譜を開いた。舞うのは妹の華子であった。舞台は紅葉した楓の枝で縁取りされていた。笛が高く細く旋律を奏で、お囃子が鳴り、気がつくと雪子も月子も凍りついたような冷い空間で舞っているのだった。あたりは春で、うららかな陽も射しているのに、寒すぎるので

が見ていたのは若い頃の西片町の光景なのだと推測し、由雄がそう思っていることが月子には
ええ、散歩は楽しかったですか」と彼が聞いた。痛ましそうに相槌を打っている。由雄は月子
「公園のようなところを歩いていたわ。ポップコーンは成功したの」と聞いてみた。「ええ、
はてて横になっているのだと分った。身体のなかを鋭い痛みが吹き抜けた。
微笑んだが、意識がはっきりしてくると、それは由雄で、自分は長い間寝たままであり、疲れ
彼女は身体が弱かったから、子供の頃月子を覗き込む父親の顔を幾度となく見ていた。思わず
しくて笑ったところで目が醒めた。柴山芳三が枕元に坐って、気遣わしげに月子を眺めていた。
と月子は呟いた。また雪が降って来た。この天国は気候が不順だわ、と思い、その考えがおか
を売っている屋台が見えた。(兎さんは仕様がないわねえ、きっとこれが欲しかったんだわ)
柳の茂みを行き来していた。桃も咲いていた。梅もあった。ポンポン音がして、ポップコーン
た蝶々が彼女を誘導する。お祭りのようで、人々があちこちに群れを作って、桜の木の下や樫
て来るでしょう)とひとり合点をして歩いて行った。「こちらです」と、せわしなく飛んで来
雪子と華子の姿を探したが、いつの間にかいなくなっている。(まあいいわ、そのうちに戻っ
らに用意が整いましたから食べに行きましょう」と人間の言葉を喋った。「そうね」と答えて
〝賀の祝い〟を舞っている姿が映っていた。そこへ、おどけた足取りで兎が跳ねて来た。「あち
ひとつで気温を変えられるのだと悟った。鏡を見ているのか、彼女の目のなかに、姉妹三人が
はないかと彼女は訝った。そう思った途端に、急に暑苦しいほどに温度が上った。月子は気持

分った。「そんなものではないのにね」と彼女はひとり言を言った。ふと思いついて枕元に置いてあったはずの『清唱千首』を探した。入院の直前に目にとめて、いつか由雄に読むように言おうと考えていたのである。彼の助けで本を手に取ると「この中に藤原義孝の歌があるわ」と教えた。「二十歳で死んでしまった歌人なんだけど天才でしたよ。最後にも載っているわ」そう言いながら――夢ならで夢なることを歎きつつ――という歌もあったと考えたが、もう探し出す気力がなかった。由雄は腰を浮かして、

――時雨とはちくさの花ぞ散りまがふなにふるさとに袖濡らすらむ――

と読んだが、意味がよく分らなくて「それでは僕もゆっくり読んでみましょう」と素気なく答えた。これが、義孝が他界して後、賀縁《がえん》法師の夢に現れて詠んだと伝えられる有名な歌だと由雄が知ったのは、ずっと後のことであった。――自分がいまやって来た世界には、さまざまな美しい花が咲き乱れていて幸せである。俗界に残った人達は死んだ自分のことを思って歎き悲しまないでほしい――という歌の意味を解説から教えられて、由雄は、あの時月子はひそかに訣れを告げたのだと、自分の教養の不足を悔んだ。

時の経過と共に月子の容態は確実に、また急速に悪くなっていった。由雄が看守っていると、突然目醒めて、「病院に大勢の劇団がやって来たわ。どんな芝居をするのか分らなかったけど、ずっといろんなところを巡回して来たらしくて、皆、疲れていたようだけど妙に昂奮しているの。一晩中騒がしかった」と言ったりした。その次の日は、由雄を見て起上ろうとしても出来

ず、「部屋が青いわ。どうしたんだろう、ああ、普通になった」と狼狽した後で笑った。次第に錯乱の時間が長くなった。またその次の日、由雄は「ゆうべ家に電話したら、女の声がして『イッヒッヒ』と笑ったのよ。いそいで切りましたが、誰が泊っているんですか」と詰問された。食べ物はとっくに喉を通らなくなっていたから、月子はいろいろなコーヒーカップをひとつずつ和子に持ってこさせて、両掌で愛しみながら、これで飲んだら楽しかろうと想像して苦痛を紛らわす方法を考案した。胆汁が胃に流れ込んで嘔吐を催すので、すぐ外に排出するために鼻から管が挿し込まれていたし、栄養剤の点滴の管は肩から静脈に繋がれていたから、月子は満身創痍の姿に変っていた。和子がコーヒーカップと一緒に「庭にこれがとても綺麗に咲いていましたから」と菊の枝を持っていくと、月子はゆっくり向き直って、窓際に活けられた花を眺め「もう秋も終りなのね。曼陀羅華《まんだらけ》、分陀利華《ふんだりけ》っていうのはどんな花かしら」と聞いたが、後の方の言葉が極楽に咲いている花の名だとは、由雄にも和子にも分らなかった。翌日の昼、和子が病室に入ると、珍しく月子は寝台の上に坐っていた。見違えるように痩せて、幽鬼のようでもあり、少女のようでもあった。「あなたの持って来てくれた花で歌が出来ました」と機嫌よく言って、枕元のノートに挟んだ紙片を取り出した。鉛筆書きで字は乱れていたが、

思ひ重ねて咲きたる花かかげ清く足摺野路菊聴くや波音

と読めた。その日の夕方から、月子は深い昏睡に陥った。枕元に坐っている由雄は、時々月子が何か言いたげに口を動かすのを見た。

「ただいま、そこにいるのは誰？」と言っているように聞える譫言《うわごと》を彼は二度耳にした。この「ただいま」は、外出から帰って来た挨拶のようにも、誰かに呼ばれて「ただいまそちらに参ります」という返事のようにも思われた。彼は月子が時間を遥かに遡行していって、今、丸岡城にいるのだと思った。枕元に坐りながら、連夜の看病の疲労から時おり睡魔に襲われ、意識が波が引くように遠くなるなかで、彼は城を囲んだ大勢の武士が夜空にあげる雄叫びを聞いた。嵐の影響なのか、千切って投げたような雲が足早やに空を走っていて、月は隠れたり、冴え冴えとした光を天守閣に注いだりしている。元服前の子供達は間道から家臣の背に負われて、先刻、縁者を頼って落ちていった。それも、徳川方の追及を恐れて、ある者は尾州へ、ある者は京都へと行く先もばらばらであり、頼った先も、足軽の出身地、刀鍛冶の係累と、概して身分の低いさまざまな人達のところであった。離散の始末があわただしく終ってから、柴山修理守《しゆりのかみ》が月子を呼んだ。敵の総攻撃がはじまるまでの僅かの間、この世の語らいの時を持ちたかったのだ。勿論、月子も殉じるつもりであった。殿の坐っている場所に近づこうとして、月子は物蔭に潜んで様子を窺っている者の気配を感じ、「そこに居るのは、誰？」と咎めた。彼は島月正二郎のようでもあり、すでに謀叛の心を抱いた小俣政吉かもしれなかった。この戦いは、最初から大阪方の敗けと分っていた。分っていながら加勢したのだ。月子はそのような選択をする殿が好きだった。年の離れている夫への愛情は父親へのような、憧れと呼んでもいいものであったから、一緒に死ねるのは嬉しかった。そこへいくと逆臣達は権謀術数の世に容れられない性向を持っていた殿の没落を、大衆の目で冷く窺っていたのかもしれない。

「最早、これまでじゃ」と重々しく宣告する殿の声に白装束を纏った女達が泣き伏した。冷い光が楼の高窓から射し込み、月子はシャルトルの寺院の礼拝堂にいるような錯覚を覚えた。遠く敵方のあげる鬨《とき》の声が聞えた。戦火に蹂躙《じゅうりん》された夜の福井平野が雲の動きによってところどころ明るく照し出されながら拡っている。その先に九頭龍《くずりゅう》川が鈍く夜の光を反射して蛇行している。家臣が天守閣の四隅に火を放ったのを見て、殿が切腹され、月子が続いた。腹に鋭い痛みが走った。窓から射す月の光に身体を刺し貫かれたようであった。しかし火は、敵方に通じた者の手で消しとめられてしまったらしい。自刃した柴山修理守をはじめ、殉死した重臣や女達の姿が、いつまでも慟哭しているように、月光に白い波を打って続くのを由雄は見た。

「なんて綺麗な花でしょう。でも私、分陀利華の方が好き」という声が耳元でのように聞えた。柔らかい暖かな花畑をゆっくり飛ぶように滑るように歩いていた。それが月子なのか、自分なのか、柴山芳三なのか区別がつかなかった。自刃の際、畳を濡らした黒い血の流れが九頭龍川となって意識のなかを這っていたが、花園は美しかった。むしろ人間の血のために美しくなったのかもしれなかった。梵鐘が遠くで鳴り、音が淡い水色の波になって、時間の錆を落していった。突然、由雄は足を踏み外したようになって身体が傾き目が醒めた。今まで見ていた夢は、自分が見たのか、月子の幻覚を貰っていたのかと怪しんだ。彼女はせわしない呼吸を続けていた。看護婦が入って来て血圧を計り、ちらっと時計を見てあわただしく出ていった。「お呼びになる方がありましたら、至急、御連絡下さい」と戻って来て言った。医師が現れ、心電図のコードが月子の腕や胸に繋がれた。ブラウン管に現れる鼓動の波が次第に低く間遠になっていった。月子は死んだ。七十七回目の誕生日の六日前であった。

久美子は間に合わなかった。由雄は遺書を開き、迷って柴山彰、柏崎雪子に相談した。〝お願いの事〟は回覧され、「月子さんらしいわ」と雪子が呟き、「通夜と密葬にはお坊さんを頼まない訳にもいかないでしょうし、葬儀は密葬だけということではどうでしょう」と問いかける由雄に、「それでいいんじゃあないですか。やはり戒名もいただいておかないと」と彰が賛成した。蓮見志乃も二人の子供も集ってきて涙を流した。病院では窶《やつ》れはてていたのに、死顔は人々を寄せつけないように整った月子であった。柴山芳三が死んだ時、――青年のようであった――と書いていたのが想起される月子の遺体の周りで夜が更けていった。夫の仕事の都合で奈良に住んでいて、一番遅く東京に着いた華子は「どうして、もっと早く報せてくれなかったの」と病院で由雄を揺さぶったが、今は落着いて、時おり賑やかな声を立てて通夜の席に坐っていた。柴山治は、焼香を済せると「わたしは血圧が高いので、これで失礼」と依怙地な表情を見せて帰っていき、「あいつ、この年になっても突張っている」と彰が批評した。長男の昌は胡坐して、掌を腹の前で仏像のように組み、目をつぶったままであった。その様子を見ると父親の柴山芳三の時も、母親の節の死の際も、家が倒産した後であっただけに、養家先の大人達に連れられての子供達の通夜は暗いものであっただろうと想像された。十六歳だった月子は、おそらく、ただひとり家に残った娘として正座し、涙を見せまい、侮りを受けまいと緊張していたに違いない。「系図は大丈夫ですか？　柴山家の系図は戦争で疎開する時に月子さんに預ってもらっておいたんだけど、賞状などは私が保管してありますが、系図は何処ですか？」目を開けた昌が由雄の傍に寄って来てくどく言った。誰かが合図を送っている気配に、昌の肩越しに見ると、彰が（取り合うな）という具合に、手をバツの字に顔の前で交差させている。雪子は落着いていてあまり話さず、妹の亡骸の傍に坐っていた。由雄と和子が密葬の打合せや本州食品の社員に呼ばれて席を立つあいだ、訃報を聞いて馳けつけて来た客に丁寧な礼を返すのは雪子だった。

久美子が特別な許可を貰って帰国したのは、月子が小さな骨壺に納って、焼場から自宅に戻った直後だった。由雄は病の進行が意外に早かったこと、そのために普通なら当然間に合うはずだった詩集『天の鳥船』も遺稿詩集になってしまったと告げ、癌が発見されてからの経過を細かく説明して謝った。その日から由雄と久美子は月子の遺品の整理にかかった。教えられていた場所から柴山家の系図が出て来た。〝系図其外諸記類、徳定謹写〟の表題のある和綴の書は、最初の頁に、

――柴山系図　元藤原姓云々――という文字が見え、天文三年、千五百三十四年の信昌から書きはじめられていた。織田家の家臣であった信昌の家系は、やがて二代目秀昌の流れと、阿州古屋氏之祖と記されている新七、伝七郎、宗勝、宗直、と続く系統に分れていた。秀昌の方の三代目昌満の代になって急に三千石の知行を秀吉から賜っているので、この人物が添付してある御朱印の書と照合すると柴山修理守と同一人物と推測された。ところが、この昌満に関しては、

――慶長十九年与大坂籠城　明年夏陣之時率　其妻慈昭院浴有馬温泉慈昭院以為――

という記述に併記して、

――家政公之姪使真殿伝内率軽卒三十人迎之、直来阿州中島令置之、三年之後自殺而死、行年五十二　法名　玄済――

と書かれている。これによると昌満、おそらくは柴山修理守については、討死説と阿州徳島に逃れてやがて自殺したとの二通りの言い伝えがあることになるのである。母親ははたしてこの自殺説を知っていたのだろうかと考えて、由雄はあらためて、もう月子は問い質すことの出来ないところに行ってしまったのだ、と教えられるようであった。一度は久美子の手に渡り、晩年月子に返された二枚の絵葉書とともに、その経緯を書いた紙片も遺品のなかから発見された。淡い初恋の対象であった騎兵中尉に関しては、彼女の筆で――其の後の消息は全く知りません――と書いてあったが、調べるのはこれも不可能であった。そんな詮索をするより、残さ

れた歌のなかに、月子の生きた、その時その時の姿を求める方が遥かに追悼になるに違いないと由雄は思った。絵葉書の下から出てきた〝蜂須賀氏系譜〟を念のために繙《ひもと》いていて由雄は末尾にこれも彼女の筆蹟で——父、柴山芳三（幼名芳三郎）東京府士族は徳島藩士、柴山新一郎唯克の二男で阿波徳島に生る。長じて長井長義を頼り上京、医学を志すが彼の妻（エリザ）との確執から断念、長井家を離れ実業界に入る。勿来鉄道の時、小田村を知る。尚、系譜の最後の英字の署名　Y・SHIBAYAMA云々とあるのは、父によって書かれたものか誰のものか、私には解しかねる——と書いた紙片が挟み込まれているのを発見した。それで、彼女はかなり丹念に系図を読んでいたと思われ、とすると、二つの説のうち月子は自らの抱く柴山芳三の姿の延長上で、城が落ちた際に滅んだ説をとったのだと由雄は納得した。病院の枕元から持ち帰ったノートには、足摺野路菊の歌に並べて、

病床に痛みたへねば目醒めたり暫をベッドに半跏思惟像

という歌が挟み込まれていた。同人誌「紫珠」の最終号ともなった追悼号には、

澄みゆけば小夜の衣もうすじめるおもひに聞けり夜半のしぐれを

黄葉《わくらば》の地に敷くさまに落ち髪も天の摂理に従ふものか

他八首が、遺詠として掲載された。義孝の少将に直接言及した歌もあって、由雄は月子が最後に送ってよこした、藤原義孝の歌に託した別れの言葉を受けとりそこねたのをあらためて思い起していた。短歌に対して何処か心を閉ざしていた自分の姿が見えてきて、悔む気持がしきりに動いた。

密葬には島月正二郎も杖をついて姿を現した。口を一文字に結び、由雄がどんな人物と親しく付合っているかを調べる目付で参会者を見渡し、偉そうな風態の客を目にすると「あれはどなたですかな、お会いしたような顔だが」と執拗に尋ねた。

最期に間に合わなかった久美子は、希望して月子が使っていた部屋に泊り、二週間ほど前に母親が最後の夜を過した寝台に寝た。柔らかで少し冷い布団に包まれていると、死んだ母親に優しく迎えられているような感じがした。今はもう、どちらが旅行先か分らないほどパリに馴染んでしまった彼女であったが、母親の感触だけは国や都市とは別の懐しさであった。

初めての晩、彼女は夜中に、部屋を忙しく走り廻るような物音を聞いた。「私のことなら大丈夫よ」と、久美子は闇の中に目をひらいて見えない月子に語りかけた。「お母さんが心配していた男達とのことも、もう終ったし、裁判もいずれ片がつきますから。兄妹喧嘩もしないわ」と言うと、気のせいか物音は少し静まったようであった。戸外には木枯が吹き荒れていた。

久美子は母親ゆずりの几帳面さを発揮して、数多い月子の遺品の整理を続けた。贖罪の気持だった。少し黝んだ二組の琴の爪を見ると、三鷹の家で憂さを晴らすように琴を掻き鳴らしていた母親の姿が戻って来たりした。

小田村大助に死別した時、彼女は自由に使えるようになった時間を、歌人としての基礎的な勉強に割当て、小説なども書いて自分の世界を構築しなおそうとしたらしい。最後まで視野を拡げようと努力していた痕跡は、ついに果されなかった自由への希いを、月子がどれほど強く持っていたかを教えていると久美子は思った。

「自由を求めたのは分るけど」と彼女は片付けの手を休めて、自分に言いきかせるとも、月子に語りかけるともつかない調子で考えた。それが果せなかったのは、彼女にとって幸せだったかもしれない。もし自由を手にしたら、月子はそれをどう使ったらいいか分らなくて、大変な失敗をしたかもしれないのだ。歌のなかでだけ闊達であり得たのは月子にふさわしかったと言えるだろう。自由って、そんなにいいものじゃない、と久美子は母親の写真に目を遣った。

久美子は、月子の歌が常に敗れた者への共感に満たされていたのは、自らへの挽歌以外に歌う舞台を持っていなかったからだ、という気がしていた。由雄の学生運動に理解のある態度を見せたのも、それが敗れるとはっきり予感していたからだ。後年、事業家としての顔を持つようになった由雄のことを自慢しながらも、パリに来るたびに不満を洩したのは、月子の内側の矛盾を正直に現していたと久美子は思った。ことに、彼女の古代都市再建の事業を拒否した際の彼の表情は、小田村大助そのものであった。その由雄が、今に到るまで詩や小説を書くことをやめなかったのは、親子の平和にとっての救いであった。小田村大助になりきってもいけないし、詩人や作家に徹してしまえば、月子と衝突したかもしれない。由雄は二人の親が住んだ中間の場所に生きているのだ。とすれば、混り方こそ久美子と違っていたが、彼も月子の、ひいては柴山家と小田村大助の血を引いているのだ。敗れてしまった場所、沢《ほろ》びたところから歌い出されている点では、大伴月子の歌も由雄の詩や小説の場合も同じである。

「でも、私は違う」と、彼女はふたたび寝台の脇に飾ってある母親の写真にむかって語りかけた。

「今はちょっと苦況にあるけど、絶対に敗けません。久美子流にやってみせるから」

そう言いきった時、彼女の顔は、ずっと昔の、我儘いっぱいに振舞っていた少女の表情になっていた。

月子の写真は、よく見ると二種類あった。ひとつは本州食品の主宰者の母親らしい、優しい微笑を浮べたものであり、別の写真は、歌を考えて、ひたすら精神を内側に向けて佇立《ちよりつ》させている趣のものである。小田村由雄の母としての顔が二つに分れていたのは、月子にとっては幸せだったのかもしれない。小田村大助と柴山月子の結婚によって一度始められてしまった矛盾した道筋は、幾度も循環し再生産されていくのだ、と久美子は思った。眺めていると、追悼号の一月前の「紫珠」に載った、

旅の世の大河徒渉のうたごころうたひ尽して散る花ぞよき

というような歌が浮んできた。久美子は多くの写真のなかから、歌を考えている時の表情を大きく引伸ばした一枚を、「これ、お母さんの内面がよく出ているように思います」と言って由雄に渡した。


初七日が過ぎて、久美子は裁判を継続するためにパリに帰った。四十九日が終り、新盆を迎える数日前、由雄は伊藤姓に戻っていた咲子から二十数年ぶりの手紙を受取った。

――仕事でヨーロッパに出かけておりましたので、帰国してはじめて、あなたのお母様が亡くなられたのを知りました。まず、何をおいてもお悔み申し上げようと考えてペンを執りました――と、その手紙は見覚えのある筆蹟ではじめられていた。

――あれほど、お母様思いのあなたにとって、大変なことであったろうとお察しします。と同時に、どんな状況でも御自分のペースを崩さないあなたゆえ、悲しみを超えられつつあるだろうと、励ましの気持も混えて推測しております――

由雄はこの文章に含まれている、かすかな批評の臭いを嗅いで、結婚していた頃、月子と咲子のあいだに挟まって取った自分の曖昧な態度を想起させられた。

——共に過した七年間を思い出して、長い悪夢を見たと思った時もございました。一時はお義母さまを六条御息所のように恨んだりもいたしました。（ところで、ボンで開かれた大衆社会論に関する学会で、文化の構造主義的読み直しを巡って論争がありました。フランスの学者から、日本の源氏物語の構造について、六条御息所の存在を引用しての事例提示があり、彼が宗教社会学者のエリアーデの説なども援用しながら、異文化体系に属する芸術作品の読み変えも、構造主義的手法を用いれば可能である……と結論したのは印象的でした。西欧では、知の体系の組み替えが盛んです）そのうちに諦めが来て、今では当時を懐しくさえ思い返せるようになりました。これも一種の〝知の組替え〟なのだと思います——

——ただ私から見て、あなたがいつも別世界に住んでいるように感じられたこと、あなたにはいつもお義母さまがいて、私は目に見えない仕切りを通して向い合っているもどかしさを拭うことが出来なかったのは事実です。お互に学生で知り合った頃は、その分らなさが魅力でもあったのですから、考えてみれば私達の関係はアプリオリに存続不可能な原理の上に作られていたのだと今になって思います。そのお義母さまが亡くなられた報せは、私の青春、男女両性が協力して家庭の幸福を築いてゆくことへの憧れを抱いていた頃の自分の姿を、一度に照し出すような報せでした——

（伊藤咲子は今どのような毎日を送っているのだろう）と、手紙を読みながら由雄の心は動いた。彼女の名前は女流社会学者として、女性論や「身体的差異と神話」「結婚の祭儀性」などの著者として、時おり新聞でも見かけていた。二人の住む世界が大きく離れてしまったのは確かであった。

――漸く落着いて、自分の感情を仔細に点検した後で、今、この手紙を書いています。お訪ねしてお悔みを申し上げるべきかと考えましたが、なまじお目にかかっても、そらぞらしい言葉しか使えないであろうと、わざと差し控えて、哀悼の気持だけをお送りすることにいたしました。それに時期も失してしまったようです。では、御健康と今後の御活躍をお祈り致します――

読みながら由雄は、自分はこれから変っていくだろうかと考えた。もし変るとすれば、それは多分咲子の言う〝知の組替え〟とは逆に、月子が歩いた道に向っての遡行のような気がした。勿論、彼女が終生そのなかから出ようとはしなかった自分だけの世界に閉じ籠ろうとしてではない。短歌が齎らす幸せは、自己を客観化する姿勢を身につけてしまった由雄には望むべくもなかった。経営者としても、別の意味でそれは不可能であった。本州食品は国内ばかりでなく、外国の数多くの企業とも関係を持ち、いよいよ開かれた存在になりつつあった。その指導者でありながら詩や小説を書き、父親を否定して生きるのは、細い尾根伝いに風のなかを歩くようなもので、それこそ咲子に言わせれば、アプリオリに存続不可能な計画なのかもしれない。それでも、他に方法がなければ仕方がないではないかと思った。

新盆に集った人達と相談して、由雄は月子の墓を小田村大助の近くに作ることに決めた。同じ墓であれば気詰りだろうし、彼も母親を小田村大助からは離しておきたかったのである。かといって、全く別の場所であれば淋しいに違いない。気がむけば会いに行ける場所として、由雄は治や彰、長男の昌、雪子、華子といった親戚に鎌倉の墓所の一角を提案した。小田村大助の墓の斜め下に位置して、遠くに相模湾を望む場所である。同時に、月子の自由を確保する証しとして歌碑を建てたい、と話した。石に刻む歌は、晩年彼女が親しくしていた歌人や詩人の意見を聞いて決めることも諒解してもらった。墓と歌碑の設計は麗英と相談して月子が尊敬していた女流彫刻家に依頼することにした。彼女の作品の傾向から「おそらく、あまり装飾的でなく、簡単で小さく、石ころを置いたようなものになると思います」と説明した。

詩集『天の鳥船』は夏の終りに本になった。

翌日は納骨式、という前の晩、由雄はひとりで月子の墓を訪れた夢を見た。彼は細くて暗い道を、手に黄ばんだ和綴の系図を握って登っていった。やがて山なしの木の下に月子の墓が見えた。〝慈願院釈尼妙月子〟という字を読んで、誰が書いたのだろう、戒名はつけないはずだったのに、と不審に思った。

墓所から歩いて来た道を振返ると、沈澱物が底に沈んだうわずみのような灰色の雲の上に遠く山脈の頂の連なりが見えた。雲の下には自分達の住んでいる下界があるのだと分った。一息入れると、由雄はそれが今日の目的であったと、少しも躊躇うことなく、ポケットから燧石《ひうちいし》を取り出し、系図の綴じ糸をほぐして火をつけた。縁に淡い紫色の焰が拡り、ぱっと紅が射して黄色い紙がまくれあがった。丹念に書き込まれている墨字が、しばらく抵抗して、やがて焰に身をゆだね、火にくるまれて萎んでゆく。黒御影の墓石の上に薄い灰色の燃え尽きた系図が落ち、だんだんと溜っていった。

次の日は月子が愛した雲ひとつない秋晴れであった。少し風が吹いていた。完成した墓所には新盆に顔を揃えた親戚、歌碑にかかわった詩人や女流彫刻家、「紫珠」の会員、そして麗英が集った。母親を亡くした由雄の痛手を、後に控えて見守る姿勢をとっていた和子は、月子の果していた役割を引受けなければならなくなったことに緊張した表情を見せて立働いた。少し前、由雄を中心にして「紫珠」を続けたいという会員達の申し出を、彼は「僕は歌人ではないから」と断っていた。「あの雑誌は大伴月子と共に終刊にする方がいいと思います」とも言った。彼はひとりだけ、集会所に集った人々を残して小田村大助の墓の前に行き、掌を合せ、月子の発病から終焉までを報告した。（まあ、仲良くやって下さい）と彼は語りかけた。父親の墓に向って話しかけるのははじめてであった。月子の墓からは確かに相模湾が見え、汀が白く光り、波が立っているのか、海は一面に輝いて、煌きのために霞んでいるように見えた。墓石は常々月子が話していた好みを受けて小さく作ってあった。傍には梅の木と、秋には紅葉が映えて墓を華やいだものにするようにと、はなみずきを植えた。歌碑には書き残されたいくつかの色紙のなかから、

なきやすくなりし心をいたはりて山に来し日よ山に雪ふる

が選ばれた。雪の日、この歌碑は月子の代りに此処に佇立しているのだと思われた。

総てを終えて由雄が榿柳庵に戻ったのは夕方だった。主のいなくなった母屋の窓は鎧戸が閉ったまま森閑としていた。池に降りる南向きの斜面に足摺野路菊が西日を受けて、白い花を誇らしげに咲かせていた。今までに見たどんな場合よりも華やかであった。立止って眺めていると風が吹いて、木の葉が一斉に、話しかけたり、手招きをしているような仕草を見せて散りかかった。

〔1987年「新潮」5～7月号　初出〕

（お断り）

本書は1987年に新潮社より発刊された単行本『暗夜遍歴』を底本としております。あきらかに間違いと思われるものについては訂正いたしましたが、基本的には底本にしたがっております。また、一部の固有名詞や難読漢字には編集部で振り仮名を振っています。

本文中には支那、片輪、金壺眼、毛唐、処女歌集、車夫、女中、後家、ドイツ女、傷もの、石女、遊女、四つ脚、看護婦、薄馬鹿、人夫、使用人、妾の子、下男、書生、アカ、女流画家、お手伝い、人買い、処女出版、女主人、智恵遅れ、ホモ、女は三界に家なし、女流社会学者、女流彫刻家などの言葉や人種・身分・職業・身体等に関する表現で、現在からみれば、不当、不適切と思われる箇所がありますが、著者に差別的意図のないこと、時代背景と作品価値とを鑑み、著者が故人でもあるため、原文のままにしております。差別や侮蔑の助長、温存を意図するものでないことをご理解ください。

辻井 喬（つじい たかし）
1927年（昭和２年）３月30日―2013年（平成25年）11月25日、享年86。東京都出身。本名・堤 清二。実業家として活躍する一方で詩人・小説家としても旺盛な活動を行い、1994年『虹の岬』で第30回谷崎潤一郎賞を受賞。

P+D BOOKS とは

P+D BOOKS（ピー プラス ディー ブックス）とは
P+Dとはペーパーバックとデジタルの略称です。
後世に受け継がれるべき名作でありながら、現在入手困難となっている作品を、
B6判ペーパーバック書籍と電子書籍を、同時かつ同価格で発売・発信する、
小学館のまったく新しいスタイルのブックレーベルです。

暗夜遍歴

2022年3月15日　　初版第1刷発行

著者　辻井 喬
発行人　飯田昌宏
発行所　株式会社 小学館
〒101-8001
東京都千代田区一ツ橋2-3-1
電話　編集 03-3230-9355
販売 03-5281-3555
印刷所　大日本印刷株式会社
製本所　大日本印刷株式会社
装丁　おおうちおさむ（ナノナノグラフィックス）

ISBN978-4-09-352435-3

P+D BOOKS